¡*EL PRESAGIO* ES EXTRAORDINARIO!

—Pat Robertson
Presentador de televisión, autor y fundador de CBN
y El Club 700

¡VERDADERAMENTE ASOMBROSO! La revelación del rabino Jonathan Cahn sobre los juicios de Isaías 9:10 y su relevancia para el pasado reciente y el futuro de Estados Unidos son asombrosos e impresionantes. Todo estadounidense necesita leer *El presagio*. Es un toque de atención nacional muy necesario.

—Joseph Farah
Autor, periodista, comentarista y fundador de
WorldNet Daily

¡*EL PRESAGIO* ES EXCEPCIONAL! Jonathan Cahn ha elaborado un entendimiento de un patrón en la Escritura del juicio de Dios sobre la antigua Israel que está siendo ejecutado en los Estados Unidos de América en la actualidad. *El presagio* es la mejor explicación que he encontrado para entender el misterio de lo que está detrás del 11 de septiembre, la guerra en Iraq, el desplome de Wall Street, y mucho más. ¡Esta revelación de los últimos tiempos le sitúa en una nueva categoría!

—Sid Roth
Autor y presentador de *It's Supernatural* y *Messianic Vision*

EL PRESAGIO ES LA REVELACIÓN BÍBLICA MÁS PRECISA de la pasión de Dios por Estados Unidos. ¡Debemos prestar atención a las advertencias y regresar al Cristo que anteriormente bendijo tanto a Estados Unidos!

—David Tyree
Ex receptor de los New York Giants

TODO POLÍTICO, TODO LÍDER Y TODA PERSONA EN ESTADOS UNIDOS no sólo debería leer este libro, sino también entender las implicaciones divinas que contiene. El libro de Jonathan Cahn, *El presagio*, es mucho más que una advertencia profética a Estados Unidos; es una revelación de los caminos de Dios. Cahn desvela con detalle cómo Dios presenta su juicio a una nación en perfecto balance con su misericordia. Quienes lo lean quedarán cautivados por la narrativa, recibirán convicción en cuanto a lo ciegos que estamos a los caminos de Dios, y se asombrarán por lo detallado que es Dios en sus advertencias.

—JOHN PAUL JACKSON
PRESIDENTE DE *STREAMS MINISTRIES INTERNATIONAL*

EL PRESAGIO

JONATHAN CAHN

CASA
CREACIÓN
Para vivir la Palabra

Para vivir la Palabra

MANTÉNGANSE ALERTA;
PERMANEZCAN FIRMES EN LA FE;
SEAN VALIENTES Y FUERTES.
—1 CORINTIOS 16:13 (NVI)

 El presagio por Jonathan Cahn
Publicado por Casa Creación
Miami, Florida
www.casacreacion.com
©2020 Derechos reservados

Library of Congress Control Numeber: 2012930523
ISBN: 978-1-61638-792-1
E-book ISBN: 978-1-61638-795-2

Desarrollo editorial: *Grupo Nivel Uno, Inc.*
Diseño interior: *Grupo Nivel Uno, Inc.*

Publicado originalmente en inglés bajo el título:
    The Harbinger
    por Frontline, A Charisma Media Company
    Copyright © 2011 Jonathan Cahn
    Todos los derechos reservados.

Visite las páginas web del autor: www.TheHarbingerWebsite.com y
www.HopeoftheWorld.org

Nota de la editorial: Aunque el autor hizo todo lo posible por proveer teléfonos
y páginas de Internet correctas al momento de la publicación de este libro,
ni la editorial ni el autor se responsabilizan por errores o cambios que puedan
surgir luego de haberse publicado.

Impreso en Colombia

21 22 23 24 25 LBS 9 8 7 6 5 4 3 2 1

Lo que está a punto de leer se presenta en forma de historia, pero el contenido dentro de la historia es real. Aunque la mayoría del contenido está basado en las profecías bíblicas para Israel, el pueblo de Dios, y muestra ciertos paralelismos con los Estados Unidos, sus serias implicaciones afectan al mundo entero. Este es un mensaje que todos necesitan leer.

Índice

ה א

Capítulo 1

Un antiguo misterio

ה א

"**U**N ANTIGUO MISTERIO que contiene el secreto del futuro de Estados Unidos".

"Sí".

"Sí, ¿qué pensaría?".

"Pensaría que era un argumento para una película. ¿Es eso? ¿Es eso lo que está presentando... un manuscrito para una película?".

"No".

"¿Un argumento para una novela?".

"No".

Él se quedó en silencio.

"¿Entonces qué?", repitió ella.

Él se quedó callado para considerar cuidadosamente lo que estaba a punto de decir y el modo de decirlo. La reputación que ella tenía entre los medios de comunicación era la de una mujer que nunca desperdiciaba su tiempo ni mimaba a quienes lo hacían. No era conocida por aguantar a los necios con alegría. La conversación podría llegar a un abrupto fin en cualquier momento y no habría una segunda oportunidad con ella. El hecho de que hubiera habido una reunión en primer lugar, que ella incluso hubiera aceptado, y que él estuviese ahora sentado en su oficina, a una gran altura por encima de las calles de Manhattan, no era nada menos que un milagro, y él lo sabía. Sólo tenía una preocupación: el mensaje. Ni siquiera se le ocurrió quitarse su abrigo de cuero negro, ni tampoco nadie se había ofrecido a quitárselo. A la vez que se inclinaba hacia atrás en su silla, le dio su respuesta, lentamente, con cautela, deliberando cuidadosamente cada palabra.

"Un antiguo misterio... que contiene el secreto del futuro de Estados Unidos... y sobre el cual pende su futuro. Y *no es ficción*, es real".

Ella estaba callada. Al principio él tomó ese silencio como una señal positiva, una indicación de que se estaba comunicando. Pero entonces ella habló y rápidamente disipó esa idea.

"Una película de Indiana Jones", dijo ella. "Un antiguo misterio oculto durante miles de años bajo las arenas de Oriente Medio…pero ahora revelado…¡y sobre él pende el destino del mundo entero!".

Su falta de seriedad hizo que él se volviese más resuelto aún.

"Pero no es ficción", repitió. "Es real".

"¿Qué diría yo?", preguntó ella.

"Sí, ¿qué diría usted?".

"Diría que usted estaba loco".

"Quizá lo esté", dijo él con una leve sonrisa. "Sin embargo…es real".

"Si usted no está loco, entonces está bromeando…o está haciendo esto para darle efecto dramático…parte de una presentación. Pero no puede usted decirlo en serio".

"Pero *lo digo en serio*".

Ella pausó por un momento, mirando fijamente los ojos de su invitado, intentando evaluar si él era sincero o no.

"Lo dice en serio", dijo ella.

"Así es", respondió él. "Y no tiene usted idea de hasta dónde".

Fue entonces cuando la expresión de ella cambió. Hasta ese momento había sugerido un rastro de divertido interés. Ahora se convirtió en una total retirada.

"No, supongo que no. Escuche, creo que es usted un hombre sincero, pero…realmente…realmente estoy muy ocupada, y no tengo tiempo para…".

"Sra. Goren".

"Es Go*ren*. El acento está en la última sílaba, pero *Ana* está bien".

"Ana, no tiene usted nada que perder por escuchar. Considere la leve posibilidad…".

"¿De que usted no está loco?".

"Eso también", dijo él. "Pero la leve posibilidad de que lo que estoy diciendo pudiera ser realmente cierto, incluso la leve posibilidad de que pudiera haber algo en lo que le estoy diciendo, incluso la más leve de las posibilidades…de que…fuese lo bastante importante para justificar su tiempo. Necesita usted escucharme".

Ella se reclinó en su silla y le miró fijamente, sin hacer intento alguno de ocultar su escepticismo.

"Sigue creyendo que estoy loco".

"Totalmente", dijo ella.

"Por causa del argumento, digamos que tiene usted razón. *Estoy* loco. Permítame que siga, como servicio público".

Ella sonrió.

"Se lo permitiré, Sr. Kaplan, pero hay un límite".

"Nouriel. Puede llamarme Nouriel".

Después de eso, ella se levantó de su silla y le indicó que hiciese lo mismo. Le condujo desde su escritorio a una pequeña mesa redonda de conferencias donde ambos se sentaron. La mesa estaba situada delante de una inmensa cristalera a través de la cual se podía ver un vasto panorama de rascacielos con ventanas parecidas, cada una de ellas reflejando la luz del sol de la tarde.

"Muy bien, Nouriel. Hábleme de su misterio".

"No es *mi* misterio. Es mucho mayor que yo. No tiene usted idea de lo grande que es y de lo que implica".

"¿Y qué implica?".

"Todo. Lo implica todo, y lo explica todo… todo lo que ha sucedido, lo que está sucediendo y todo lo que va a suceder".

"¿Qué quiere decir?".

"Detrás del 11 de septiembre".

"¿Cómo es posible que un antiguo misterio pudiera tener algo que ver con el 11 septiembre?".

"Un antiguo misterio detrás de todo desde el 11 de septiembre hasta la economía… el auge inmobiliario… la guerra en Iraq… el desplome de Wall Street. Todo con precisos detalles".

"¿Cómo? ¿Cómo sería posible que un antiguo misterio…?".

"¿Afectase a su vida? ¿A su cuenta bancaria? ¿A su futuro? Pero así es. Y contiene la clave del futuro de Estados Unidos… del ascenso y la caída de naciones… de la historia del mundo. Y no es sólo un misterio, es un mensaje, una alarma".

"¿Una alarma?", preguntó ella. "¿Una alarma de qué?".

"De advertencia".

"¿Para quién?".

"Estados Unidos".

"¿Por qué?".

"Cuando lo escuche", dijo él, "entenderá por qué".

"Todo eso de un misterio que se remonta… ¿hasta cuándo dijo?".

"No lo he dicho".

"¿Y hasta dónde se remonta?".

"Dos mil quinientos años".

"Un misterio de hace dos mil quinientos años que está sucediendo en el siglo XXI desde la política hasta la economía y los asuntos exteriores; ¿y que usted es el único que lo conoce?".

"Yo no soy el único".

"¿Quién más lo conoce?", preguntó ella.

"Hay al menos otra persona".

"¿No el gobierno? El gobierno no tiene idea alguna, ¿aunque está detrás de todo eso?".

"Hasta donde yo sé, ningún gobierno, ninguna agencia de inteligencia, nadie más".

"Nadie excepto usted".

"Y al menos otra persona".

"¿Y cómo llegó usted a descubrirlo?".

"No lo descubrí", respondió él. "Me fue entregado".

"¿Entregado? ¿Por quién?".

"Un hombre".

"¿Y quién era ese hombre?".

"Es difícil decirlo".

Después de eso, ella se inclinó hacia adelante y le habló con un tono más intenso y ligeramente sarcástico.

"Pruébeme", le dijo.

"No lo entenderá".

"¿Cómo se llamaba?".

"No lo sé".

"¿No lo sabe?", respondió, con cierto tono de diversión en su voz.

"No, él nunca me lo dijo".

"Entonces, este misterio trascendental es conocido solamente por usted y ese otro hombre que se lo entregó pero que no tiene nombre".

"No dije que él no tuviera nombre. Simplemente no me lo dijo".

"¿Y nunca le preguntó?".

"Lo hice, pero él nunca me lo dijo".

"¿Ningún número de teléfono?".

"Nunca me dio uno".

"¿Ninguna tarjeta de presentación?".

"No".

"¿Ni siquiera una dirección de correo electrónico?".

"No espero que usted me crea aún".

"¿Por qué no?", respondió ella, sin hacer intento alguno de ocultar su escepticismo. "¡Suena muy plausible!".

"Pero escúcheme".

"Así que este hombre que no tiene nombre le entrega este misterio".

"Correcto".

"¿Y por qué a usted?".

"Supongo que yo era la persona correcta".

"Entonces ¿fue usted elegido?".

"Supongo", respondió él con voz más apagada.

"¿Y de dónde obtuvo *él* el misterio?".

"No lo sé".

"Un misterio sobre el que pende el futuro de una nación, ¿y nadie sabe de dónde vino?".

"¿De dónde obtienen los profetas sus mensajes?".

"¡Profetas!", dijo ella. "¿Ahora estamos hablando de profetas?".

"Supongo que sí".

"¿Cómo Isaías… Jeremías?".

"Algo parecido".

"La última vez que oí sobre profetas estaba en la escuela dominical, Nouriel. Los profetas ya no existen; se fueron hace muchísimos años".

"¿Cómo lo sabe?".

"Así que, ¿me está diciendo que el hombre que le entregó esta revelación es un profeta?".

"Algo así".

"¿Él le dijo que era un profeta?".

"No. Él nunca dijo eso".

"¿Y usted cree todo esto porque vino de un profeta?".

"No", respondió él. "No habría importado quién lo dijo. No se trata del mensajero; se trata del mensaje".

"¿Y por qué me está diciendo todo esto *a mí*? ¿Por qué ha venido aquí? Yo no soy conocida exactamente por tratar cosas ni remotamente parecidas a esta".

"Porque hay mucho en juego. Porque el futuro depende de ello. Porque afecta a millones de personas".

"¿Y usted cree que yo tengo parte en esto?".

"Sí".

"¿De verdad?".

"Sí".

Ella se reclinó en su silla y le miró fijamente por un momento, intrigada, entretenida, y aún intentando entenderle.

"Entonces, Nouriel, dígame cómo comenzó todo".

Él metió su mano en el bolsillo de su abrigo, puso su mano cerrada sobre la mesa y después la abrió. En medio de su palma había un pequeño objeto de arcilla rojiza, marrón dorado, circular, de unos cinco centímetros de diámetro.

"Todo comenzó con esto".

"¿Y qué es?".

"Es un sello", respondió él. "Es el primer sello".

Capítulo 2
El profeta

א ת

"Un sello", repitió ella mientras continuaba con su examen del objeto que tenía en sus manos. "¿Y qué es exactamente un sello?". "Es lo que utilizaban en tiempos antiguos para marcar un documento como auténtico o autoritativo".

Ella lo dejó sobre la mesa.

"¿Y las marcas?".

"Letras", dijo él, "grabados paleohebreos".

"Paleohebreos... nunca lo he oído".

"Es una antigua forma de escritura hebrea".

"¿Es usted cierto tipo de arqueólogo?".

"No", respondió él, "periodista, periodista *free lance*".

"Un momento... Kaplan... Nouriel Kaplan. Sabía que el nombre me resultaba familiar. Usted ha escrito en revistas y en la Internet".

"Culpable".

"¿Por qué no me di cuenta antes?". Ella movió la cabeza por su sorpresa al no haber reconocido el nombre desde el principio.

"Entonces *no* está usted loco, después de todo", dijo casi en tono de disculpa.

"Algunos no estarían de acuerdo con esa suposición", respondió él.

Después de eso, la conducta y el tono de ella se volvieron marcadamente menos cautelosos.

"Pero esto tiene que ser una cosa aparte para usted. ¿Cómo se metió en esto?".

"Así fue", dijo él levantando de la mesa el sello de arcilla. "Esto es lo que dio comienzo a todo".

"¿Cómo lo consiguió?".

"Lo crea o no, llegó en el correo".

"¿Usted lo pidió?".

"No. Yo no lo pedí, ni lo estaba esperando. Simplemente llegó... un pequeño paquete marrón con mi nombre y dirección y sin remitente.

Dentro estaba este sello de aspecto antiguo, nada más; ninguna carta de explicación... nada".

"¿Y qué pensó usted?".

"No sabía qué pensar. ¿Qué se suponía que tenía que hacer con él? No tenía ninguna relación con nada de mi vida. ¿Quién me lo habría enviado sin explicación alguna? Lo dejé a un lado, pero seguía intrigándome. Un día... era bien avanzada la tarde... me encontré incapaz de dejar de pensar en ello, y decidí salir a tomsar algo de aire fresco. Puse el sello en el bolsillo de mi abrigo y fui a dar un paseo por el río Hudson. Era un día ventoso. El cielo estaba oscuro, lleno de nubes que no presagiaban nada bueno. Después de un rato me senté en uno de los bancos que miran al agua. Saqué el sello y comencé a examinarlo. Yo no estaba solo en el banco; había un hombre sentado a mi izquierda".

"Parece que va a haber tormenta", dijo él sin girarse hacia mí ni interrumpir su mirada, que estaba fija en el cielo que se veía por encima del agua.

"Así es", respondí yo.

Fue entonces cuando decidió mirar, primero me miró a mí y después al sello que tenía en mi mano. Y fue entonces cuando me di cuenta por primera vez de la intensidad de su mirada.

"¿Qué es eso?", preguntó.

"Algún objeto arqueológico".

"¿Puedo verlo?", dijo. "Prometo tener cuidado".

Yo dudé, pero por alguna razón... al pensarlo ahora, no sé exactamente por qué, estuve de acuerdo con su petición. Él comenzó a examinar los detalles.

"¿Tiene usted idea de lo que es?", le pregunté.

"¿Dónde lo consiguió?".

"¿Por qué?".

"Es muy interesante. Es un sello antiguo".

"¿Es qué?".

Él continuó. "Sellos como este se utilizaban para marcar documentos importantes: edictos, decretos, comunicaciones de reyes, gobernadores, príncipes, sacerdotes y escribas; en tiempos de antaño. El sello era la señal de autenticidad. Hacía saber que el mensaje era verdadero, de alguien importante, y que había que tomarlo en serio".

"¿Y lo que está escrito?".

"Es antiguo paleohebreo, de…yo diría…el siglo VI o VII a. C.

¿Cómo lo consiguió?".

"Alguien me lo envió".

"¿Quién?".

"No lo sé".

Él apartó su vista del objeto sólo el tiempo suficiente para establecer contacto visual conmigo como si mi respuesta le hubiese sorprendido.

"¿No sabe quién se lo envió?".

"No".

"Alguien sencillamente le envió esto por correo".

"¿Cómo sabe usted tanto al respecto?".

"¿Sobre sellos?".

"Sí".

"Los objetos antiguos son uno de mis pasatiempos. Es de Judea".

"¿De Judea?".

"El sello es del reino de Judá".

"¿Y es importante?".

"Mucho. Es de donde provino la mayor parte de la Biblia, el reino de Judá: Israel. Nunca hubo un pueblo para el cual la autenticidad de una palabra escrita significase tanto. Para ellos, era cuestión de vida o muerte. Mire, Dios les hablaba. Les enviaba palabras, mensajes proféticos de corrección; mensajes para salvarlos de la calamidad. Si ellos pasaban por alto un mensaje así, el resultado era catastrófico".

"¿Y cómo enviaba Dios esas palabras?".

"Por medio de sus mensajeros, por medio de sus siervos los profetas".

"¿Y cómo exactamente *enviaba* Él esos mensajes?".

"El profeta recibía la palabra mediante la impartición: una visión, un sueño, una proclamación, una señal. Entonces era responsable de transmitir la palabra a la nación, ya fuese proclamándola, o comprometiéndose a escribirla, o realizando un acto profético".

"¿Y cómo sabía la nación si una palabra venía de Dios o no…si era auténtica? ¿Cómo reconocían a un profeta auténtico?".

"No era por su aspecto", dijo él, "si es eso a lo que se refiere. Él no se veía necesariamente distinto a los demás, excepto que era *llamado*.

Podía ser un príncipe o un granjero, un pastor o un carpintero. Podía estar sentado al lado de usted, y usted no tendría ni idea de que estaba sentado al lado de un profeta". No se trataba del profeta sino de Aquel que le envió".

"Entonces, ¿cómo sabían si el mensaje era de Dios?".

"Contenía la marca, la huella de Aquel que lo envió".

"Como un sello".

"Sí, como un sello… y la palabra llegaba en el momento designado, cuando la nación necesitaba oírlo, en momentos críticos y en épocas de apostasía y peligro".

"¿Peligro?".

"De juicio", respondió él.

"¿Y escuchaban a los profetas?".

"Algunos sí; otros no. Preferían oír mensajes agradables. Pero los mensajes de los profetas no tenían la intención de hacerles sentir bien sino de advertirles. Por eso los profetas eran perseguidos… y después llegaba el juicio… la calamidad… la destrucción".

Y me devolvió el sello.

"Era él", dijo Ana rompiendo su silencio. "El hombre del banco… él era el profeta".

"Sí".

"Él se lo hizo saber cuando dijo: 'Podría estar sentado al lado de usted'".

"Exactamente".

"¿Qué aspecto tenía?".

"Un poco delgado, cabello oscuro, barba muy recortada. Tenía aspecto mediterráneo o de Oriente Medio".

"¿Y cómo vestía?".

"Llevaba un largo abrigo oscuro. Llevaba el mismo abrigo cada vez que le vi".

"Y le devolvió el sello".

"Sí, y yo le pregunté: '¿Y por qué querría alguien enviarme un sello antiguo?'.

"'Un sello', me dijo, 'da testimonio de un mensaje que es auténtico o que tiene una gran importancia'.

"'Pero ¿qué tendría que ver eso conmigo?', le pregunté. 'Yo no tengo nada que ver con mensajes de gran importancia'.

"'Quizá sí tenga que ver pero usted no lo sabe'.

"'Mire, es usted muy místico'.

"'O quizá', dijo él, 'esté usted a punto de recibir uno'.

"'¿Qué quiere decir?'.

"'Un mensaje de gran importancia', contestó. Su mano izquierda había estado reposando en su regazo durante toda la conversación... cerrada. Fue entonces cuando la abrió. En medio de su palma estaba un sello".

"¡No!", dijo Ana, inclinándose ahora sobre su silla. "¿Cómo podía tenerlo?".

"Pero lo tenía".

"...¿un sello como el de usted?".

"Como el mío, pero con marcas diferentes".

"¿Pero cómo...?".

"Exactamente. Eso es lo que *yo* quería saber".

No podía pensar con claridad. No podía procesarlo. Mi corazón latía con fuerza y mi voz se puso tensa. "¿Qué es eso?", pregunté. Yo sabía lo que era, pero no sabía de qué otro modo decirlo.

"Un sello", respondió él.

"Lo que quiero decir es qué está haciendo con un sello".

"¿Qué estoy haciendo *yo* con un sello? La pregunta es: ¿Qué está haciendo *usted* con un sello?".

"¿Cómo consiguió ese?", le dije.

"Se lo dije, es mi pasatiempo. Los colecciono".

"¿Usted colecciona sellos?".

"Sí".

"¡Es *usted*!", dije yo, con mi voz llena de tensión y elevándose. "Usted es quien está detrás de esto. Usted es quien me lo envió. ¿De qué se trata todo esto?".

"Se trata de descubrir de qué se trata".

"¿Cómo hizo esto? ¿Cómo se las arregló para...me ha estado siguiendo?".

"¿Siguiéndole *a usted*? Yo era quien estaba aquí sentado en este banco. Fue usted quien llegó después. ¿Está seguro de que *usted* no me estaba siguiendo *a mí*?".

"Ni siquiera le conozco".

"Sin embargo, usted fue quien llegó después".

Él tenía razón, claro. Él no podía haberme seguido, pues ya estaba allí. Fui *yo* el que se sentó a su lado. Y sin embargo, en su mano tenía un sello igual que el mío, como si él supiera que yo llegaría, como si hubiera estado esperando. Pero para mí fue extraño ir hasta allí. No estaba planeado. Y fui *yo* quien escogió sentarse en ese banco en particular y sacar el sello en ese momento en particular. Volví a preguntarle: "¿De qué se trata esto?".

"Le han entregado a usted un sello", dijo él. "Donde haya un sello, debe haber un mensaje. ¿Tiene usted un mensaje?".

"No", respondí yo, casi a la defensiva. "No tengo ningún mensaje".

En ese momento hizo una pausa y miró fijamente unos momentos a la distancia. Entonces se giró hacia mí y, mirándome directamente a los ojos, pronunció su respuesta. "Pero *yo* sí".

"¿Qué quiere decir?", le pregunté.

"Pero yo tengo un mensaje".

"¿Qué mensaje?".

"Tengo un mensaje...para usted".

En ese punto yo estaba casi temblando. Me levanté del banco. "No lo creo", dije con una voz tensa de ansiedad. "No tengo idea de cómo se las arregló para hacer esto, pero no tiene nada que ver conmigo".

"Es el momento", respondió él.

Yo quería salir corriendo, pero no podía. Estaba dividido entre dos impulsos: el de alejarme de ese banco tanto como pudiera y la necesidad de escuchar lo que él tenía que decir. Estaba paralizado. Y entonces él habló otra vez.

"Es el momento, Nouriel".

"¡Nouriel!", respondí casi gritando. "¿Cómo sabía...?".

◆ ◆ ◆

"¿Cómo *es posible* que él supiera su nombre?", interrumpió Ana.

"Buena pregunta, pero él nunca la respondió. En cambio, volvió a dirigir su mirada a la distancia y siguió hablando. 'Es el momento designado, pero no para una antigua nación. Es el momento de que se le dé al mundo... de que el misterio sea revelado... de que el mensaje salga. Es el momento designado, pero no para una antigua nación'".

"Esto no tiene nada que ver conmigo", dije yo otra vez.

"Entonces, ¿por qué se le entregó el sello?", preguntó él.

"¿Quién *es* usted?", le dije.

Él no respondió a eso, pero me miró. Hubo un silencio tan intenso como todo lo demás que ocurrió aquel día. Yo no podía quedarme allí más tiempo.

"¿Así que se fue?", preguntó ella.

"Sí".

"¿Y qué hizo él cuando usted se fue?".

"No lo sé. No miré atrás".

"¿Y cómo le dio sentido a todo aquello?".

"No lo hice. Me fui a casa. Pero no podía dejar de pensar en ello. Durante días fue casi imposible dormir. Agarré una Biblia para buscar cualquier cosa que pudiera encontrar sobre los profetas y sus mensajes. Pasaron días, semanas, y yo apenas podía pensar en otra cosa sino en aquel encuentro. Y entonces regresé".

"Al banco al lado del Hudson".

"Sí, pero no exactamente *al* banco, sino cerca, donde podía verlo desde cierta distancia".

"¿Por qué?".

"Porque no estaba seguro de querer volver a verle".

"Pero usted *sí* quería volver a verle".

"Una vez más, estaba dividido. Sabía que si no volvía a verle, nunca conocería la respuesta. Al mismo tiempo tenía temor a lo que pudiera significar. Y aun así, seguía sintiéndome atraído. Tenía que regresar".

"¿Y ...?".

"Y él no estaba allí. Regresé una segunda vez. Y tampoco estaba él. Y después una tercera".

"¿Y ...?".

"La tercera vez él estaba allí, justamente donde la primera vez, sentado en el mismo banco en el mismo lugar, con el mismo abrigo largo y oscuro".

"¿Y ...?".

"Y entonces comenzó".

Capítulo 3
La víspera del Reino y los nueve presagios

ה א

Yo estaba de pie detrás del banco y a la derecha.

"Ha regresado", dijo el profeta, sin hacer ningún movimiento de su cabeza y manteniendo su mirada en la distancia. No era posible que me hubiera visto, pero él sabía que yo estaba allí. Era algo a lo que nunca pude llegar a acostumbrarme… estar con alguien que sabías que podía, en cualquier momento dado, atravesarte con la mirada.

"¿Por qué?", preguntó él, aún mirando hacia las aguas. "¿Por qué ha regresado?".

"Porque", respondí, "usted es el único que puede darme la respuesta".

"¿A qué?", me preguntó.

"Al problema".

"¿A qué problema?".

"Al problema de usted".

"¿Yo soy el único que puede responder al problema que soy yo?", dijo él con un matiz de alegría en su voz. "No lo sé, Nouriel; me suena a paradoja".

"¿Estoy equivocado?", pregunté.

"No", respondió. "No está equivocado".

Me uní a él en el banco. Fue sólo entonces cuando él interrumpió su mirada para mirarme. "¿Pero está listo?", preguntó.

"¿Para…?".

"La respuesta".

"Espero que sí".

"Entonces comencemos. Usted es periodista; ¿trajo un cuaderno o una grabadora?".

"Una grabadora".

"Bien", dijo él. "Pensé que tendría una. Enciéndela".

Yo saqué la grabadora del bolsillo de mi abrigo y presioné la tecla *record*. Desde entonces tuve aún más cuidado de asegurarme de no salir nunca a ningún lugar sin ella, por si acaso.

"Entonces ¿grabó todo lo que el profeta le dijo?", preguntó Ana.

"Prácticamente todo".

"*Grabaciones del profeta* ... no es un mal título para un libro".

"En cuanto la encendí, él volvió a dirigir su mirada hacia las aguas y ligeramente hacia arriba, sin centrarse en ningún objeto en particular por lo que yo pude ver. Entonces comenzó a hablar como si se tratase de algún recuerdo distante".

"No tenían idea alguna de lo que iba a llegar. Pensaban que todo seguiría igual que siempre, como si nunca cambiase. No tenían idea alguna de lo que estaba a punto de suceder o de hacia dónde conducía todo. Todo lo que ellos habían conocido hasta ese momento, todo su mundo, se desvanecería".

"¿Quiénes?".

"Un pueblo antiguo ... un reino antiguo. Israel, el reino del norte, siglo VIII a. C. Ellos deberían haberlo sabido. Todo estaba ahí desde el principio, pero lo olvidaron".

"¿Qué olvidaron?".

"Su propósito, su fundamento, aquello que los hacía únicos. Ninguna otra nación había sido llamada a nacer para la voluntad de Dios o había sido dedicada a sus propósitos desde su concepción. Ningún otro pueblo había recibido un pacto, pero el pacto tenía una condición. Si ellos seguían los caminos de Dios, llegarían a ser la más bendita de las naciones. Pero si se alejaban y daban la espalda a los caminos de Él, entonces sus bendiciones serían apartadas y sustituidas por calamidad, como ellos hicieron, y como fue".

"¿Pero por qué se alejaron si se les había dado tanto?".

"Es un misterio" dijo el profeta, "un tipo de amnesia espiritual. Cuando comenzó, ellos seguían utilizando el nombre de Dios pero cada vez con menos significado. Entonces comenzaron a mezclarlo y confundirlo con los dioses de las naciones. Y después comenzaron a volverse contra Él; sutilmente al principio, después abiertamente, y luego descaradamente, apartándole de su vida nacional y poniendo ídolos para llenar

el vacío. La tierra llegó a cubrirse de ídolos y altares a dioses extraños.
Ellos rechazaron su pacto, abandonaron sus normas, e intercambiaron los valores según los cuales habían vivido siempre por otros que nunca habían conocido: espiritualidad por sensualidad, santidad por blasfemia y justicia por interés propio. Se apartaron a sí mismos de la fe sobre la cual su nación había sido establecida y se convirtieron en extraños para Dios. Y en cuanto a sus más inocentes, sus niños pequeños, los ofrecieron como sacrificios".

"¿Literalmente?" pregunté. "¿Literalmente mataron a sus propios hijos?".

"Sobre los altares de Baal y Moloc, sus nuevos dioses. Hasta ese punto descendieron. Todo estaba boca abajo. Lo que anteriormente habían conocido como correcto, ahora lo consideraban desfasado, intolerante e inmoral. Y lo que anteriormente habían conocido como inmoral, ahora lo defendían y celebraban como sagrado. Ellos se transformaron a sí mismos en los enemigos del Dios que antes adoraban y de la fe que antes seguían, hasta que la mención misma del nombre de Él fue prohibida en sus plazas públicas. Y sin embargo, a pesar de todo eso, Él era misericordioso y los llamaba, una y otra vez".

"¿Por medio de los profetas?".

"Por medio de los profetas: Elías, Eliseo, Oseas y Amós, rogándoles, advirtiéndoles, llamándoles a regresar. Pero ellos rechazaron el llamado y declararon la guerra a quienes permanecían fieles. Los catalogaron de problemáticos, irritantes, peligrosos y, finalmente, enemigos del Estado. Fueron marginados, vilipendiados, perseguidos e incluso cazados. Y así la nación se volvió sorda al llamado de quienes intentaban salvarlos del juicio. La alarma tendría que ser más fuerte y las advertencias más severas".

"¿Más severas?".

"Ellos entraron en una nueva etapa. Las palabras de los profetas entonces se unieron al sonido de la calamidad. Dios retiró el vallado".

"¿Qué vallado?", pregunté.

"El vallado que Él había puesto alrededor de ellos, el vallado de protección, de seguridad nacional que les mantenía seguros hasta ese momento. Mientras estuvo en su lugar, ellos estuvieron seguros. Ningún reino enemigo, ningún imperio, ningún poder en la tierra podía tocarlos. Pero cuando fue retirado, todo cambió. Sus enemigos ya podían entrar, abrir brecha en su tierra y entrar por sus puertas. Fue una nueva fase, mucho más peligrosa que antes. Así comenzaron los tiempos de calamidades y temblores...los tiempos de la advertencia final".

"¿Y cuándo sucedió todo eso? ¿Cuándo fue retirado el vallado?".

"En el año 732 a. C.".

"Quizá me estoy perdiendo algo", dije. "Pero ¿qué tiene que ver todo esto, lo que sucedió hace dos mil quinientos años, con nada...con el presente? ¿Qué tiene que ver con el porqué está usted aquí y el porqué estoy yo escuchando todo esto? Cuando nos encontramos por primera vez, usted dijo que no se trataba de una antigua nación, pero hasta ahora de lo único que ha hablado es de una antigua nación".

"Dije: 'No *para* una antigua nación'. Eso es diferente".

"¿Pero por qué está hablando de una antigua nación?".

"Porque a menos que entienda lo que sucedió entonces, nunca entenderá lo que está sucediendo ahora".

"¿Ahora? Entonces ¿es cierto tipo de clave?".

"Una clave para el momento designado, para que se dé la palabra y para que salga el mensaje, pero no para una antigua nación".

"Entonces para... ¿para qué nación?".

Él se quedó en silencio.

Volví a preguntarle: "Entonces ¿para qué nación?".

Fue entonces cuando lo pronunció.

"Estados Unidos", dijo. "Ahora para Estados Unidos".

Tras decir eso, se levantó del banco y caminó hacia las aguas.

No podía dejar las cosas así, y lo seguí hasta allí. "¿Todo esto tiene que ver con Estados Unidos?".

"Sí".

"Entonces, ¿es el *momento designado* para Estados Unidos? ¿Para que un misterio sea revelado y un mensaje sea entregado a Estados Unidos?".

"Sí".

"¿Pero qué tiene que ver Estados Unidos con la antigua Israel?".

"Israel era única entre las naciones en cuanto a que fue concebida y dedicada en su fundación para los propósitos de Dios".

"Muy bien...".

"Pero hubo otra, una civilización también concebida y dedicada a la voluntad de Dios desde su concepción...Estados Unidos. De hecho, quienes pusieron sus fundamentos...".

"Los Padres Fundadores".

"No, mucho antes que los Padres Fundadores. Quienes establecieron los fundamentos de Estados Unidos lo veían como una nueva Israel, una Israel del Nuevo Mundo. Y como la antigua Israel, lo veían en pacto con Dios".

"¿Y qué quiere decir eso?".

"Quiere decir que su ascenso o su caída dependería de su relación con Dios. Si seguía sus caminos, Estados Unidos llegaría a ser la nación más bendita, próspera y poderosa de toda la tierra. Desde el principio mismo lo predijeron. Y lo que ellos predijeron se hizo realidad. Estados Unidos se elevó hasta alturas que ninguna otra nación había conocido jamás. No es que no tuviera faltas ni pecado, sino que aspiraba a cumplir su llamado".

"¿Qué llamado?".

"Ser un canal de redención, un instrumento de los propósitos de Dios, una luz para el mundo. Dio refugio a los pobres y necesitados del mundo, y esperanza a sus oprimidos. Hizo frente a la tiranía. Luchó, en más de una ocasión, contra los oscuros movimientos del mundo moderno que amenazaban con tragarse la tierra. Liberó a millones. Y en la medida en que cumplió su llamado o aspiró a hacerlo, se convirtió en la nación más bendita, más próspera, más poderosa y más respetada de la tierra; como sus fundadores habían profetizado".

"Pero viene un *pero*, ¿verdad?".

"Sí", respondió él. "Siempre había otra parte del pacto. Si la antigua Israel se apartaba de Dios y daba la espalda a sus caminos, sus bendiciones serían apartadas y sustituidas por maldiciones".

"¿Pero no estaba Israel rodeada de naciones mucho peores sin concepto alguno de Dios ni código moral?", pregunté. "Entonces ¿por qué Israel sería juzgada?".

"Porque a quien mucho se le da, mucho se le requiere. Y ninguna nación había recibido nunca tanto. Ninguna había sido tan bendecida espiritualmente. Por tanto, las normas eran más elevadas, había más en juego, y el juicio, cuando llegase, sería más severo".

"Y Estados Unidos...", dije.

"Y Estados Unidos ha hecho mucho bien. Y no hay pocas naciones que sobrepasen con mucho cualquiera de sus fallos o pecados. Pero ninguna nación en el mundo moderno ha recibido nunca tanto. Ninguna ha sido tan bendecida. A quien mucho se le da, mucho se le requiere. Si una nación tan bendecida por Dios se alejase de Él, ¿entonces qué?".

"¿Sus bendiciones serían sustituidas por maldiciones?".

"Sí".

"¿Y se ha vuelto Estados Unidos contra Dios?", pregunté.

"Se ha vuelto, y se está volviendo".

"¿Cómo?".

"Del mismo modo en que Israel se volvió. Comenzó con la complacencia espiritual, después confusión espiritual, tras eso la unión de Dios con ídolos y después, al final, el rechazo de sus caminos. Al igual que la antigua Israel, Estados Unidos comenzó a apartar a Dios de su vida, volviéndose, paso a paso, contra sus caminos, con sutileza al principio y después cada vez más descaradamente".

"¿Cuándo?", pregunté. "¿Cuándo comenzó?".

"No hay una respuesta sencilla. En los mejores momentos de Estados Unidos siempre hubo pecado, y en sus peores momentos grandeza. Pero hay puntos críticos. En mitad del siglo XX, Estados Unidos comenzó a retirar oficialmente a Dios de su vida nacional. Abolió la oración y la Escritura en las escuelas públicas. Al igual que la antigua Israel había eliminado los Diez Mandamientos de su conciencia nacional, así Estados Unidos hizo lo mismo, eliminando los Diez Mandamientos de la vista pública, prohibiéndolos en sus plazas públicas, y quitándolos, por decreto del gobierno, de sus paredes. Como fue en la antigua Israel, así también en Estados Unidos Dios fue expulsado progresivamente de la vida pública de la nación. La mención misma del nombre *Dios* o *Jesús* en cualquier contexto relevante se convirtió cada vez más en un tabú y estaba fuera de lugar a menos que fuese con el propósito de la burla y el ataque. Lo que antes se había reverenciado como sagrado se trataba cada vez más como profano. Y cuando Dios fue expulsado, se llevaron ídolos para sustituirle".

"Pero los estadounidenses no adoran ídolos".

"No", dijo el profeta, "sencillamente no los llaman *ídolos*. Cuando Dios fue apartado de la vida estadounidense, llegaron los ídolos para llenar el vacío: ídolos de sensualidad, de avaricia, de dinero, de éxito, de comodidad, de materialismo, de placer, de inmoralidad sexual, de adoración a uno mismo, de ensimismamiento. Lo sagrado fue desapareciendo cada vez más y lo profano ocupó su lugar. Fue otro tipo de amnesia espiritual; la nación olvidó sus fundamentos, su propósito y su llamado. Las normas y valores que por tanto tiempo había sostenido fueron abandonados. Lo que antes se había conocido como inmoral, ahora era aceptado. Su cultura se fue corrompiendo paulatinamente por la corrosión de la inmoralidad sexual, se fue volviendo cada vez más cruda y vulgar. Una ola de pornografía comenzó a introducirse en su medios de comunicación. La misma nación que antes había sido dedicada a difundir la luz de Dios a las naciones ahora llenaba el mundo de lo pornográfico y lo obsceno".

"Algunos lo llamarían *tolerancia*", dije.

"Sí", respondió él, "la misma tolerancia que alcanzó a la antigua Israel… una tolerancia para todo lo que se oponía a Dios, una creciente tolerancia de la inmoralidad y una creciente intolerancia de lo puro; una tolerancia que se burlaba, marginaba y condenaba a quienes permanecían fieles a los valores que ahora son descartados. La inocencia fue ridiculizada y la virtud fue vilipendiada. Se enseñó a los niños inmoralidad sexual en las escuelas públicas a la vez que se prohibía la Palabra de Dios. Fue una tolerancia que puso lo profano en el escaparate público y eliminó las escenas de la Natividad de la vista pública… contrabando, como si de algún modo se hubieran convertido en una amenaza; una tolerancia extrañamente intolerante".

"Pero aun así" dije yo, "¿cómo se compara todo eso con lo que sucedió en la antigua Israel? Estados Unidos no ofrece a sus hijos sobre altares de sacrificio".

"¿No lo hace?", dijo él. "Diez años después de eliminar la oración y la Escritura de las escuelas públicas, la nación legalizó el asesinato de sus no nacidos. La sangre de los inocentes ahora manchó sus manos colectivas. Israel había sacrificado a miles sobre los altares de Baal y Moloc. En el comienzo del siglo XXI, Estados Unidos había sacrificado a *millones*. Por sus miles, llegó juicio sobre Israel. ¿Qué entonces de Estados Unidos?".

"Entonces, ¿qué está usted diciendo?".

Él no respondió.

"¿Está Estados Unidos en peligro de juicio?", pregunté.

De nuevo se mantuvo en silencio.

"Dígame… ¿está Estados Unidos en peligro de juicio?".

"¿Está seguro de que quiere saber la respuesta?".

"Estoy seguro".

"La respuesta a su pregunta es *sí*... Sí. Estados Unidos está en peligro de juicio".

Yo no respondí de inmediato. Intentaba plantear una defensa. Finalmente dije: "No puede ser tan malo como lo era en la antigua Israel. Ellos iban en contra de los profetas; pero si Dios enviase un mensaje en la actualidad a Estados Unidos, llamando a regresar, la gente escucharía".

"¿Lo harían?".

"¿No lo harían?".

"No".

"¿Cómo lo sabe?".

"Porque han ensordecido sus oídos a esas voces. Por tanto, al igual que en la antigua Israel, la alarma tendría que sonar más fuerte y el llamado ser más severo".

"¿Y qué significa eso?".

"Significa que Estados Unidos entraría en una nueva etapa".

"¿De qué?".

"De lo que le sucedió a Israel", respondió él.

"¿El vallado?".

"La eliminación del vallado de protección de la nación".

"¿Y qué significaría si algo como eso sucediese?".

Hubo una larga pausa antes de que él respondiera a eso. "Ya ha sucedido".

"¿Qué quiere usted decir?".

"El vallado de Estados Unidos ya ha sido eliminado, y se han manifestado los nueve presagios".

"¿Los nueve presagios?".

"Los nueve presagios que se manifestaron en la antigua Israel en los últimos tiempos de la nación. Cada uno era una señal. Cada uno era una advertencia de juicio... de su final... los nueve presagios de juicio".

"No lo entiendo".

"Todo está sucediendo otra vez según el mismo patrón, según el juicio de la antigua Israel. Los nueve presagios que aparecieron en los últimos tiempos de la antigua Israel ahora están apareciendo en Estados Unidos".

"¿Apareciendo en Estados Unidos?".

"Cada uno se está manifestando en suelo estadounidense. Cada uno contiene un mensaje profético. Y sobre ellos pende el futuro de la nación".

"No lo entiendo".

"No tiene que entenderlo. Todo será revelado".

Él me preguntó si yo tenía el sello. Lo tenía. Lo saqué de mi bolsillo y se lo entregué. Entonces él abrió su otra mano para revelar otro sello, el mismo que tenía el día que nos conocimos; y lo puso en mi mano.

"Nueve sellos, uno para cada presagio, uno para cada misterio".

"¿Y este?", pregunté.

"Este es el sello del primer presagio".

"¿Y el que yo le di?".

"Ese era *su* sello. Pero de los sellos de los presagios, hay otros ocho. Guardará usted cada sello hasta que volvamos a encontrarnos, y en ese momento me lo devolverá para recibir el siguiente sello y la siguiente revelación. Solamente tendrá un sello cada vez, el depósito de seguridad de un siguiente misterio".

"¿Y confía usted en que yo se lo devuelva?", le pregunté.

"Sí".

"Pero ¿cómo sabe que volverá a verme otra vez?".

"Usted es quien está buscando, y no se detendrá hasta que encuentre. En cualquier caso, tengo mi propio depósito de seguridad, ¿no cree?".

Hizo una pausa, y entonces asintiendo lentamente con su cabeza dijo: "Hasta entonces, Nouriel". Y comenzó a alejarse.

"¿Y *mi* sello?", le grité.

"Le será devuelto cuando hayamos terminado", respondió sin detenerse ni girar su cabeza.

"¿Y cuándo volveremos a encontrarnos?", le pregunté.

"Cuando sea tiempo de hablar del primer presagio".

"¿Aquí?".

"En el lugar designado", respondió él.

"¿Cómo lo sabré?".

"¿Cómo supo llegar hasta aquí al principio?", me preguntó.

"No lo sabía".

"Así, tampoco lo volverá a saber, y sin embargo estará usted ahí".

Y entonces se fue.

Capítulo 4
El primer presagio: La brecha

ה א

"¿**P**ERO VIO AL profeta después de aquello?".

"Sí".

"¿Y no tuvo *ningún* contacto con él antes de verle de nuevo?".

"Correcto".

"No lo entiendo", dijo ella. "¿Cómo supo dónde reunirse con él o cuándo... si él nunca se lo dijo?".

"No sabía dónde ni cuándo", respondió él. "Simplemente nos encontramos".

"Sigo sin entenderlo".

"Tan sólo sucedía. A veces yo era dirigido por las indicaciones, y otras veces era dirigido a pesar de ellas. Incluso cuando las entendía mal, al final terminaba en el lugar correcto. Y a veces, incluso sin ninguna indicación, cuando yo ni siquiera estaba buscando... aun así sucedía. Terminábamos estando en el mismo lugar. Llámelo *predestinación*. No lo sé. Sólo sucedía".

"¿Por qué cree que el profeta le daba las pistas para reunirlas en lugar de decírselo sencillamente desde el principio?".

"No lo sé. Quizá porque era el proceso de intentar reunirlo todo lo que conducía al siguiente encuentro. Creo que también era para que cada presagio quedase grabado en mi conciencia".

"Entonces volvió a encontrarle. ¿Y qué sucedió? No, espere un momento". Se levantó de la mesa, fue hasta su escritorio y presionó uno de los botones de su teléfono. "No me pase llamadas", dijo. "No quiero tener ninguna interrupción".

"¿Ni siquiera las llamadas que están programadas?", respondió una voz de mujer en el altavoz del teléfono.

"No. Dígales que ha surgido algo y que me pondré en contacto lo antes posible. Discúlpese por mí... amablemente".

"¿Por cuánto tiempo?".

"No lo sé", dijo ella. "Durante el resto del día". Regresó a la mesa y volvió a enfocar su atención. Muy bien, entonces volvió a encontrarse con él", dijo. "¿Cuándo y dónde?".

"Fueron cuatro semanas después de nuestro último encuentro. Durante ese período estudié el sello buscando indicaciones sobre el misterio del primer presagio.

"¿Y qué había en el sello?".

"Marcas y formas, pero una que era claramente la imagen central y la más grande. Era… ¿cómo puedo describirlo? Había una línea horizontal como si fuese el borde superior de algún objeto o estructura. La línea descendía en mitad del sello, y después volvía a ascender, y continuaba como línea horizontal hasta el otro lado. Así que formaba algo parecido a una V en el medio. Yo no podía darle ningún sentido".

"¿Entonces?".

"Entonces regresé al banco al lado del agua, pero él no estaba allí. Regresé varias veces más después de aquella, pero nada. Pasaron más semanas, y luego meses. Me preguntaba si volvería a verle otra vez. Y todo ello seguía sin parecer real. Casi habría dudado de mi memoria si no hubiera sido por el sello. Un día… era un martes en la mañana, y yo estaba en el bajo Manhattan, la parte más inferior de la isla, en el Battery Park, pensando en las palabras del profeta y mirando sobre las aguas a la Estatua de la Libertad en la distancia.

Al principio no me di cuenta de una figura oscura que estaba de pie a unos 50 pies (15 metros) delante de mí y a la derecha. Era él. También estaba de frente al agua, así que yo sólo pude ver su espalda. Si él estaba mirando a la estatua o a algún otro objeto, o solamente al agua, no lo sé. Se giró sólo por un momento, y fue entonces cuando le reconocí. Me acerqué hasta él todo lo rápidamente que pude, sin querer arriesgarme a perderme el momento. Mientras aún estaba a sus espaldas, él habló… una vez más sin apartar su vista, al menos al principio.

"Nouriel", dijo.

"Presente", respondí.

"Y justo a tiempo".

"¿Usted arregló eso también?", le pregunté.

"No. ¿Ha estudiado el sello?".

"Sí".

"¿Y qué encontró?".

"Nada".

"¿Ha traído su grabadora?".

"Siempre va conmigo".

"Entonces comencemos", dijo dirigiendo su mirada hacia mí por primera vez en el intercambio. Una cálida brisa movía su cabello mientras él hablaba por encima del sonido de las gaviotas. "Saque el sello", dijo.

"¿Qué ve?".

"Inscripciones, símbolos y un símbolo principal".

"¿Y qué sentido le da?".

"No lo sé. Es algo como una V".

"Es una imagen, Nouriel".

"¿De qué?".

"Lo alto de un muro", dijo él. "Es un muro de protección".

"¿Y qué es la V en el medio?".

"No es una V", respondió él, "es una brecha".

"¿Una brecha?".

"Un hueco, un espacio, una abertura en el muro. El muro está roto, la señal de que ha entrado un enemigo".

"Es la eliminación del vallado de protección. ¿Es lo que le sucedió a la antigua Israel?".

"Sí. Al no haber otra manera de llegar hasta ellos, el vallado de protección es eliminado. El año es 732 a. C. Los enemigos de Israel invaden la tierra y causan estragos. La calamidad traumatiza a la nación, pero tiene lugar a escala limitada. El enemigo golpea y después se retira. Es un anuncio de algo mucho mayor y mucho más severo: una advertencia…un presagio de un futuro juicio tan grande que si llegase a producirse, la nación nunca se recuperaría".

"Entonces la advertencia es la eliminación del vallado".

"Sí", dijo el profeta, "una advertencia de última etapa, que se permite que tenga lugar sólo cuando ninguna otra cosa les haga despertar…limitada…restringida…el sonido de una alarma con el propósito de evitar una calamidad mucho mayor. Nunca podría haber sucedido si Israel hubiese permanecido dentro de la voluntad de Dios. Ningún enemigo podría haber hecho una brecha en sus muros. Pero fuera de la voluntad de Dios, cualquier idea de seguridad nacional o invencibilidad era una ilusión. La brecha la sacó a la luz. La nación estaba en peligro. Sería conmovida hasta sus cimientos... y aparte del regreso a Dios, no había ningún muro lo bastante fuerte para protegerla. Era su toque de atención".

"Entonces ¿nunca se despertaron?".

"No", respondió. "La mayoría consideró la tragedia un asunto de defensa, de seguridad nacional o de política exterior. Se comprometieron a asegurarse de que nunca más volviera a suceder. Fortificaron sus defensas, fortalecieron sus muros y formaron alianzas estratégicas. Pocos de ellos pensaron en la posibilidad de que pudiera haber algún significado más profundo detrás de aquello. Y sin embargo, las voces de sus profetas, las palabras de sus Escrituras y una incomodidad en sus corazones les estaban advirtiendo de que algo iba mal. La nación se había apartado de Dios. Pero aparte de los profetas, pocos entendieron la línea crítica que habían cruzado y la nueva y peligrosa era en la que habían entrado. Ninguna potencia política o militar sería lo bastante fuerte para asegurar su seguridad; sólo un regreso a Dios. El ataque fue una advertencia y un presagio de juicio".

"¿Y qué sucedió después de que no escuchasen su toque de atención?".

"A medida que pasó el tiempo, parecía como si la vida estuviera regresando gradualmente a la normalidad. Había un descanso, paz. Con cada año que pasaba, parecía como si el peligro estuviese más alejado a sus espaldas. Pero era una ilusión. El problema y el peligro solamente aumentaron. Fue un período de gracia, que les fue dado en misericordia, para que pudiesen cambiar su curso y evitar el juicio. Pero si no, entonces llegaría un juicio aún mayor, y esa primera brecha de sus muros sería recordada como el presagio que fue el comienzo de su caída. Aquellos fueron los días más críticos". Hizo una pausa. "El sello, Nouriel... entréguemelo".

Yo se lo entregué, y él lo elevó en su mano derecha.

"El primer presagio", dijo manteniendo el sello al nivel de mis ojos. "La brecha. La nación que por mucho tiempo había conocido bendición y seguridad es testigo del fracaso de sus defensas. Sus muros de protección son traspasados, su seguridad nacional es quebrantada, y su ilusión de invencibilidad hecha pedazos. Los días del presagio comienzan".

"¿Y esto tiene algo que ver con Estados Unidos?", pregunté yo.

"Estados Unidos era la nación más bendecida de la tierra, y sus bendiciones estaban protegidas por un potente vallado de protección nacional. Como sus fundadores habían predicho, si la nación seguía los caminos de Dios sería bendecida no sólo con prosperidad y poder sino también con paz y seguridad".

"Pero si Estados Unidos se alejaba de Dios, ¿sería eliminada su protección?".

"Sí, y así lo hizo. Y así fue. Su vallado de protección fue eliminado, y sus muros fueron rotos".

"¿Sus muros fueron rotos? ¿Cuándo?", pregunté.

El profeta se quedó en silencio, como si estuviera esperando a que yo lo dijese, o esperando a que lo entendiese. Y entonces lo entendí... enseguida.

"¡El 11 de septiembre!".

"Sí", dijo el profeta. "El primer presagio: la brecha. La nación que por tanto tiempo había conocido las bendiciones de paz y seguridad es testigo de la rotura de sus muros de protección cuando sus defensas fracasan. El 11 de septiembre de 2001 los muros de la seguridad nacional de Estados Unidos fueron traspasados. Sucedió justamente aquí", dijo señalando al cielo por encima de las aguas. "El segundo ataque. Así llegó. La nación más poderosa de la tierra y el sistema de defensa más sofisticado jamás construido por el hombre...".

"Su muro de defensa... traspasado".

"Y entonces llegó el error", dijo él. "Entonces llegó la repetición del antiguo error. Estados Unidos respondió a la calamidad como si sólo fuese cuestión de seguridad y de defensa... y nada más. Fortalecería sus defensas nacionales y fortificaría sus muros de protección. No hubo pausa para meditar en si podría haber algo de un significado más profundo tras ello, ni para preguntar si algo podría ir mal, no hubo examen de sus caminos".

"¿Estaba Dios detrás de ello?", pregunté.

"El hombre estaba detrás de ello", respondió. "Hombres malvados estaban detrás de ello. Hasta ese punto habían estado refrenados, pero ese freno tenía sus límites. Al igual que el ataque sobre la antigua Israel, ahora se permitió un ataque sobre suelo estadounidense".

"Pero lo planearon hombres malvados", le dije. "Fue maldad".

"Sí", respondió él, "pero Dios puede hacer que lo que es malo obre para bien".

"¿Pero qué bien?".

"El sonido de una alarma para despertar a una nación que duerme, para que cambie su curso, para salvarla del juicio".

"¿Pero entonces estaba Dios con los enemigos de Estados Unidos?".

"No. No más de lo que estaba con quienes atacaron a la antigua Israel. Quienes hacen tales cosas son también enemigos de Él. Dios estaba en contra de quienes atacaron Estados Unidos y trató con ellos igual que trató con los enemigos de la antigua Israel".

"¿Y qué de los que perecieron?", pregunté.

"Cuando la calamidad llegó a la antigua Israel, tanto justos como injustos fueron tocados por ella. Ambos perecieron igualmente. El juicio fue sobre la nación. Pero que los inocentes y los justos también perecieran en aquellas calamidades no fue una cuestión de juicio sino de tristeza. Pero para la nación, el hecho de que tales calamidades pudieran haber sucedido en primer lugar fue cuestión tanto de advertencia como de juicio. Cada uno tuvo lugar en su propio ámbito. Así fue con el 11 de septiembre; la calamidad tuvo lugar en dos ámbitos diferentes: el ámbito privado de los individuos y el ámbito público de la nación. En el primer ámbito sólo hay tristeza, y la magnitud de la calamidad es secundaria. Y para aquellos que fueron tocados, la pérdida de una vida es la pérdida de todo un mundo. El mandato aquí es vendar a los quebrantados, consolar, apoyar y no olvidar nunca a los heridos y los afligidos. Pero el segundo ámbito es distinto y separado, centrándose no en el individuo sino en la nación en general. En este segundo ámbito es donde permanece la cuestión del juicio".

"Es difícil de recibir", respondí.

"¿Podría recibirlo de parte de otro?".

"¿Qué quiere decir?".

"Abraham Lincoln".

"¿Qué tiene que ver él con...?".

"¿Sabe cuántas vidas se perdieron en la Guerra Civil Americana?".

"No tengo idea... ¿miles?".

"*Cientos* de miles. Y Lincoln habló de la calamidad que devastaba la nación como el juicio de un Dios justo, no sobre ningún individuo sino de la nación en general".

"Pero es difícil...".

"Claro que lo es, como lo fue para Isaías y Jeremías, y todos los profetas y otros que lloraron y clamaron por su pueblo. Pero si no consideramos la posibilidad... si evitamos abordar el asunto... ¿no somos entonces responsables de lo que siga?".

"¿Pero qué sigue? No lo sé. Pero incluso decir: 'Dios permitió que sucediera...'".

"Sucedió, Nouriel. Por tanto, tuvo que haber sido permitido que sucediera. Esa no es la cuestión. Más bien, la única cuestión es si se permitió que sucediese sin razón alguna o si había, dentro de ello, un propósito redentor".

"El 11 de septiembre la gente preguntaba: '¿Dónde estaba Dios?'".

"¿Dónde estaba Dios?", dijo él como sorprendido por la pregunta. "Nosotros le expulsamos de nuestras escuelas, de nuestro gobierno, de nuestros medios de comunicación, de nuestra cultura, de nuestras plazas públicas. Le expulsamos de nuestra vida nacional, y después preguntamos: '¿Dónde estaba Dios?'".

"Entonces, ¿no estaba Él allí?".

"Aun así, Él estaba allí. Él estaba allí con quienes perdieron a sus seres queridos, y sigue estando allí para sanar a los quebrantados y consolar a quienes lamentan. Él estaba allí con quienes entregaron sus vidas para que otros pudieran vivir, sombras de Él. Y Él estaba allí, también, con las incontables personas que habrían perecido aquel día si no fuese por el incontable número de detalles y acontecimientos que les salvaron. Y en cuanto a los que perecieron... quienes estaban con Dios en la vida están ahora con Él en la eternidad. Para ellos, no fue un día de calamidad nacional sino de liberación. Él estaba con ellos y *está* con ellos".

"Usted dijo algo sobre lo que sucedió en la antigua Israel después del ataque, que las cosas comenzaron a regresar a la normalidad".

"Hablé de que las cosas *parecían* regresar a la normalidad. Hay una diferencia".

"Entonces, ¿estaba de nuevo en su lugar el vallado de protección?".

"Hasta cierto grado y durante un tiempo. Pero el peligro seguía estando ahí".

"¿Y qué de Estados Unidos después del 11 de septiembre?", le pregunté.

"En los meses y años después del 11 de septiembre igualmente parecía como si las cosas hubieran regresado a cierto estado de normalidad. A medida que pasó el tiempo, cuando la conmoción inicial se fue desvaneciendo y el trauma se suavizó, hubo una creciente tentación a seguir casi como si nunca hubiera sucedido, como si la nación siguiera siendo en cierto modo inmune a la destrucción. Así fue en los últimos tiempos de la antigua Israel. Pero todo era una ilusión".

Hubo un largo silencio después de aquello... roto sólo por el sonido de las gaviotas. Entonces él continuó como si no hubiera habido interrupción. "Fue todo una ilusión fatal. Entonces... ¿qué de Estados Unidos?".

Yo no le respondí. No creo que estuviera esperando que lo hiciera. Después de plantear la pregunta, metió su mano en el bolsillo de su abrigo para revelar otro sello, el cual puso en mi mano.

"El sello del segundo presagio", me dijo.

"¿Y cómo era?", preguntó Ana.

"En general, como los otros... a excepción de las imágenes...".

"Que eran...".

"... figuras".

"¿De qué?".

"De hombres".

"¿Qué tipo de hombres?".

"Yo no tenía idea. Intenté hacer que me lo dijera preguntando: 'Entonces ¿qué estoy mirando?'".

"No es tan difícil", respondió él.

"Deme una pista... algo".

"Hasta la próxima vez, Nouriel". Y con esas palabras comenzó a alejarse.

"¿Cuándo... la próxima vez? ¿Dónde?".

"La misma hora y el mismo lugar", dijo él de nuevo sin detenerse para mirar atrás.

"¿Aquí?".

"No".

"Entonces ¿dónde y cuándo?".

"Cuando sea y donde sea... sólo asegúrese de estar allí".

"Al menos deme una pista para ayudarme a desvelar el sello".

"Al lado de las ruinas de un antiguo pueblo".

"¿Es esa la pista?", le grité, "¿o es donde se supone que nos reuniremos?".

"Ah, pero eso requeriría otra pista", gritó él.

"*Otra* pista. Entonces *era* una pista sobre el segundo presagio y no sobre dónde nos reuniremos", le grité yo.

"Quizá… y quizá no", respondió él.

Él no era fácil de ese modo. Pero fue suficiente para que yo comenzase a buscar el significado que se ocultaba tras el segundo presagio… un misterio a ser descubierto en algún lugar al lado de las ruinas de un antiguo pueblo.

Capítulo 5
El segundo presagio: El terrorista

ה א

"LAS FIGURAS EN el sello, Nouriel… ¿cómo eran?", preguntó ella. "Hombres con barba, con túnicas y con cierto tipo de cubiertas en la cabeza. Sus barbas eran cuadradas y muy estilizadas. Algunos llevaban arcos y flechas y las dirigían hacia arriba, y todos tenían un aspecto muy antiguo y extraño".

"¿Y cómo desveló usted el misterio?".

"Al lado de las ruinas de un antiguo pueblo, esa era la pista. Las figuras en el sello tenían que ser el antiguo pueblo al que él se refería. Hasta ahí parecía obvio. ¿Pero qué antiguo pueblo? ¿Quiénes eran ellos?".

"¿Y qué hizo usted?".

"El Museo Metropolitano… Está lleno de objetos de pueblos antiguos, y es enorme. Así que pensé que fuesen quienes fuesen, si tenían algún significado histórico sus objetos estarían en exposición en ese museo. Fui allí con el sello, esperando encontrar algo que encajase".

"¿Y?".

"Fue tan impresionante como yo había esperado que fuese, con objetos de Egipto, Roma, Grecia, Persia, Babilonia… Comencé en el ala egipcia del primer piso. Pero nada encajaba. Entonces examiné el ala griega y romana. Y de nuevo, nada encajaba. Entonces llegué hasta la gran escalera hacia el departamento de arte antiguo de Oriente Próximo. Fue allí donde lo vi. Era imposible no verlo. Era gigantesco".

"¿Qué era gigantesco?", preguntó ella.

"Inmensos murales de piedra recubiertos de relieves de figuras gigantes: guerreros, sacerdotes y varias criaturas, en parte humanas… en parte aves, criaturas compuestas. Saqué el sello y comparé las figuras con las que había en el mural. Eran las mismas figuras, las mismas barbas cuadradas, la misma ropa, y todo en el mismo estilo de arte y de grabado. Encajaba".

"¿Encajaba exactamente?".

"No era la misma imagen", respondió él, "pero era el mismo pueblo, la misma civilización".

"¿Y quiénes eran ellos?".

"Eran los antiguos asirios".

"¿Y qué significado le dio usted?".

"No tuve tiempo para darle ningún significado. Estaba estudiando las imágenes en el mural cuando oí una voz a mis espaldas".

"Murales del palacio de Asurnasirpal, rey de Asiria".

Yo había supuesto que era alguien que trabajaba para el museo o algún otro experto. Seguí mirando hacia arriba a las antiguas figuras.

"De la ciudad de Nimrod, siglo IX a. C.", continuó la voz.

"Impresionante", dije yo, sin ser capaz de aportar nada más informativo o sustancial a la conversación.

"Las ruinas de un antiguo pueblo", respondió la voz.

"Al decir eso, supe que era él".

"¿Y él sabía que usted estaría allí?".

"O sabía que yo estaría allí, o yo estaba allí y sucedió que él estaba allí, o él estaba allí y sucedió que yo estaba allí. Dejé de intentar imaginar cómo sucedía. Me giré, y allí estaba el profeta, de pie con su largo abrigo en el departamento de arte antiguo de Oriente Próximo. Si uno no sabía quién era él, no le habría notado. Él se mezclaba entre los demás".

"¿Va usted a museos?", le pregunté.

"¿Le sorprende", respondió él. "¿Por qué no iría?".

"No sé. Sólo que no le imaginaba…".

"Le dije que sería al lado de las ruinas de un antiguo pueblo. ¿Cuántas ruinas de pueblos antiguos hay en la ciudad de Nueva York fuera de los museos? Entonces ¿qué ha descubierto?".

"Son los asirios. El pueblo antiguo son los asirios, y tienen algo que ver con el segundo presagio".

"Bien, Nouriel. Ahora profundicemos. ¿Qué ve?".

"¿A qué se refiere?".

"Mírelos. ¿Qué le parecen?".

"En cierto modo fríos".

"¿Y qué piensa que hay detrás de su frialdad?".

"No tengo idea".

Y con eso, y con una seguridad que uno esperaría de un guía de museo, él comenzó a presentarme la historia de ese antiguo pueblo. "Llegaron de las regiones montañosas del norte de Mesopotamia. Durante siglos vivieron a la sombra de reinos más fuertes; pero al comienzo del primer milenio a. C., comenzaron su ascenso al poder mundial. Comenzaron su conquista de las tierras y los pueblos circundantes. Los asirios marcharon a Babilonia, Siria, Líbano, Persia y Egipto hasta que, en la cumbre de su poder, la mayor parte del antiguo Oriente Medio estuvo bajo su gobierno. Por tanto, ¿qué tipo de pueblo cree usted que eran?".

"¿Militaristas?".

"Con el ejército más grande que había en el terreno de Mesopotamia hasta esa época. Ellos inventaron nuevas tecnologías de guerra: la torre movible, el ariete. Su imperio era una máquina de guerra construida sobre la subyugación de otras naciones y reinos. Estaban entre los pueblos más brutales que hayan caminado jamás sobre la tierra. La mera mención de su nombre inspiraba terror por todo el mundo antiguo".

"¿Pero por qué tal terror?", pregunté yo. "Otras naciones han sido militaristas".

"Una palabra", dijo el profeta. "*Terror.* Los asirios convirtieron el terror en una ciencia. Lo sistematizaron, lo perfeccionaron y lo emplearon como ningún otro pueblo o reino lo haya hecho jamás. Ellos quemaban ciudades por completo, mutilaban a sus prisioneros, despellejaban vivos a quienes se rebelaban contra ellos y clavaban sus pieles en los muros como muestra pública. Los asirios eran los maestros del terror".

"¿Y qué tienen ellos que ver con el misterio?".

"Fue la oscura sombra del terror asirio la que estaba sobre el reino de Israel. Ese fue el peligro contra el cual advirtieron los profetas. Y era solamente el vallado de la protección de Dios lo que mantenía a raya ese peligro. Pero eso estaba a punto de cambiar. Con el descenso de la nación a la apostasía, ya no había seguridad".

"Fueron los asirios", dije yo. "Ellos fueron quienes causaron la brecha".

"Correcto", respondió él. "En el año 732 a. C., sin el vallado de protección sobre la nación, los asirios invadieron la tierra de Israel".

"Entonces eso debió de haber sido lo más aterrador para el pueblo de Israel... que fuesen los asirios".

"Exactamente. No podría haber habido ninguna advertencia más clara que esa del juicio que llegaría. Y cuando, años después, llegó el juicio final de Israel, los asirios volvieron a ser el medio por el cual se produciría".

"Pero no está diciendo que Dios estaba de parte de los asirios, ¿verdad?".

"De ninguna manera. Esta es la profecía que Él dio con respecto a ellos:

> Oh Asiria, vara y báculo de mi furor, en su mano he puesto mi ira. Le mandaré contra una nación pérfida... Aunque él no lo pensará así, ni su corazón lo imaginará de esta manera, sino que su pensamiento será desarraigar y cortar naciones no pocas.[1]

"Los asirios eran la personificación de la maldad, y Dios estaba contra ellos. La profecía continuaba:

> Castigará el fruto de la soberbia del corazón del rey de Asiria, y la gloria de la altivez de sus ojos... Por esto el Señor, Jehová de los ejércitos, enviará debilidad sobre sus robustos, y debajo de su gloria encenderá una hoguera como ardor de fuego.[2]

"El Señor llevó juicio a los asirios. Su imperio se desvaneció de la tierra. Pero durante una época, en los tiempos de la apostasía de Israel, se les permitió abrir una brecha en sus defensas y golpear la tierra. Si el ataque asirio no despertaba a Israel de su estupor espiritual, entonces ¿qué podría hacer?".

Fue entonces cuando me pidió el sello. Yo lo puse en su mano, y entonces él comenzó a revelar su misterio. "El segundo presagio", dijo a la vez que elevaba el sello de modo que yo pudiera ver las figuras que tenía grabadas. "Un enemigo golpea la tierra. El ataque es planeado por los inmisericordes y ejecutado por los brutales, pensado para traumatizar a la nación, para infligir asombro y temor... terror... el signo de los asirios. El segundo presagio: el terrorista".

"¿Los asirios eran terroristas?", pregunté.

"Tanto como lo haya sido jamás cualquier pueblo. El terrorismo se define como: *la aplicación sistemática de terror, violencia e intimidación para lograr un fin específico*. Terror como una ciencia aplicada, ese fue el oscuro regalo que los asirios dieron al mundo".

Comenzamos a caminar entre los murales de piedra, continuando nuestra conversación a la vez que mirábamos las antiguas figuras que había por encima de nuestras cabezas.

"Desde los templos de Nínive a las cervecerías de Alemania Weimar... hasta las cuevas estériles de Afganistán... desde Senaquerib hasta Osama bin Laden... todo se remonta a la antigua Asiria. Los asirios fueron los padres del terrorismo, y quienes planearon sin piedad la calamidad del 11 de septiembre fueron sus hijos espirituales, otro vínculo en el misterio que une a Estados Unidos con la antigua Israel. En ambos casos, la advertencia comenzó con una manifestación de terrorismo".

"¿Se consideraban los terroristas del 11 septiembre a ellos mismos asirios actuales?".

"Eso no importa", dijo el profeta. "Eso es lo que eran. Recuerde la profecía contra Asiria: '*Su pensamiento será desarraigar*'".

"Osama bin Laden".

"'*Y cortar naciones no pocas*'".

"Esa era su intención".

"Pero Dios juzgó a los asirios y a su rey".

"Entonces, ¿todos los responsables del 11 de septiembre están bajo el juicio de Él?".

"'*Castigará el fruto de la soberbia del corazón del rey de Asiria*'", dijo el profeta. "Sí, están bajo su juicio. Y el Señor enviará *debilidad* o devastación entre sus guerreros".

"Entonces los asirios son los padres espirituales de al Qaeda".

"Sí, y no sólo los espirituales", respondió él.

"¿Y qué significa eso?".

"Los asirios eran hijos del Oriente Medio, y así también los terroristas del 11 de septiembre. Los asirios eran un pueblo semita, y así también los terroristas. Los asirios hablaban un idioma llamado *acadio*. Esa lengua ya se ha extinguido hace mucho, pero aún se habla en el mundo moderno, un idioma que se considera que es el más cercano de todas las lenguas al antiguo acadio".

"¿Cuál es?".

"El árabe".

"El árabe, la lengua de al Qaeda y de los terroristas del 11 de septiembre".

"Sí, por eso cuando los líderes de al Qaeda planearon su ataque sobre Estados Unidos, y cuando los terroristas se comunicaban unos con otros el 11 de septiembre para llevarlo a cabo, lo hicieron utilizando palabras y patrones de lenguaje que reflejaban los utilizados por los líderes y guerreros asirios cuando planeaban y ejecutaban su ataque sobre Israel dos mil quinientos años antes, en el 732 a. C.".

"Como un antiguo drama que se repite en el mundo moderno".

Él no respondió. Seguimos hablando mientras caminábamos entre las piedras. Era extraño. Cuando levanté mi vista a las antiguas figuras de piedra, comencé a tener un sentimiento de aborrecimiento hacia ellos por un lado, y cierto tipo de terror por el otro.

"La invasión asiria", dijo el profeta, "finalmente llevó a la antigua Israel al conflicto militar, la guerra y un drama nacional final y trágico. Así también el ataque del 11 de septiembre llevó a Estados Unidos al conflicto militar: una batalla global contra el terrorismo, englobando una guerra en Afganistán y otra en Iraq. En la primera guerra, la relación con el 11 de septiembre estaba clara; pero en la segunda, no estaba tan clara. Y sin embargo, *había* una relación, pero de naturaleza más mística".

"¿Qué quiere decir?".

"En abril de 2003, soldados estadounidenses entraron en la ciudad iraquí de Mosul. Mosul se convirtió en una de las principales bases operativas de Estados Unidos en la guerra iraquí. Dentro de la ciudad, cerca de la unión de los ríos Tigris y Khosr, están dos montículos de tierra. Uno se llama *Kouyunjik*, y el otro *Nabi Yunus*. Ocultas en el interior de esos montículos están las ruinas de lo que llegó a ser una gran civilización. Las ruinas es lo único que quedó de la antigua ciudad llamada *Nínive.* Nínive fue la capital, en lugar de descanso final, y el sepulcro del imperio asirio".

"¿Asiria es *Iraq?*".

"Es la misma tierra".

"La nación bajo juicio… es atraída al conflicto con la tierra de Asiria… la antigua Israel… ahora Estados Unidos".

"Y tropas estadounidenses ahora están pisando el mismo terreno sobre el cual marcharon una vez los pies de los soldados asirios. Y entre quienes les ven pasar están quienes podrían seguir afirmando ser los descendientes de los antiguos asirios".

"¿Sus verdaderos descendientes de carne y sangre?", pregunté yo.

"Sí", respondió él. "¿Y quién sabe si por las venas de los terroristas del 11 de septiembre no discurría también la sangre de los antiguos asirios?".

"Entonces la antigua Israel, en su periodo de juicio, fue llevada a la guerra con Asiria, que actualmente es Iraq".

"Sí", contestó él.

"Y ahora Estados Unidos fue llevado a una guerra con la tierra de Asiria: Iraq".

"Pero Israel finalmente descubrió que el peligro al que se enfrentaba no podía resolverse por la potencia de sus armas o el espesor de sus muros. El verdadero peligro no estaba *fuera* de sus puertas sinso *dentro* de ellas. Cuando la nación se apartó de Dios, perdió su cubierta de protección. Si no regresaban a Dios no habría ninguna seguridad. Pero en el momento en que lo entendieron, era demasiado tarde. La oportunidad se había perdido".

Dejó de caminar y señaló hacia arriba a la figura por encima de él en el mural… un gigantesco arquero asirio.

"Y ahora, la misma señal que indicó el juicio de la antigua Israel hace dos mil quinientos años reaparece en el mundo moderno, no menos oscura y no menos amenazante: la señal del asirio, el ataque del terrorista".

"¿Y qué significa para Estados Unidos?", pregunté.

"Esa *es* la pregunta", respondió. "¿No es así?".

Con aquellas palabras, tuve el sentimiento de que nuestra reunión se acercaba a su fin. Y tenía razón. Él me entregó el siguiente sello: el sello del tercer presagio.

"¿Y qué había en él?", preguntó ella.

"Formas... formas irreconocibles".

"Este puede que sea un poco más desafiante para usted", dijo el profeta con una voz que comunicaba tanto cautela como empatía.

"Entonces ayúdeme", respondí.

"Una palabra", dijo él.

"¿Qué quiere decir?".

"Necesitará una palabra para decodificarlo".

"¿Qué tipo de palabra?"

"La palabra que usted necesita".

"¿Le gusta ser tan misterioso?", le pregunté.

"No es cuestión de que me guste", me explicó. "Es la naturaleza del trabajo".

"¿Se da cuenta de que nunca me ha dicho ni siquiera su nombre?".

"¿Marcaría eso alguna diferencia, Nouriel?".

"No, supongo que no. ¿Pero no debería un periodista saber quién es su fuente?".

"¿Y no sabe usted quién es su fuente?", preguntó él.

Yo no respondí. Sospeché que era una pregunta cargada. Él regresó a su estudio de las antiguas figuras sobre el mural; yo hice lo mismo, pero no por mucho tiempo. Cuando me giré de nuevo para pedirle algo más con lo que continuar, él se había ido. Miré alrededor en todas direcciones, pero no había rastro alguno de él. Yo estaba solo otra vez... solamente los asirios y yo... en cuya presencia me iba sintiendo cada vez más incómodo. Salí del museo en busca del tercer presagio; pero sería una búsqueda que me llevaría mucho más lejos de lo que yo esperaba.

"¿A qué se refiere?", preguntó ella.

"Me llevaría a la clave que desvelaría el misterio de *todos* los presagios".

Capítulo 6
El oráculo

ה א

"**N**O PODÍA DARLE ningún sentido a lo que había en el sello. Era cierto tipo de forma compuesta… la mayoría rectángulos… unidos de forma caótica. Decidí en cambio centrarme en la pista".

"¿En la palabra?", preguntó ella.

"Sí".

"Una pista bastante vaga".

"Sí, pero era lo único que tenía para continuar. Así que, ¿dónde se encuentran palabras?".

"¿En un libro?".

"¿Y dónde se encuentran los libros?".

"¿En una biblioteca?".

"Por tanto, mi búsqueda me llevó a la biblioteca, la biblioteca pública de Nueva York, la que tiene los dos leones de piedra como guardas en el exterior y millones de libros y materiales de recursos en el interior. Estuve allí prácticamente cada día durante semanas, siguiendo cualquier indicación que se me ocurriera, buscando cualquier cosa que encajase con la perpleja imagen que había en el sello".

"¿Y encontró algo?".

"No. Pero un día estaba examinando un libro de símbolos en la sala principal de lectura, sentado en una silla de madera contra una de las largas mesas de madera de la biblioteca a la luz de una lámpara de lectura, bajo un inmenso ventanal y una lámpara de araña. Tomé un descanso para levantar la vista de la página, y allí estaba él".

"¿El profeta?".

"Sentado al otro lado de la mesa, directamente enfrente de mí. En silencio… tan sólo mirándome. Yo había estado tan metido en el libro que nunca le vi sentarse".

"¿Cuánto tiempo ha estado aquí?", pregunté.

"Unos minutos".

"¿Por qué no dijo algo?".

"Estaba esperando".

"Así que este es el lugar de nuestra siguiente reunión. No estaba seguro de estar en la pista correcta".

"No lo está", respondió él. "Y este *no* es el lugar de nuestra siguiente reunión".

"Si este no es el lugar de nuestra siguiente reunión, entonces ¿por qué está usted aquí?", le dije. "¿Y por qué estoy yo aquí? ¿Y por qué nos estamos viendo?".

"Yo llamaría a esto *una intervención*. Estoy interviniendo. Usted está muy desviado, y necesita ayuda".

"Entonces ¿la palabra no está en este lugar?".

"*Está* en este lugar".

"Entonces ¿cómo puedo estar desviado?".

"*Está* aquí, pero no tenía usted que haber venido aquí para encontrarla. De hecho, ni siquiera tenía que haber salido de su casa".

"Pero si está aquí, no entiendo cómo puedo estar desviado o por qué tendría usted que intervenir".

"Vine para ayudarle a encontrar el tercer presagio y para darle la clave para desvelar *todos* los presagios".

"Le escucho".

"Los nueve presagios, ¿qué son?", pregunté.

"Señales… advertencias… dadas a una nación en peligro de juicio".

"¿Y a quién le aparecieron por primera vez?".

"Al pueblo de la antigua Israel".

"¿Y cuándo aparecieron por primera vez?".

"En el período de la brecha, la primera invasión".

"Entonces, es ahí donde necesita usted mirar, Nouriel. En el año 732 a. C. cuando los asirios invadieron la tierra, es ahí donde está la palabra".

"¿Qué significa eso?".

"Una palabra fue dada, una palabra profética".

"¿La palabra que he estado buscando?".

"Sí".

Al decir eso, metió su mano en el forro interior de su abrigo y sacó un objeto… un rollo. Lo puso sobre la mesa y comenzó a desenrollarlo cuidadosamente bajo el resplandor incandescente de la lámpara. Parecía ser un antiguo papiro sobre el cual estaban escritas palabras de una escritura que parecía antigua.

"Se parece a un pedazo de los Rollos del mar Muerto", dije yo. Era lo que se me ocurrió para describir lo que estaba viendo.

"Así es", respondió él.

"Pero no es un pedazo de los Rollos del mar Muerto".

"No, pero está cerca".

"¿Qué es?".

Él no respondió. Pero, pasando su dedo sobre el papiro, comenzó a leer en voz alta las antiguas palabras. "*Davar, Shalakh, Adonai*".

"¿Qué significa?", pregunté yo.

"*Davar*… una palabra; *Shalakh*… ha sido enviada".

"Una palabra ha sido enviada", repetí yo.

"*Adonai*… el Señor".

"'¿Una palabra ha sido enviada… Señor?'".

"Una palabra ha sido enviada *por* el Señor", dijo él, corrigiendo mi traducción. "*Davar, Shalakh, Adonai*. El Señor ha enviado una palabra. *B´Yaakov*… a Jacob; y ha caído sobre Israel, y todo el pueblo la conocerá. Efraín, y quienes habitan en Samaria, quienes, con orgullo y arrogancia de corazón dicen…".

"Dicen… ¿qué?".

"Lo que estoy a punto de leer, Nouriel, es el mensaje dado a la antigua Israel en los tiempos posteriores al primer ataque. Aquí está la clave para desvelar todos los presagios".

"¿Cómo?".

"Al revelar sus misterios: la clave para el futuro de la nación".

"El futuro de la antigua Israel".

"Y el futuro de Estados Unidos".

Una vez más comenzó a pasar su dedo sobre el rollo y a recitar sus antiguas palabras: "Este es el mensaje", dijo el profeta. "Escuche con atención:

- "*L´vanaim*: los ladrillos

- "*Nafaloo*: han caído

- "*V'Gazit*: pero con piedras labradas

- "*Nivneh*: reconstruiremos

- "*Shikmin*: los sicómoros

- "*Gooda'oo*: han sido talados

- "*V'Erazim*: pero cedros

- "*NaKhalif*: plantaremos en su lugar

"Los ladrillos han caído,
pero reconstruiremos con piedras labradas;
los sicómoros han sido derribados,
pero plantaremos cedros en su lugar".[1]

"No era lo que yo esperaba que dijese", dijo Nouriel.

"¿Qué esperaba usted?", preguntó ella.

"Algo relevante, algo de importancia. ¿Qué tenían que ver ladrillos y sicómoros con Estados Unidos, o con alguna cosa? Y se lo dije".

"No lo entiendo", dije. "Ni siquiera sé lo que está diciendo. ¿Cómo es la clave?".

"Esta es la respuesta de Israel a aquella primera invasión, la primera calamidad. Estas son las palabras que resumen el espíritu de la nación: un espíritu de orgullo, desafío y arrogancia ante la calamidad".

"¿Y por qué es importante?", pregunté.

"Porque estas son las palabras que señalan el curso de la nación y anuncian su futuro".

"No lo veo".

"¿Qué es exactamente, Nouriel, lo que están diciendo en realidad?".

"Después de la invasión ellos van a reconstruir".

"¿Y por qué sería eso importante?".

"No tengo idea. Es lo que uno hace cuando algo queda destruido: se reconstruye".

"Mire más profundamente, Nouriel. ¿Cuál es el contexto más amplio? Una nación se está alejando de Dios. Su vallado de protección ha sido eliminado. ¿Por qué?".

"Para hacer que regresen, para despertarles, para salvarles de un juicio mayor".

"¿Y qué hacen ellos a la luz de eso? O más bien, ¿qué *no* están haciendo?".

"¿No están regresando a Dios?".

"Exactamente. En lugar de escuchar la alarma, en lugar de darse la vuelta, en lugar de incluso detenerse por un momento para reexaminar sus caminos, presumen de su determinación. No se trataba en absoluto de reconstruir. Se trataba de pasar por alto la advertencia y rechazar el llamado a regresar".

"Entonces pasaron por alto su advertencia".

"Hicieron algo más que pasarla por alto. La desafiaron. Observe las palabras. No sólo estaban prometiendo reconstruir lo que había sido destruido, sino también hacerse a ellos mismos más fuertes que antes, para volverse invulnerables a cualquier futuro ataque. Por tanto, lo que están diciendo es lo siguiente: 'No seremos humillados. No examinaremos nuestros caminos y consideraremos la posibilidad de que algo pudiera ir mal. En cambio, desafiaremos a la calamidad. La golpearemos. Reconstruiremos. Desharemos el daño como si nunca hubiera sucedido. No sólo no cambiaremos nuestro curso; lo seguiremos ahora incluso con más celo. Saldremos de esta calamidad más fuertes que nunca y nos elevaremos hasta alturas aún mayores que antes".

"¿Ellos estaban diciendo todo eso con esas pocas palabras?", le pregunté.

"Eso es exactamente lo que estaban diciendo. Eso es exactamente lo que significa. La alarma había sonado, y ellos prometieron silenciarla. ¿Y qué sucede, Nouriel, si usted silencia una alarma?".

"Sigue durmiendo".

"Y si la alarma fuese para advertirle de un peligro… ¿entonces qué?".

"Entonces el peligro se vuelve aún más peligroso… porque ahora no hay nada para advertir de lo que va a llegar".

"Exactamente. Así que ellos siguieron durmiendo. Apagaron la alarma que tenía intención de despertarles... para salvarles. Y todo estaba ahí en la promesa:

"Los ladrillos han caído,
pero reconstruiremos con piedras labradas;
los sicómoros han sido derribados,
pero plantaremos cedros en su lugar".

"Estas son las palabras que sellan el destino de una nación".

"¿El destino de toda una nación pende de tan pocas palabras?".

"Y en el idioma original, aún menos... ocho palabras".

"¿Pero cómo?", pregunté yo.

"El voto era una señal, una manifestación de la dureza de sus corazones, del rechazo al llamado de Dios, el sello del desafío de la nación y de su curso; y así, el sello de su final. Por tanto, la promesa en sí misma es una señal de juicio".

"Pregunta... Usted me dijo que la palabra que yo buscaba no estaba solamente aquí en esta biblioteca, que no tenía que haber venido aquí para encontrarla. ¿Cómo es posible que yo hubiera encontrado ese papiro sin que usted me lo enseñase?".

"No es el papiro", respondió él. "Es la palabra. Y la palabra es de un libro, del libro de un profeta...".

"¿Un profeta?".

"...que vivió en el período de la invasión... y por medio de quien fue dada la palabra".

"¿Y ese profeta era...?.

"*Yishaiyahu*".

"Nunca he escuchado de él".

"Sí ha escuchado, pero no conocía su nombre verdadero. Usted le conoce como *Isaías*".

"Isaías".

"La palabra es de la Biblia... del libro de Isaías... en el noveno capítulo... Isaías 9:10".

"Isaías 9:10. Entonces es conocida".

"Realmente no. Es un versículo muy oscuro. Incluso la mayoría de personas que leen la Biblia cada día tendrían poca idea de que ni siquiera existía".

"Entonces, ¿qué tiene que ver todo esto con Estados Unidos?".

"La profecía, en su contexto, concernía a la antigua Israel. Pero ahora, como *señal*, concierne a Estados Unidos".

"¿Cómo?".

"Es la señal de una nación que una vez conoció a Dios pero después se apartó, una señal de que Estados Unidos es ahora la nación en peligro de juicio… y ahora se le hace una advertencia y un llamado a regresar".

"Entonces fue dada originalmente a Israel, ¿pero ahora es dada como una *señal* a Estados Unidos?".

"Sí. Por tanto, si ese mismo mensaje profético, esa misma advertencia de juicio dada una vez en los últimos tiempos de Israel, ahora se manifestare en Estados Unidos, sería una señal: una señal de que *Estados Unidos* es ahora la nación que una vez conoció a Dios, que después se apartó y ahora está en peligro de juicio, y ahora se le hace una advertencia y un llamado a regresar".

"Entonces si esa palabra fuese manifestada en Estados Unidos, ¿se convierte en un presagio del futuro de Estados Unidos?".

"Un presagio", respondió él, "y más de uno".

"Los nueve presagios".

"Sí. Los nueve presagios, cada uno de ellos unido a una antigua profecía, cada uno unido a esta palabra, y cada uno lleva una revelación. Si estos presagios del juicio de Israel ahora reaparecieran, juntamente con esta palabra profética, entonces la nación en la cual reaparecen está en peligro".

"Y usted está diciendo que *han* reaparecido".

"Sí".

"¿Todos ellos?".

"Los nueve".

"¿Y todos han reaparecido en Estados Unidos?".

"Sí".

"¿Y todos ellos conciernen a Estados Unidos?".

"Sí".

"¿E Isaías 9:10 es la clave de todos ellos?".

"Sí. Es la clave que desvela cada uno de los misterios y los une a todos. Cada uno de los presagios está conectado. Cada uno, cuando se une con los otros ocho, forma un mensaje profético. Cada misterio es en sí mismo una pieza del rompecabezas en un misterio aún mayor".

"Usted ha revelado dos de los presagios. ¿Cuáles son los otros siete?".

"Ah", respondió él, "eso sería revelador. Le corresponde a usted descubrirlos".

"Y le corresponde a usted ayudarme".

"Lo he hecho. Acabo de darle la clave".

"Podría usted darme un poco más con lo que seguir".

Hizo una pausa, como si estuviera meditando cuidadosamente cada palabra que estaba a punto de salir de su boca. Entonces, con el mismo cuidado y decisión comenzó a hablar.

"Dos de los nueve ya los conoce: la brecha y el terrorista. Esos forman el contexto. En cuanto a los otros siete, uno es de piedra; el otro ha caído. Uno asciende. Uno está vivo; el otro lo estuvo. Uno habla de lo que es; y el otro habla de lo que sería".

Hubo una larga pausa antes de que yo me aventurase a dar una respuesta.

"Mire", le dije. "No le estoy diciendo cómo hacer su trabajo, sino que todo esto sería mucho más fácil si usted me diese un mapa y algunas fichas para avanzar".

"No necesita usted una ficha; tiene la clave".

"¿Y qué hago con ella?".

"La utiliza para descubrir el tercer presagio".

Capítulo 7
El tercer presagio: Los ladrillos caídos

Nos LEVANTAMOS DE la mesa, salimos de la sala de lectura y nos dirigimos a la entrada principal de la biblioteca.

"Así que esa vez él no se desvaneció al final del encuentro", observó Ana.

"No. O bien eso, o no fue el final del encuentro. Comenzamos a bajar las escaleras frontales, y fue entonces cuando lo entendí. Estábamos justamente bajo uno de los leones cuando me di cuenta. Allí me detuve para sacar el sello y mirarlo una vez más".

◆◆◆

"¡Lo tengo!", dije.

"¿Tiene qué?", preguntó él.

"El tercer presagio. Ya sé lo que es".

"¿Y qué es?".

"Es los ladrillos de la profecía…de Isaías: '*Los ladrillos han caído*'. Es así como comienza…la imagen del sello. Eso es lo que está en ruinas…ladrillos caídos…un montón de ladrillos caídos".

"Muy bien, Nouriel. Ahora dígame lo que significa".

"Serían las ruinas que quedaron tras la invasión asiria".

"Correcto. Cuando el ataque asirio terminó, el pueblo de Israel comenzó a evaluar los daños. Lo que descubrieron fueron las ruinas de edificios derribados, montones de escombros y ladrillos caídos. *Los ladrillos han caído*. Para empezar, eran frágiles, ladrillos de arcilla y paja secados al sol del mediodía. Cualquier edificio hecho con esos ladrillos sería especialmente vulnerable a la destrucción. Por tanto, el montón de ladrillos caídos se convirtió en la señal más visible de la calamidad y del hecho de que la existencia de la nación ahora descansaba sobre terreno movedizo. Ahora era vulnerable y estaba en peligro. Se había hecho una brecha, y la destrucción, aunque limitada, había comenzado".

57

"Por tanto, el montón de ladrillos caídos era una señal", dije yo, "no sólo de lo que *había* sucedido, sino también de lo que *sucedería* si la nación no cambiaba su curso".

"Exactamente... la señal del desplome, el desplome de un edificio, el desplome de un reino, y entonces de una civilización".

Él me pidió el sello, y entonces, elevándolo, comenzó a explicar su significado. "El tercer presagio: enemigos entran en la tierra y causan destrucción. La destrucción deja a la nación traumatizada; pero el alcance y la duración de esa destrucción son limitados. Las señales más visibles del ataque son los montones de ladrillos caídos, piedras y escombros donde anteriormente había estado un edificio. 'Los ladrillos han caído'. El tercer presagio: los ladrillos caídos".

"La zona cero".

"Cuando el polvo del 11 de septiembre se asentó sobre la ciudad de Nueva York, surgieron las personas para evaluar los daños. Las torres gemelas habían caído hasta convertirse en un colosal montón de ruinas. Mientras los estadounidenses observaban en sus televisores y pantallas de computadoras, la imagen del colosal montón de ruinas en la zona cero se convirtió en la señal más visible e identificable de lo que había sucedido... una imagen extraña, de varios pisos de altura, surrealista e inolvidable. En los días y semanas siguientes, la imagen quedaría sellada en la conciencia colectiva de la nación: una señal de destrucción; sin embargo, como en la antigua Israel, una destrucción limitada en alcance y duración. Y sin embargo, como en el antiguo caso, el montón de ruinas serviría como una señal contra el sentimiento de invulnerabilidad de la nación. Estados Unidos ahora era vulnerable. Se había hecho una brecha. Las piedras se estaban deshaciendo. Y la seguridad de la nación descansaba sobre terreno inestable".

"Pero las torres gemelas no estaban hechas de ladrillos de arcilla", dije yo.

"El efecto, sin embargo, fue el mismo. La antigua profecía comienza con la imagen del colapso: las ruinas de edificios caídos. Fue esa misma imagen de colapso y de las ruinas de edificios caídos la que confrontó a Estados Unidos en aquellos primeros días siguientes al 11 de septiembre. Las torres estadounidenses cayeron tan de repente como lo hicieron los ladrillos de arcilla y los edificios de la antigua Israel. En cuestión de momentos, se convirtieron en un montón de ruinas. Y sin embargo, la relación seguía siendo más literal".

"¿Qué quiere decir?".

"El montón de ruinas de la zona cero estaba lleno de hierro, cemento y vidrio, pero no solamente eso".

"¿Con qué más?".

"Ladrillos".

"Como en: '*Los ladrillos han caído*'.

"Los ladrillos caídos de la antigua Israel englobaban una advertencia con respecto al futuro de la nación. Así también los ladrillos caídos en la zona cero. Las torres gemelas eran un símbolo del poder económico de Estados Unidos: orgulloso, majestuoso, grandioso. Pero en cuestión de momentos había sido convertido en polvo... una advertencia incluso para la nación más orgullosa, majestuosa y grandiosa de todas las naciones de que ninguna nación es invulnerable o está exenta del día en que su poder sea derribado por completo, incluso en cuestión de un momento".

"'*Los ladrillos han caído*'; no se trata sólo de destrucción. Se trata de la respuesta de una nación a la destrucción, su promesa de desafío. Entonces ¿se comparaba la reacción de Estados Unidos al 11 de septiembre con la de la antigua Israel?".

"¿Recuerda los días posteriores al 11 de septiembre?", preguntó él.

"Desde luego", respondí yo.

"Nadie tuvo que decirlo. Era como si todo el mundo tuviera cierto tipo de sentimiento al respecto, incluso aunque no pudieran expresarlo con palabras. Fue como si la nación hubiese escuchado inconscientemente una voz silenciosa que le llamaba a estar quieta y regresar a los fundamentos".

"¿La voz de Dios?".

"Sí, y por un momento Estados Unidos parecía estar respondiendo. El sonido y el clamor de su cultura fueron acallados. Wall Street quedó paralizado. Hollywood se quedó en silencio. Por toda la nación hubo una separación notable y masiva de lo superficial hacia lo espiritual. Incluso el nombre de Dios fue sacado del armario y proclamado públicamente desde El Capitolio hasta la ciudad de Nueva York. Multitudes cantaban "God Bless America" y se reunían para orar. Los lugares de adoración de Estados Unidos se llenaron de multitudes de personas que buscaban encontrar paz. En aquellos primeros días y semanas después del 11 de septiembre, parecía como si pudiera haber un verdadero giro nacional, un cambio de curso, un despertar; incluso un avivamiento espiritual".

"Pero entonces ¿Estados Unidos *estaba* regresando a Dios?".

"No. Estados Unidos no estaba regresando a Dios; fue un avivamiento espiritual que nunca llegó. E incluso la apariencia de regresar duró poco tiempo. No tenía verdadera raíz. No hubo un verdadero cambio de corazón ni de curso, no hubo examen de los caminos, ni preguntarse si algo podría ir mal, ni arrepentimiento. Por tanto, no pudo durar. Y no pasó mucho tiempo hasta que el momento quedó perdido y las cosas comenzaron a regresar a cierta forma de normalidad. Los llamados a la oración se desvanecieron, el ruido y el clamor de la vida cotidiana regresaron, el examen espiritual fue abandonado y se abrazó de nuevo lo superficial. El nombre de Dios fue de nuevo retirado de la arena pública, y la mayoría de aquellos que de repente habían acudido a los lugares de adoración dejaron de hacerlo. La nación siguió con su alejamiento de Dios y su rechazo de los caminos de Él, sólo que ahora a mayor velocidad".

"Entonces, ¿cómo se comparaba la respuesta de Estados Unidos al 11 de septiembre con la respuesta de Israel en Isaías 9:10?".

"Fue la misma. Por un comentario...".

"¿Comentario?".

"Los comentarios son escritos sobre la Biblia explicando el significado, versículo por versículo".

"Pero no *la* Biblia".

"No la Palabra de Dios, sino un comentario sobre la Palabra de Dios".

"¿Y usted estudia los comentarios?", pregunté, sorprendido por la idea.

"Lo he hecho".

"Sólo que no me imaginaba a un profeta estudiando...".

"¿Y por qué no?", respondió él. "¿Acaso no puede hablar Dios por medio de tales cosas?".

"Supongo que sí...".

Un comentario sobre Isaías 9:10 describe el modo en que el pueblo de la antigua Israel veía su calamidad nacional:

"No hay modo de que el pueblo ignorase el obvio desastre. Sin embargo, escogieron no reconocer su significado más profundo... ellos no respondieron a Dios. Solamente respondieron (inadecuadamente) a la situación amenazante.[1]

"Tome esas mismas palabras y trasládelas al siglo XXI, y tiene una descripción de Estados Unidos tras el 11 de septiembre".

"Entonces significaría que después del 11 de septiembre, Estados Unidos sólo respondió a la situación inmediata y obvia, a la destrucción causada por la calamidad y al peligro que amenazaba... pero nunca consideró que pudiera haber algo más profundo... ningún significado detrás de lo obvio".

"'Los ladrillos han caído... pero...'. Ese era el punto. Otro comentario sobre la antigua promesa lo expresa así:

"El pueblo, declaró el profeta, no tomó esa calamidad como un juicio de Dios sino que endurecieron sus corazones y declararon: 'Los ladrillos han caído, pero nosotros reconstruiremos con piedras labradas; los sicómoros son derribados, pero nosotros pondremos cedros en su lugar'".[2]

"Entonces Estados Unidos estaba apagando la alarma...".
"Sí... silenciando la alarma que tenía intención de despertarlos".
"¿Y alguien lo entendió?".
"Algunos... mientras que otros sintieron algo más... algo más profundo... pero no pudieron señalar con exactitud lo que era. Pero la alarma había sonado. La nación estaba en peligro. Sus ladrillos habían caído. Las piedras se estaban soltando. Y era solamente el comienzo. *'Los ladrillos han caído'* es solamente el principio de la promesa antigua. Había más que desvelar del misterio. Lo que sucedió después del 11 de septiembre es lo que demostró ser incluso más siniestro".

Fue entonces cuando él abrió su mano derecha, dejando a la luz el siguiente sello.
"El sello del cuarto presagio", dijo mientras me lo entregaba.

"Este, Nouriel, es diferente".

"¿El sello?".

"No", respondió él, "el presagio. Contrariamente a los tres primeros, el cuarto presagio fue concebido en terreno estadounidense, y no fue puesto en acción por los enemigos de la nación".

"Entonces ¿quién lo puso en movimiento?".

"Los líderes estadounidenses".

"¿Los líderes estadounidenses?".

"Sí".

"¿Y cómo lo sabré?".

"Es difícil no verlo. Es el más grande".

Capítulo 8

El cuarto presagio: La torre

ח א

"¿**P**UEDO OFRECERLE ALGO más?", preguntó ella. "¿Algo que no sea agua?".

"No, estoy bien", respondió él.

"Le pido disculpas. Debería haberle preguntado cuando entró".

"El agua está bien", contestó.

"Así que", dijo ella, cambiando su ritmo y su tono, "él le dio el sello del cuarto presagio. ¿Y qué había en él?".

"Imágenes y marcas, al igual que en los otros. Pero su imagen central era parecida a la torre de Babel".

"¿Y cómo sabía usted cómo era la torre de Babel?", preguntó ella con un rastro de amigable escepticismo en su voz.

"No lo sé", respondió él, "pero he visto dibujos de ella. La imagen se parecía a un *ziggurat*... una torre con terrazas en la que cada terraza o piso es más pequeño a medida que tiene más altura".

"¿Y qué sentido le dio usted?".

"Yo no sabía qué sentido darle. Busqué todo lo que pude sobre la torre de Babel, pero no hubo nada que pudiera encontrar para relacionarla con el sello; así que regresé a la promesa en Isaías 9:10. Pero no se hacía mención alguna de una torre. No estaba llegando a ninguna parte".

"Como antes".

"Como antes a excepción de que no entendía que no estaba llegando a ninguna parte. Esta vez no estaba llegando a ninguna parte y sabía que no estaba llegando en ninguna parte. Supongo que aquello era cierto tipo de mejora, pero es más fácil no llegar a ninguna parte cuando uno no entiende que es ahí hacia dónde se dirige".

"Entonces, ¿qué hizo?".

"Uní las dos pistas: la imagen en el sello con lo que él me dijo".

"Lo que él le dijo... ¿qué era?".

"Cuando le pregunté cómo conocería el cuarto presagio, él me dijo que sería difícil no verlo, pues era el más grande. Por tanto, tenía la imagen de una torre y la pista de que el cuarto presagio es el más grande, la *torre* más grande. Así que fui a la torre más grande que hay en la ciudad de Nueva York".

"¿El Empire State Building?"

"Sí. Hasta el piso ochenta y seis y fuera, al mirador. Era temprano en la noche… un día con viento… alrededor del atardecer… con miles de luces que comenzaban a aparecer por todo el paisaje urbano. Caminé por el mirador mirando los rascacielos en todas direcciones, pero no había nada que me sorprendiese, especialmente significativo con respecto a las pistas. Estaba de pie en el lado sur mirando hacia la parte baja de la ciudad. A mi izquierda había un hombre que contemplaba la misma escena por uno de los telescopios de metal que tienen allí, en los que hay que pagar para mirar, los que tienen un temporizador".

"Impresionante", dijo el hombre. "Es una vista impresionante".

"Sí, así es", respondí yo.

"Muchas torres".

"Cuando escuché la palabra *torres*, me giré. Era *él*".

"¿El profeta, mirando por un telescopio en el mirador del Empire State Building?".

"El mismo".

"¿Y no se dio cuenta de que era él antes de aquello?".

"Estaba mirando el panorama, no a las personas. Y su cara estaba oculta detrás del telescopio".

"Pero su voz".

"Sí, pero fuera de contexto no esperaba escucharla".

El profeta continuó. "Tiene su belleza", dijo, aún mirando la escena. "Una extraña belleza".

"No me diga que acaba de subir hasta aquí para admirar la vista", dije yo.

"En realidad, tenía una cita", respondió él.

"No vale la pena que le pregunte cómo hace todo esto, ¿verdad?", pregunté. "Lo que supongo es que implica satélites". Estaba siendo bromista, desde luego.

"Tiene usted razón", dijo él.

"¿En que implica satélites?".

"No", respondió él, "en que no vale la pena preguntar".

"¿Cuánto tiempo ha estado aquí?".

"El suficiente", respondió. "Me preguntaba cuándo llegaría usted aquí".

"La pista en el sello, es una torre, ¿verdad?".

"*Es* una torre".

"Entonces lo he entendido correctamente esta vez. Es el Empire State Building".

"No", respondió él. "Lo ha vuelto a entender mal".

"¿Qué quiere decir? Es una torre… la torre más grande… y usted está aquí".

"La imagen en el sello es una torre; pero el Empire State Building es solamente el lugar de nuestra reunión".

"Pero usted dijo que era la más grande".

"Era el más grande de los *presagios*".

"Entonces ¿el cuarto presagio *no es* una torre?".

"No he dicho eso. Pero no es *esta* torre. ¿Cuántas torres ve ahí fuera?".

"No tengo idea".

"Muchas. ¿Y a cuál de ellas cree que señala el sello?". Justamente entonces levantó su vista del telescopio. Se había acabado su tiempo. Se giró hacia mí.

"¿Necesita cambio?", le pregunté, medio en broma.

"Está bien", respondió él. Comenzó a caminar por el mirador, y yo caminaba a su lado. Volvió a girarse para contemplar la vista, y yo hice lo mismo. Así que los dos estábamos allí en medio del viento, mirando a la vasta expansión de rascacielos, cada vez más de ellos salpicados ahora de luces amarillas delante de un telón de color rojo y azul profundos en el atardecer del cielo.

"¿Y dónde estaban entonces en el mirador?", preguntó ella.

"Aún en la parte sur, mirando hacia el bajo Manhattan".

"Nouriel", preguntó él, "¿dónde estamos en la profecía, en Isaías 9:10?".

"'Los ladrillos han caído'", respondí yo.

"Eso revelaba el primer presagio. ¿Pero dónde estamos ahora? ¿Qué viene a continuación?".

"'Los ladrillos han caído', pero…".

"'Pero reconstruiremos'", dijo él, completando la frase. "Esa es la clave del cuarto presagio".

"No suena muy revelador".

"Recuerde: no son sólo las palabras sino también el contexto que las rodea y el espíritu que hay tras ellas. El problema no era la reconstrucción. El problema era el espíritu y el motivo tras la reconstrucción. Ellos acababan de recibir una advertencia crítica, pero respondieron con desafío: 'Pero reconstruiremos' es la primera declaración de ese desafío, de la cual vendrá su juicio".

"No sólo dice 'Reconstruiremos'", añadí. Dice: 'Reconstruiremos con piedra labrada'. Piedra labrada… ¿de qué se trata eso? ¿Cuál es el significado?".

"Los ladrillos caídos estaban hechos de arcilla y paja. Eran frágiles y quebradizos. Serían sustituidos, pero no por más ladrillos de arcilla sino por algo mucho más fuerte: piedra labrada".

"Y un edificio hecho de piedra sería mucho más resistente a cualquier futuro ataque".

"Exactamente, y podría elevarse hasta mayores alturas".

"Entonces la piedra labrada significa su intención de salir del ataque más fuertes de lo que eran antes del ataque".

"Sí… otra vez… se trata de desafío. En lugar de ser humillados por la calamidad, se vuelven envalentonados por ella. Prometen construir mayor, mejor, más fuerte y más alto que antes. No sólo seguirán en su curso de apostasía, sino que ahora lo harán con venganza, con desafío. Por tanto, en lugar de inclinar sus cabezas delante del cielo, elevan sus puños contra él".

"¿Y qué sucedió?", pregunté.

"Ellos limpiaron los montones de ladrillos caídos y escombros y comenzaron la reconstrucción en el terreno de su devastación. El proyecto está lleno de significado simbólico. Representa a la nación que se reconstruye a sí misma y se levanta de sus cenizas. La promesa se convirtió en realidad. Nuevos edificios, más fuertes, más altos, mayores y mejores se elevaron en lugar de aquellos destruidos en el ataque. Por tanto, la nueva construcción se convirtió en una manifestación concreta y un testimonio del desafío de la nación al llamado de Dios".

Tomando el sello en su mano derecha y elevándolo, comenzó a explicar. "El cuarto presagio: tras la calamidad, la nación responde sin arrepentimiento, humildad y reflexión, sino con orgullo y desafío. Sus líderes prometen: *'Reconstruiremos'*. Se comprometen a reconstruir más grande, mejor, más alto y más fuerte que antes. La reconstrucción tiene lugar en el terreno de la destrucción. La construcción tiene la intención de ser un símbolo de resurgimiento nacional. Está preparada para levantarse desde las ruinas de aquello que había caído y sobrepasarlo en altura. Será su testimonio magnífico de desafío: la reconstrucción de los caídos, y de la nación misma, el cuarto presagio… la torre".

"Entonces, si el antiguo misterio está unido a Estados Unidos, entonces en cierto modo el 11 de septiembre tiene que estar vinculado a la palabra *'Reconstruiremos'*".

"Correcto. Después de su calamidad, los líderes de la antigua Israel proclamaron: *'Reconstruiremos'*: la primera señal de desafío. Si el misterio sigue y ahora se ha aplicado Estados Unidos, esperaríamos escuchar la misma promesa, esa misma palabra, tras el 11 de septiembre, ahora proclamada por líderes estadounidenses".

"¿Y sucedió? ¿Lo dijeron ellos?".

"Sí. Lo dijeron. No es que no habría sido natural hablar de reconstrucción, pero el modo en que esa palabra salió continuamente de las bocas de los líderes estadounidenses, pronunciada una y otra vez como proclamaciones públicas, fue sorprendente.

"Del alcalde de la ciudad de Nueva York después del ataque: *'Reconstruiremos…'* [1]

"Del senador estatal más joven: *'Reconstruiremos…'* [2]

"Del gobernador estatal: *'Reconstruiremos. Y avanzaremos'.* [3]

"Del senador estatal de mayor edad: *'Reconstruiremos…'* [4]

"Del alcalde de la ciudad en el tiempo de la reconstrucción: '*Reconstruiremos*, renovaremos, y seguiremos siendo la capital del mundo libre'.[5]

"Del presidente de los Estados Unidos: '*Reconstruiremos* la ciudad de Nueva York'.[6]

"De un modo u otro, cada líder terminó proclamando las mismas palabras de desafío proclamadas miles de años antes por los líderes de la antigua Israel".

"Y al igual que en la antigua Israel, no fue sólo el pronunciar las palabras".

"Correcto, Nouriel. Las palabras fueron seguidas por los actos".

"¿Y qué sucedió después de que se pronunciasen las palabras por parte de los líderes estadounidenses?".

"Las palabras fueron igualmente seguidas por la acción. Las ruinas del 11 de septiembre fueron limpiadas. Entonces apareció una señal en la zona cero con las siguientes palabras: '*Un nuevo icono pronto se levantará por encima del paisaje urbano del bajo Manhattan...la torre de la libertad*'".[7]

"¡La torre!".

"Exactamente. Se convertiría en el punto central de la reconstrucción".

"Y la señal lo denominó *un icono*. Tenía intención de ser un símbolo de la reconstrucción, de la zona cero y de la nación".

"Había de ser un icono de desafío. *Desafío*; la palabra sale una y otra vez en los comentarios. Escuche:

"Es *el desafío* de un pueblo que, lejos de estar arrepentido, se gloría en su iniquidad.[8]

"No prestar atención cuando Dios está hablando, por cualquier voz por la que pueda hablarnos, es sin duda lo bastante inicuo, pero actuar con *deliberado desafío al Todopoderoso* es, con mucho, peor.[9]

"El *desafío* orgulloso a Dios siempre causa desastre.[10]

Mucho antes de que comenzase la reconstrucción, mientras el polvo del ataque seguía por encima del lugar de devastación, un senador estadounidense anunció el significado de la futura campaña:

"Creo que una de las primeras cosas a que deberíamos comprometernos, con la ayuda federal que subraya el propósito de nuestra nación, es *reconstruir* las torres del World Trade Center y mostrar al mundo que no tenemos miedo; *SOMOS DESAFIANTES*".[11]

"¿Se trata de los líderes, entonces?", pregunté.

"No", dijo el profeta, "no concretamente".

"¿Entonces de quienes hacen las proclamaciones?".

"No", repitió él. "Esas son las reconstrucciones proféticas o manifestaciones proféticas, las primeras de muchas. Y aunque implican a personas, no se trata de las personas implicadas. Los implicados actúan inconscientemente, sin darse cuenta de lo que están haciendo, como representantes de la nación, agentes de un espíritu nacional. Son señales proféticas *de* una nación y *a* una nación. Por tanto, la campaña para reconstruir no se trataba de ninguna persona o ningún grupo de personas. Era la voluntad de una nación, la manifestación del espíritu nacional. Un periodista lo describió de esta manera: 'Reconstruir la zona cero iba a ser *la declaración de desafío de Estados Unidos* a quienes nos atacaron'".[12]

"*Una declaración de desafío*, exactamente lo que era la antigua promesa... una declaración de desafío".

"De desafío y presunción. De los comentarios:

"Se levantan sobre las ruinas de sus hogares destruidos... presumiendo de que *mostrarán al enemigo, sea Dios o el hombre*, que ellos 'pueden hacerlo'.[13]

"Dos mil quinientos años después, el gobernador de Nueva York proclamó lo mismo desde el suelo de la zona cero: 'Que esta gran torre de la libertad *muestre al mundo que lo que nuestros enemigos quisieron destruir... permanece más alto que nunca*'.[14]

De las palabras de los comentarios sobre Isaías 9:10:

"Ellos presumieron de que reconstruirían su devastado país y *lo harían más fuerte y más glorioso que nunca antes*.[15]

"De las palabras del alcalde de Nueva York como respuesta al 11 de septiembre: 'Reconstruiremos. Vamos a salir de esto más fuertes que antes, políticamente más fuertes, económicamente más fuertes'".[16]

"¿Todas fueron literales?", preguntó Ana. "¿Citas literales?".

"Sí".

"¿Y qué pensó usted cuando las oyó?".

"Fue inquietante. Los líderes estadounidenses modernos expresando las mismas cosas proclamadas en la antigua Israel, y palabras que tenían que ver con juicio. Fue sobrecogedor".

"¿Y qué más le dijo?".

"Él habló de la diferencia entre *restauración* y *desafío*".

"Que es…".

"Sustituir ladrillos por ladrillos es restauración", dijo él. "Pero sustituir ladrillos por piedra labrada es desafío. Reconstruir lo que fue destruido es restauración, pero presumir de reconstruir más fuerte y mayor que antes es desafío. El cuarto presagio no se trata simplemente de reconstruir lo que fue destruido, sino que debe implicar concretamente reconstruir más grande, más alto, más fuerte y mejor que antes. Esa distinción está clara en la Escritura y en los comentarios:

> "Ya que sus casas habían sido destruidas, *ellos edificarían otras más grandes, mejores y más bonitas.*[17]

"También eso estuvo en las palabras de quienes intentan reconstruir la zona cero. Uno de los magnates inmobiliarios más destacados de la nación dijo lo siguiente del proyecto propuesto:

> "…Deberíamos hacer el World Trade Center *más grande y mejor.*[18]

De los comentarios sobre la antigua Israel:

"Si arruinan nuestras casas, las repararemos, y las haremos
más fuertes y más bonitas de lo que eran antes.[19]

Del magnate estadounidense, sobre la reconstrucción de la zona cero:

"Lo que quiero ver construirse es el World Trade Center *más
fuerte y quizá un piso más alto*.[20]

"Mire, Nouriel, incluso aunque fuese tan poco como un solo piso, no
se trataba de reconstrucción; se trataba de desafío, al igual que fue en
la antigua Israel. De los comentarios sobre el significado tras la reconstrucción de Israel:

"Ellos están decididos a resistir a Dios y reconstruir a escala
aún mayor.[21]

Ahora, en las palabras de un observador, el significado tras la reconstrucción de la zona cero:

"El promotor inmobiliario que tiene la concesión *ha prometido que las torres volverán a levantarse…*mostrándonos *desafío ante el terror, firmeza, elevándose de nuevo y mirando al
cielo más altas, mayores y más fuertes*.[22]

"Observe las palabras: *firmeza, elevándose de nuevo y mirando al cielo
más altas, mayores y más fuertes…desafío*. En otras palabras, la reconstrucción de la zona cero, la Torre, sería la personificación de una nación
desafiante, al igual que en Isaías 9:10".
"Él incluso utilizó la palabra *dijeron*".
"Correcto. Fue una promesa, y una presunción. De hecho, durante
un tiempo ellos incluso presumieron de que la Torre en la zona cero
haría sombra a cualquier otro edificio en la tierra; Isaías 9:10 hasta el
extremo".
"¿Y qué sucedió con esa presunción?".
"Finalmente se vería frustrada. Pero fue así como comenzó. La
reconstrucción de la zona cero se suponía que debía haber dado como
resultado el edificio más alto del mundo".

"Una pregunta", dije yo. "Entiendo la Torre de la reconstrucción, ¿pero hay algún lugar en Isaías que hable realmente de una torre?".

"Siglos antes de que se escribiera el Nuevo Testamento, las Escrituras hebreas fueron traducidas al griego, y el resultado fue una versión griega de las Escrituras hebreas llamada la *Septuaginta*. La versión de la Septuaginta de Isaías 9:10 expresa el proyecto de reconstrucción en términos aún más concretos: Dice esto:

"Los ladrillos han caído... pero vengan... edifiquémonos una TORRE".[23]

"¿Cómo sucede todo esto?", pregunté yo. "¿Cómo se une todo, las palabras de los líderes, las promesas, la torre? Es increíble, como si todo fuese parte de cierto tipo de recreación".

"La recreación de un antiguo drama de juicio", respondió él. "Una recreación en la cual ninguno de los participantes tiene idea alguna de que lo está haciendo". Después de aquello, se quedó en silencio y los dos miramos a la vasta expansión que nos rodeaba, ahora más oscura y más resplandeciente por las luces.

"Y así", dijo él rompiendo el silencio, "de las ruinas de la calamidad nacional emerge el cuarto presagio, el más colosal de los presagios, una torre; y el mayor testamento de desafío que estuvo nunca sobre suelo estadounidense".

Y de nuevo se quedó en silencio y de pie allí en el mirador ante el viento, mirando las luces y la oscuridad del paisaje.

"Una extraña belleza cuando se mira desde aquí", observó en voz baja. Después abrió su mano. "El sello del quinto presagio".

"Yo lo tomé, lo examine y luego lo metí en mi bolsillo. "¿Qué puede decirme sobre él?", pregunté.

"Es un presagio de fundamentos".

"¿Dónde lo encuentro?".

"Lejos de aquí".

"¿Está usted seguro de no estar dándome demasiada información?".

"*Muy* lejos de aquí".

Capítulo 9

El quinto presagio: La piedra gazit

ה א

"**¿Y** QUÉ HABÍA EN el sello?", preguntó ella.

"Una línea irregular... que ascendía y descendía. Yo entendí que era la cima de una montaña".

"¿Y dónde le condujo eso?".

"Miré en Isaías 9, pero allí no había nada sobre una montaña. No pude encontrar nada que relacionase el sello con la profecía, y mucho menos con el 11 de septiembre. De nuevo me encontraba ante una barricada... sin ir a ninguna parte... hasta que profundicé".

"¿Profundizar?".

"En la profecía. El último presagio se centraba en la palabra *reconstruir*".

"Pero *reconstruiremos*".

"Sí, *reconstruiremos*, ¿pero con qué? Me centré en la siguiente palabra".

"Pero reconstruiremos *con piedra labrada*".

"Pero pensé que eso era parte del misterio de la torre... que ellos sustituirían lo que fue destruido por algo mayor y más fuerte que antes".

"Lo *era*. Pero la profecía habla concretamente de una piedra".

"Una piedra labrada".

"Sí, pero fue escrita originalmente en hebreo. Es ahí donde profundicé. Busqué el hebreo tras la palabra *piedra*".

"¿Y?".

"La palabra es *gazit*. Podría llamarse la *piedra gazit*. Puede traducirse como: *una piedra labrada, una piedra grabada, una piedra revestida, una piedra lisa, una piedra cortada o una piedra de cantera*. La piedra gazit era, más concretamente, una piedra de cantera, cincelada y labrada de la roca de la montaña".

"¡Roca de la *montaña*!", dijo ella como si estuviera orgullosa de haber hecho el descubrimiento. "¡Esa es su conexión!".

"Exactamente. Y después de ser extraída, sería allanada, alisada y moldeada como piedra para usarse en un edificio, un cimiento. Después del ataque asirio, el pueblo de Israel se propuso reconstruir. Fueron a las montañas y las canteras para labrar, moldear y alisar la piedra gazit. Entonces la llevaron donde los ladrillos habían caído de modo que pudiera comenzar la reconstrucción".

"Entonces usted realmente reunió las pistas de modo correcto".

"Creo que fue la primera vez que lo hice; un importante logro".

"¿Dónde le condujo eso?".

"A ninguna parte. No me condujo a ninguna parte. Pude relacionar la piedra con la montaña, pero nada más. No había nada que la relacionase con el presente… ninguna relación con Estados Unidos. ¿Cuántos nuevos edificios en esta ciudad construyen con una piedra de montaña? No había relación alguna".

¿Entonces qué hizo?".

"Tomé un descanso. Tomé un descanso de intentar descubrirlo… y de la ciudad. Salí fuera de la ciudad; hay una cabaña al lado de un largo que renté. Tenía varios proyectos en los que trabajar, así que me fui".

"Entonces dejó atrás su búsqueda".

"La búsqueda sí, pero no el sello. No quería dejar eso atrás".

"¿Y qué sucedió?".

"Durante los dos primeros días… nada. Todo estuvo tranquilo. Entonces, el tercer día iba yo conduciendo, hacia ningún lugar en particular, sólo conduciendo por el campo. Fue entonces cuando lo vi… a mi izquierda… en la distancia".

"Fue entonces cuando vio, *¿qué?*".

"Una montaña".

"Tenía que haber muchas montañas fuera de la ciudad".

"Pero aquella me resultaba familiar. Me acerqué y salí del auto. Metí la mano en mi bolsillo para mirar el sello. Y encajaba".

"¿La montaña encajaba con la imagen del sello?", dijo ella, con obvia incredulidad.

"Era la misma forma, el mismo perfil, la misma montaña".

"Pero creía que el sello era antiguo, del Oriente Medio. ¿Cómo podía encajar con una montaña en Estados Unidos?".

"No lo sé. Quizá fuese la imagen de otra montaña, alguna montaña en Oriente Medio que resultaba encajar con la montaña que yo vi aquel día. No lo sé... pero encajaba".

"Pero para que eso sucediera, la imagen no sólo tendría que haber encajado con la montaña sino también la vista desde donde usted vio la montaña. ¿Cómo podía suceder eso?".

"¿Cómo podía suceder nada de todo aquello?", dije yo, como si esperase que ella ahora diese las cosas por sentadas. "¿Cómo podía seguir yo encontrándome con él cada vez? Algún tipo de destino... o predestinación... algo. De todos modos encajaba, o parecía encajar, en el momento en que la vi por primera vez y desde el lugar mismo desde donde la vi".

"Así que la siguió".

"Desde luego. Conduje hasta la montaña tan lejos como pude llegar y después seguí a pie el resto del camino".

"¿Y qué encontró?".

"Supuse que cualquier cosa que debiera encontrar estaría en la cima de la montaña. Pero la montaña era larga y ondulada, y estaba cubierta de árboles. Era difícil saber dónde mirar, por no mencionar lo que yo buscaba exactamente. Estuve allí durante horas, desde el mediodía hasta muy avanzada la tarde. Y entonces, avanzada la tarde, finalmente encontré lo que había de encontrar".

"¿Y qué fue?".

"A *él*. Le encontré *a él*. Lo primero que noté fue el abrigo... ese largo abrigo que ondeaba con cada ráfaga de viento. Él estaba allí al lado de uno de los bordes de la cumbre, mirando a la distancia".

"Él hacía eso con frecuencia... mirar a la distancia... ¿no?".

"Sí. Y ahora era un vasto paisaje abierto de distantes montes azules, de todos los matices diferentes de azul que se mezclaban unos con otros, algo que uno vería en una acuarela".

"Y él *resultó* estar allí cuando *resultó* que usted estaba allí. Y usted *resultó* estar allí solamente porque *resultó* que iba conduciendo por aquel lugar en particular aquel día, y usted *resultó* que vio la montaña antes desde una perspectiva que *resultaba* encajar con la imagen de la montaña que había en el sello". Hizo una pausa y le miró fijamente con una ligera sonrisa antes de añadir: "Todo *resultó* que *sucedió*".

"Sí, bastante parecido a eso", respondió él.

"¿Y a qué distancia estaba la montaña de la ciudad?".

"A varias horas al norte".

"¿Y cómo pudo él...?".

"Ni siquiera lo intente. Así que me acerqué a él. Yo estaba a unos diez pies (tres metros) de él cuando él habló".

"Así que, ¿cómo han ido sus vacaciones, Nouriel?", me preguntó sin mirar a sus espaldas.

"Mire, me prometí a mí mismo que no iba a preguntar cómo hace usted todo esto... pero ¿cuánto tiempo ha estado aquí... en esta montaña... en este lugar?".

"No hace mucho... el tiempo suficiente para estar aquí antes de que usted llegase. No quería hacerle esperar. Eso no sería educado".

"Claro".

"Así que, ¿tuvo unas vacaciones agradables?".

"Sigo estando en ellas, y no estoy seguro". Yo ya estaba a su lado cerca del borde, de cara a él. Él alternaba su mirada entre las montañas ligeramente azules en la distancia y yo.

"¿Y qué ha descubierto hasta ahora?", me preguntó.

"¿Del quinto presagio? No mucho".

"Entonces comencemos con lo poco... ¿qué ha descubierto?".

"Después del ataque, la nación promete reconstruir, no con ladrillos de arcilla como antes, sino con piedra. En la profecía, la palabra hebrea para piedra es *gazit*".

"Bien hecho, Nouriel. Esta usted profundizando. Eso es bueno. ¿Qué más?".

"*Gazit* habla de una piedra que ha sido extraída, cincelada, en particular, sacada de la roca montañosa. Así, la montaña en el sello... un lugar de donde es extraída la piedra *gazit*".

"Eso es más que un poco".

"Pero no me conduce a ninguna parte".

"Le condujo hasta aquí".

"Pero ¿qué tiene que ver con Estados Unidos... o con la torre? No es como si la ciudad de Nueva York estuviera a punto de construir rascacielos con piedras de cantera".

"Una todas las piezas, Nouriel. Entonces podemos ver si hay alguna relación con Estados Unidos. ¿Dónde estamos nosotros en la profecía?".

"*Pero reconstruiremos con piedra labrada*".

"Entonces ellos prometen reconstruir y hacerlo más fuerte que antes... para sustituir los ladrillos de arcilla caídos por la piedra gazit. Ellos labran sus piedras, las convierten en bloques inmensos, y las llevan otra vez al lugar de la destrucción, donde han caído los ladrillos. La primera piedra de la construcción es siempre la más importante: la piedra angular. Al establecer la piedra angular comienza la construcción. No es solamente un acto necesario, sino un acto simbólico. Y en el caso de la reconstrucción de Israel, el establecimiento de la primera piedra gazit estuvo lleno de significado simbólico, marca el comienzo de la reconstrucción de la nación y el cumplimiento de su promesa. ¿Puedo tener el sello?".

Así que se lo entregué, y él lo elevó mientras revelaba su significado. "El quinto presagio: la nación responde a la calamidad con desafío en forma de piedra. La piedra es extraída de sus montañas y sus canteras, y la labran para hacerla un bloque. La llevan al lugar de la destrucción. La piedra se convierte en un símbolo, la personificación de su promesa, su confianza y su desafío. Sobre la piedra hacen descansar sus planes de reconstrucción y su promesa de resurgimiento nacional. Pero la piedra gazit es, en realidad, un símbolo del rechazo de una nación al llamado de Dios. Cuando la señal de la piedra gazit se manifiesta, es un presagio que conlleva una advertencia de futura calamidad. El quinto presagio: la piedra gazit".

"¿Y qué tiene que ver eso con Estados Unidos?".

"Ellos vinieron aquí, Nouriel. Vinieron para encontrar la piedra gazit".

"¿Aquí?", pregunté yo.

"Aquí... a las montañas. Vinieron aquí y la extrajeron de la roca montañosa y se la llevaron".

"¿Se la llevaron?".

"Donde habían caído los ladrillos".

"¿A la zona cero?".

"Sí. Porque la promesa declara: '*Los ladrillos han caído, pero reconstruiremos con piedra labrada*'. Por tanto, la reconstrucción debe comenzar en el mismo lugar de la destrucción. Por eso la piedra gazit había que llevarla donde cayeron los ladrillos, al lugar de la calamidad. Así, la piedra labrada tenía que ser llevada otra vez a la zona cero. Y así fue".

"¿Y qué sucedió en la zona cero cuando la llevaron allí?".

"Hubo una reunión allí, una reunión de líderes: el alcalde de la ciudad de Nueva York, el gobernador del estado de Nueva York, el gobernador de Nueva Jersey, varios oficiales involucrados en la reconstrucción, otros líderes y un grupo de invitados y espectadores. Todos estaban centrados en un único objeto: la piedra gazit. La piedra gazit con mayor frecuencia adoptaba la forma de un inmenso bloque rectangular de roca cortada, y así también la piedra que fue puesta sobre el pavimento de la zona cero".

"¿Un inmenso bloque rectangular de piedra de cantera... situada en la zona cero?".

"Un inmenso bloque rectangular de piedra de cantera de veinte toneladas. La piedra había de marcar el comienzo de la reconstrucción".

"*Reconstruiremos con piedra labrada*".

"Exactamente. La piedra de la profecía de Isaías era otro símbolo de desafío nacional. También ellos convirtieron a la piedra gazit de la zona cero en un símbolo, e incluso le pusieron un nombre. La llamaron *la piedra de la libertad*. Fue creada para ser la piedra angular simbólica de la reconstrucción, no sólo de la zona cero, sino también de la ciudad de Nueva York y de Estados Unidos. Su establecimiento había de ser el primer actor en esa reconstrucción y el comienzo de la torre que había de elevarse desde ese lugar. Por tanto, al igual que en los últimos tiempos de la antigua Israel, la piedra gazit de nuevo se convirtió en el símbolo de la reconstrucción y restauración de una nación".

"¿Hubo alguna proclamación así o promesas pronunciadas cuando pusieron la piedra gazit en la zona cero?", pregunté yo.

"¿Por qué pregunta eso?".

"Porque la piedra en Isaías 9:10 estaba relacionada con la proclamación de la promesa".

"Las hubo. Hubo tales proclamaciones. Y como en el caso antiguo, sus proclamaciones unían la reconstrucción de la nación a la piedra de cantera. Sus palabras fueron, en efecto, una paráfrasis moderna de la antigua promesa. En la zona cero los líderes estadounidenses declararon que también ellos *reconstruirían con piedra labrada*. La piedra, declararon, sería el comienzo de la reconstrucción de la nación:

"...Será para siempre *una piedra angular simbólica de la reconstrucción de Nueva York y de la nación*.[1]

"Como fue en la antigua Israel, el acto de reconstruir con piedra de cantera tenía intención de enviar un mensaje. Así, el gobernador de Nueva York proclamó:

"Al poner esta magnífica piedra angular de esperanza, estamos enviando un mensaje a las personas en todo el mundo.[2]

"Un mensaje de desafío".

"Sí, un mensaje de desafío. Por una parte, un desafío a la calamidad; pero por la otra, por debajo de la superficie, algo mucho más profundo... un desafío mucho más profundo... como fue en la antigua Israel.

Un comentario lo explica de esta manera:

"Lejos de ser humillados y arrepentirse como resultado de los juicios castigadores del Señor, ellos están totalmente decididos a resistir a Dios y reconstruir a una escala a un mayor: *'Los ladrillos se han desmoronado, pero nosotros reconstruiremos, piedra extraída de cantera...'*".[3]

"*Piedra extraída de cantera*, al igual que la reconstrucción de la zona cero y de Estados Unidos implicaba la piedra extraída de la cantera... aquí".

"Sí. E incluso el gobernador de Nueva York hizo alusión a la *piedra extraída de la cantera* cuando pronunció su proclamación sobre la piedra:

"Hoy tomamos veinte toneladas de *granito Adirondack, el cimiento de nuestro Estado*, y la ponemos como el fundamento, *el cimiento de un nuevo símbolo de fuerza y confianza de Estados Unidos*.[4]

"Como fue en la antigua Israel, la piedra de cantera se convirtió en la personificación de la confianza mal situada de una nación en su capacidad para surgir más fuerte que antes. Y el acto de poner la piedra de cantera fue una manifestación de lo que los comentarios denominan el *espíritu de desafío*:

"Los ladrillos puede que hayan caído; no tuvo consecuencia alguna, pues ellos reconstruirían con *piedra labrada*... así, respiraban el mismo *espíritu de desafío*.[5]

"La nación... decide actuar en un *espíritu de desafío*... convertir a sus ladrillos caídos en *masivas piedras*".[6]

"*El espíritu de desafío*... ¿por qué es eso importante?".

"El día en que Estados Unidos comenzó oficialmente su reconstrucción sustituyendo los ladrillos caídos del 11 de septiembre por la piedra gazit, el gobernador de Nueva York hizo una proclamación desde la zona cero. Escuche las palabras:

"Hoy nosotros, los herederos de ese revolucionario *espíritu de desafío*, ponemos esta piedra angular...".[7]

"¿Utilizó esas mismas palabras?".

"Esas mismas palabras".

"Las mismas palabras... y el mismo acto: la piedra de cantera y el espíritu de desafío".

"Unidos".

"Increíble... todo es...".

"Lo es... pero sucedió. El antiguo drama recreado en la zona cero".

"¿Y qué sucedió después de que pusieran la piedra?", pregunté yo.

"Lo que sucedió después fue especialmente sorprendente. La reconstrucción de la zona cero ya había comenzado a enredarse en una continua corriente de controversia, confusión, obstáculos, disensión y conflicto. Incluso después de que la piedra se pusiera en su lugar, la construcción de la torre sería desafiada, detenida, replanteada, renombrada y revertida. Los planes de reconstruir la zona cero fueron frustrados por años. Finalmente quitaron la piedra de la zona cero".

"Extraño", dije yo. "Quitaron la piedra angular, y después de todas aquellas palabras".

"Extraño y no tan extraño. Los planes de la antigua Israel de reconstruirse a ella misma con desafío igualmente se vieron frustrados. Finalmente condujo a la nación hasta el punto de la destrucción. El establecimiento de la piedra gazit fue un eslabón más en una cadena de juicio. El comentario pasa a revelar a lo que conduce todo:

"Convertirá sus ladrillos caídos en masivas piedras que no fallarán... fue seguido de un temeroso castigo... de ser presionados por todas partes por sus enemigos... de estar preparados para desgracias aún por llegar.[8]

"El desafío a Dios cerró un inmensurable bien".[9]

"Es una recreación... todo se está repitiendo... absolutamente todo. Es tan... asombroso. Y ellos no tienen idea alguna de lo que están haciendo".

"¿De que estaban recreando la antigua profecía? No. Y aun así cada uno terminó recorriendo las mismas huellas antiguas. Fue un acto profético, que tuvo lugar según el misterio".

"Entonces, ¿qué presagia todo eso para el futuro de Estados Unidos?".

"Si quienes fueron a la zona cero aquel día para hacer sus proclamaciones hubieran entendido todo lo que eso presagiaba... se habrían quedado en casa".

Él metió su mano en el bolsillo y me entregó el siguiente sello.

"El sello del sexto presagio", dije yo. "¿Y esto es...?".

"La imagen está bastante clara", dijo él, "como la profecía. Este no debería ser difícil de desvelar".

"Aun así, se agradecería algo de ayuda".

"El sexto presagio apareció el mismo día que el primero... y en el mismo lugar del que llegó después".

"Bien, eso realmente lo aclara todo", respondí yo. "Y pensar que estaba preocupado porque usted no fuese lo bastante concreto esta vez".

"Nouriel".

"¿Sí?".

"Que el resto de sus vacaciones sean estupendas". Y con esas palabras, me dejó allí... de pie en el borde de la montaña.

"Seguro que lo serán", respondí yo elevando la voz.

"Intente descansar un poco", respondió él mientras se alejaba. "El descanso es bueno".

"Y, desde luego, me aseguraré de traerle un *souvenir*", grité.

"Sólo el sello, Nouriel. Tan sólo traiga el sello". Y después de decir eso desapareció en el bosque.

Capítulo 10

El sexto presagio: El sicómoro

ה א

"Él dijo que la imagen estaba clara. ¿Y qué era?", preguntó ella.
"Un árbol", contestó él.
"¿Un árbol como en la profecía?".
"Sí... como en las siguientes palabras de la profecía".
"Así que los presagios le fueron revelados en el mismo orden en que aparecerían en Isaías 9:10".
"Exactamente en el mismo orden", dijo él. "La profecía pasa de la piedra al sicómoro:

"Pero reconstruiremos con piedra labrada. *Los sicómoros han sido derribados*".

"Así que el árbol en el sello, ¿era un sicómoro?", preguntó ella.
"Eso es lo que yo suponía".
"¿Y dónde le condujo eso?".
"Profundicé más, como antes, en el idioma original para encontrar la palabra hebrea tras la palabra *sicómoro*".
"Y descubrió...".
"*Shakam*. La palabra traducida como *sicómoro* es la palabra hebrea *shakam*. También se conoce como arce blanco, una especie de *higuera morera*".
"¿Cómo obtiene de ahí el sicómoro?".
"La palabra griega para higo es *sukos*, y para morera es *moros*. Si se unen se obtiene *sukamoros* o...".
"Sicómoro".
"Su nombre latino es *ficus sycamorus*... un árbol ancho que alcanza la altura de unos cincuenta pies, o unos quince metros. En tiempos bíblicos crecían en las tierras bajas de Israel y junto a los caminos y senderos".
"Así que hizo usted sus deberes".

"Y lo proseguí. Incluso llevé mi búsqueda al jardín botánico de Nueva York... pero no me condujo más cerca del misterio del sexto presagio. De hecho, me alejó más. Cuanto más aprendía sobre el sicómoro, más me alejaba de la respuesta".

"¿Por qué?".

"¿Qué podría tener que ver el derribo de un sicómoro con Estados Unidos o con el 11 de septiembre? Los antiguos asirios puede que estuvieran interesados en talar sicómoros, pero no los terroristas del 11 de septiembre. Ellos tenían como objetivo ciudades, no bosques ni campos. ¿Cómo podría el derribo de un sicómoro tener nada que ver con eso? No había conexión. Ese era mi primer problema. Pero el segundo era fatal".

"¿Y cuál era?".

"No crecen aquí, no en el noreste estadounidense, no de modo natural. El ficus sycamorus es nativo de Oriente Medio y África. No crece en climas con escarcha. La única manera de poder mantenerlo vivo en Nueva York o en Washington D.C. es mantenerlo en el interior o envolverlo con mantas y plástico. Y algunas personas realmente hacen eso. Pero es una novedad. El sicómoro de Isaías 9:10 es ajeno al noreste estadounidense".

"Entonces el 11 de septiembre no tenía nada que ver con árboles, y el sicómoro no tiene nada que ver con el noreste. ¿Y qué hizo usted entonces?".

"Después de algunas más calles sin salida, dejé de intentarlo. Supuse que, de algún modo, cualquier cosa que debiera saber terminaría sabiéndola".

"¿Y terminó sabiéndola?".

"Terminé en Central Park, en el lago, en una barca de remos. Es algo que hago cuando necesito aclarar mi mente. Hay un puente allí, un puente para caminar, que se extiende sobre el agua en un largo arco. Si uno va en barca puede pasar por debajo, que es lo que yo hice... dos veces; la primera vez saliendo, y la segunda vez regresando. Fue la segunda vez, justamente cuando salía de debajo del puente, cuando noté que había un hombre en el puente al levantar mi vista. Él estaba en medio del puente con sus dos manos descansando sobre la barandilla y mirando hacia abajo... a mí, creo, pero no estaba seguro".

"¿El profeta?".

"Sí".

"¿Y usted no le vio la primera vez que pasó bajo el puente?".

"Ni siquiera sé si él estaba allí cuando pasé por primera vez".

"¿Y qué sucedió?".

"Dejé de remar y le grité: '¿Es usted?'. Sólo quería asegurarme".

"¿Quién más podría ser?", fue la respuesta.

"Sin duda es usted", dije en voz baja.

"¿Y cómo va su búsqueda, Nouriel?", me preguntó.

"¿Cómo parece que va? Estoy en una barca… en un lago… en Central Park. No muy bien".

"Pero está en un lugar de árboles".

"¿Es este el lugar de nuestra siguiente reunión?".

"Creo que sí".

"Entonces ¿cómo nos reunimos?".

"O bien usted se baja de la barca y se une a mí en el puente, o yo me bajo del puente y me uno a usted en la barca. Recomendaría lo segundo".

Así que bajó del puente mientras yo llevaba la barca a un lado para encontrar un lugar donde él pudiera subir, lo cual hizo. Ahora estábamos el profeta y yo… en una barca… en un lago… en Central Park. Había algunas barcas más en el agua aquel día, pero desde el momento en que él se subió, todo lo demás quedó en un segundo plano y el enfoque giró hacia un antiguo misterio y el futuro de una nación. Podríamos haber estado en cualquier parte.

"¿Y siguió remando mientras hablaban?".

"Sí… mientras hablábamos… y mientras yo grababa".

Él estuvo en silencio por un momento. Los dos estábamos callados. A medida que la barca se acercaba al medio del lago, el profeta rompió el silencio. "Entonces, Nouriel, ¿qué ha descubierto hasta aquí?".

"El sexto presagio es el sicómoro de Isaías 9:10:

"Pero reconstruiremos con piedra labrada. *Los sicómoros han sido derribados*".

"¿Y por qué cree que los sicómoros han sido derribados?", preguntó él.

"Tuvieron que ser los asirios en su invasión... parte de la devastación de la tierra".

"¿Y por qué sería importante un sicómoro derribado?".

"Sólo he llegado hasta ahí".

"Si los ladrillos caídos anunciaban el futuro colapso de la nación, ¿qué anunciaba el sicómoro caído?".

"No lo sé".

"Es una señal de desarraigo... el desarraigo de un reino. ¿Tiene el sello, Nouriel?".

Se lo entregué. Él lo elevó mientras comenzó a revelar su significado. "El sexto presagio: la destrucción no está limitada a los edificios. El ataque del enemigo causa que el sicómoro sea derribado. El sicómoro caído es una señal de advertencia y, al ignorar la advertencia, se convierte en una profecía de juicio. El sexto presagio: la señal de desarraigo: el sicómoro.

"¿Pero qué tiene que ver eso con Estados Unidos? Los agentes de al Qaeda no estaban interesados en sicómoros. Y el sicómoro de Isaías 9:10 crece en Oriente Medio y África, y no en ningún lugar cercano a los acontecimientos del 11 de septiembre".

"Eso es cierto", dijo él.

"Entonces no veo cómo nada podría tener relación. Las probabilidades de...".

"*Las probabilidades de* no significa nada".

"¿Qué quiere decir?".

"En los últimos momentos de la calamidad, la torre norte comenzó a derrumbarse. En medio de ese derrumbe, envió escombros y pedazos por el aire hacia un terreno en el extremo de la zona cero. Era distinta a cualquier otra propiedad que rodeaba la zona cero en que no estaba cubierta de cemento, acero o asfalto... sino de tierra y césped".

Yo dejé de remar y dejé que la barca se deslizase. Él hizo una pausa antes de continuar.

"Los pedazos lanzados por la torre que se derrumbaba golpearon un objeto".

"¿Un objeto? ¿Qué tipo de objeto?"

"Un árbol".

"No…".

"Cuando la nube de polvo comenzó a asentarse, oficiales de policía, trabajadores de rescate y espectadores miraron al pequeño terreno al borde de la zona cero. Allí, en medio de las cenizas y los escombros que cubrían la tierra había un árbol caído. Pronto se convertiría en un símbolo del 11 de septiembre y de la zona cero. Y *era* un símbolo… pero uno mucho más antiguo de lo que cualquiera de los que estaba allí podría haber entendido, y un símbolo que lleva un mensaje que nadie podría haber imaginado".

"¿Qué árbol era?", pregunté yo.

"El árbol que fue derribado", respondió él.

"¿Qué tipo de árbol era?".

"Era un sicómoro".

"El árbol en la zona cero que fue derribado el 11 de septiembre…".

"…era un sicómoro".

"¿Pero cómo?", pregunté. "¿Cómo podía serlo?… No crecen aquí".

"Cuando los líderes estadounidenses declararon: 'Reconstruiremos', las mismas palabras de la promesa de la antigua Israel, ¿lo proclamaron en hebreo antiguo?".

"No, claro que no", respondí.

"¿Y por qué no?", preguntó él.

"Porque los líderes estadounidenses no hablan hebreo antiguo, ¿y quién lo habría entendido?".

"Exactamente. En cada caso, el antiguo y el actual, los líderes hablan en el idioma de su gente y su nación. El presagio se traduce o traslada al contexto de la nación en la cual aparece y de las personas a las que es dirigido. Así también la señal del sicómoro. Fue una traducción".

"Una traducción… ¿cómo?".

"Los árboles encajan con la nación… la tierra. El árbol de Isaías 9:10 era endémico de Israel, y así también el árbol del 11 de septiembre era endémico de Estados Unidos".

"Pero usted dijo que era un sicómoro".

"Está clasificado bajo el género *platanus*. Pero se conoce por su nombre *común*… sicómoro. *Era* un sicómoro".

"Pero…".

"Sí, tenía razón, Nouriel. El sicómoro de *Oriente Medio* no crece de modo natural en el noreste de Estados Unidos. Pero existe una versión del sicómoro que sí crece: el sicómoro inglés".

"El sicómoro inglés... una traducción o traslado del presagio".

"Y resulta que el sicómoro inglés era el que crecía en el pequeño terreno en el extremo de la zona cero".

"Y se llamaba *sicómoro* porque...".

"Porque se le puso el nombre del sicómoro de Oriente Medio".

"Entonces el árbol que fue derribado el 11 de septiembre ¿tenía el nombre del árbol de Isaías 9:10?".

"Sí. El antiguo presagio del Oriente Medio fue traducido o trasladado a forma occidental... a un árbol estadounidense que lleva el mismo nombre que el árbol de Oriente Medio del juicio de Israel".

"Y resultó que estaba allí en el extremo de la zona cero el 11 de septiembre".

"Al igual que todo lo demás", dijo él, "resultó que estaba".

"Pero los asirios quisieron derribar el sicómoro, y los terroristas del 11 de septiembre no".

"Los terroristas no tenían ni idea de Isaías 9:10, ni idea de los presagios, ni idea del sicómoro que crecía en ese rincón de la zona cero, y ni idea de que su ataque haría que cayese o que su caída estuviera relacionada con una antigua profecía. Ellos no tenían idea alguna... pero aun así sucedió".

"¿Y qué sucedió después de que cayese?", pregunté.

"Se convirtió en el punto focal de interés y atención. Fue transformado en un símbolo".

"Como los presagios anteriores".

"Los presagios son, entre otras cosas, símbolos. Así, el sicómoro se convirtió en un símbolo del 11 de septiembre. Fue catalogado como el *sicómoro de la zona cero*. Se escribieron artículos al respecto. Fue expuesto públicamente. Multitudes se reunieron para verlo. Pero no tenían idea alguna del mensaje que llevaba o del alcance de ese mensaje. Tampoco tomaron nota del pequeño objeto que estaba entrelazado en sus raíces".

"Que era...".

"Un ladrillo", respondió él. *"Los ladrillos han caído... y los sicómoros han sido derribados".*

"Todo es... ni siquiera puedo ponerle palabras... todo repitiéndose... todo siguiendo los detalles de una antigua profecía... ahora incluso objetos inanimados... la torre... la piedra... el árbol... y sin nadie que lo orqueste".

"Sin nadie que lo orqueste porque tenía que suceder. Los presagios se manifestaron porque *tenían* que manifestarse... como señales... como mensajes proféticos".

"¿Y qué mensaje tiene la señal del sicómoro para Estados Unidos?", pregunté.

"Es una señal de una caída... de un derribo... de un desarraigo... un final. Cuando apareció en la antigua Israel, profetizó la caída de la nación y el final de su reino".

"Y ahora reaparece para Estados Unidos. Entonces eso significa que tiene que haber...".

"Es una advertencia", dijo el profeta. "Todo depende de si se presta atención a la advertencia".

"¿Y si no se presta atención...?".

"Si un árbol cae a la tierra y nadie lo escucha... ¿hace un sonido?".

"¿Lo hace?", pregunté yo.

"En el caso del sicómoro, hizo dos".

"¿Dos?".

"Para quienes lo escuchan, el sonido de advertencia y el sonido de redención".

"¿Y para quienes no lo escuchan?".

"El sonido de juicio".

Estuvimos en silencio durante un rato. Entonces él metió su mano en el bolsillo de su abrigo y me entregó el siguiente sello. Yo lo examiné sin decir nada, lo puse en mi bolsillo, y entonces procedí a seguir remando para llevar la barca hasta la plataforma. "¿Y qué pista tiene para mí con respecto al séptimo presagio?", pregunté cuando nos acercamos a la plataforma.

"Está tan claro como el anterior", respondió él, "y muy relacionado".

"Muy relacionado con el sicómoro".

"Sí".

"Es otra imagen de un árbol... pero distinta".

"Correcto".

"Hay dos árboles en la profecía", dije yo. "Así que el séptimo presagio tiene que ver con el segundo árbol".

"Mire, Nouriel, no es tan difícil. Usted ya ha descubierto todo eso, y sin ni siquiera pasar semanas buscando la respuesta. Y aún no hemos llegado a la plataforma".

"Entonces ¿por qué necesitamos semanas o meses antes de la siguiente reunión?".

"Para que usted trabaje en ello".

"¿Por qué no seguimos adelante... aquí? Es un lugar de árboles. El lugar encaja".

Él se quedó pensando por un momento, y después respondió. "¿Por qué no entonces?".

"¿Entonces lo haremos aquí?".

"¿Por qué no?", repitió él.

Yo nunca esperé que él estuviera de acuerdo con la sugerencia. Me sorprendió. Me sorprendió lo suficiente para preguntarle: "Entonces ¿un profeta puede cambiar el plan... el plan establecido?".

"¿Quién ha dicho que el plan haya cambiado?".

"Pero fui yo quien planteó la idea".

"¿Y cómo sabe usted que plantear la idea para cambiar el plan no fuese el plan establecido desde un principio?".

"Si fue un cambio de plan... entonces no estaba establecido".

"Y si estaba establecido", respondió él, "entonces no fue un cambio de plan".

"Entonces está usted diciendo que planeaba continuar aquí... ¿antes de que yo lo mencionase?".

"Si yo lo tenía planeado o si sucedió porque fue planeado sin que yo lo planease no marca ninguna diferencia".

"Creo que usted simplemente está diciendo todo esto".

"Y usted es libre para pensar eso", respondió él.

"Entonces yo soy *libre* para pensar eso. No *tengo* que pensar eso".

"Pero eso no significa que no estuviera planeado", añadió él.

"¿Cómo podría ser ambas cosas?", pregunté.

"Se necesitan dos remos para hacer que una barca vaya derecha".

"¿Quiere decir que es a la vez libertad y predestinación?".

"Quiere decir que usted necesita utilizar los dos remos y centrarse en mantener recta la barca, de modo que podamos regresar a tierra seca".

Capítulo 11
El séptimo presagio: El árbol erez

ה א

ELLA SE LEVANTÓ de su silla. "Nouriel, ¿me excusaría por un momento antes de continuar?".

"Desde luego", respondió él.

Ella se acercó a su escritorio. "¿Se han ido todos?", preguntó, hablando al teléfono.

"Sí", respondió la voz en el altavoz. "Todos se han ido, y yo me iré pronto".

"¿Se asegurará que todo quede apagado?".

"Lo haré".

Durante esa conversación, Nouriel miraba al paisaje urbano. Ya era avanzada la tarde; el sol se había ocultado. La ciudad estaba iluminada por los oscuros matices de azul y rojo del crepúsculo y el brillo incandescente y fluorescente de sus edificios y sus farolas en la calle.

"Por tanto", dijo ella, mientras regresaba a la mesa redonda, "estaba usted en la barca con el profeta...".

"Llegamos a la plataforma, salimos de la barca y comenzamos a caminar por el parque. Él me llevó hasta la fuente en la terraza, la que tiene la estatua del ángel arriba.

"¿Sabe lo que es eso, Nouriel?", me preguntó.

"Un ángel", contesté yo.

"Esta es la fuente Betesda, y eso se llama *el ángel de las aguas*. Es del Evangelio de Juan, el relato de un paralítico que esperaba al lado de la fuente de Betesda en Jerusalén para ser sanado. ¿Y sabe lo que significa Betesda?".

"No", respondí yo.

"Viene de la palabra hebrea *kjésed*, que significa *misericordia* o *bondad*. *Betesda* significa *casa de misericordia* o *lugar de bondad*.

Khesed… misericordia… amor. Es la naturaleza de Dios, su esencia. No olvide eso, en todo esto no olvide eso. El juicio es su necesidad, pero su naturaleza y su esencia, su corazón, es amor. Él es quien siempre llama a los perdidos a que sean salvos".

Retomamos nuestro paseo, pasando al lado de otras personas en el parque que también caminaban o corrían, o jugaban al ajedrez o simplemente estaban sentados en los bancos del parque sin hacer nada en particular. Seguimos el sendero atravesando un frondoso paisaje verde de árboles y hierba, rocas y puentes.

"Por tanto, Nouriel, si el sicómoro es el sexto presagio, entonces el séptimo presagio…".

"Tiene que ser el cedro. Es lo que está a continuación:

"Los sicómoros han sido derribados, *pero plantaremos cedros en su lugar*".

"Correcto".

"Entonces el árbol en el sello es un cedro".

"Sí, ¿y qué significa?".

"No tengo idea".

"Sus sicómoros están derribados, y ellos prometen sustituirlos. Pero en lugar de sustituirlos por otros sicómoros, los sustituyen por cedros. ¿Por qué cree que harían eso?".

"Tendría que ser por la misma razón por la que no sustituyeron los ladrillos caídos por otros ladrillos sino por piedra labrada. La meta no era la restauración sino el desafío. Por eso supongo que el cedro era más fuerte que el sicómoro, o tan distinto del sicómoro…".

"…como las piedras de cantera lo eran de los ladrillos de arcilla. Tiene razón. El sicómoro era un árbol común; nunca se consideró como algo de gran valor. Su madera era tosca, rugosa, hueca y no particularmente fuerte. Y aunque su madera podía utilizarse en la construcción, no era ni el material más ideal ni el más duradero con el que construir".

"Entonces era parecido al ladrillo de los árboles".

"Exactamente. Y al igual que los ladrillos de arcilla fueron sustituidos por piedras inmensas, el sicómoro caído sería sustituido por el cedro".

"¿Y el cedro era más fuerte que el sicómoro?".

"Mucho más fuerte, y mucho más valorado. El sicómoro crecía en las tierras bajas; el cedro crecía en las alturas de las montañas. El sicómoro era común; el cedro era exótico. Contrariamente al retorcido sicómoro, el cedro era recto, majestuoso e imponente; su madera era lisa, duradera y perfectamente adecuada para la construcción. El sicómoro podría alcanzar una altura de unos quince metros, pero el cedro podría superar los treinta. Ese era el punto. Ellos plantarían cedros en lugar de los sicómoros derribados. Y contrariamente al sicómoro, el cedro permanecería fuerte contra cualquier futuro ataque... o al menos eso esperaban. Un comentario lo expresa del siguiente modo:

"En lugar de escuchar, prestar atención y arrepentirse, la nación decide actuar en un espíritu de desafío... *cambiará sus débiles sicómoros que son derribados por fuertes cedros que soportarán los más fuertes vendavales.*[1]

"Los *más fuertes vendavales* serían ¿qué?", preguntó él.

"El día del juicio de la nación", respondí yo.

"Sí. Y en aquel día no quedaría nada: ni los árboles, ni las piedras, ni la nación. Y el reino caería tan rápidamente y violentamente como un cedro que es derribado".

"Entonces es lo mismo que hicieron con la piedra labrada... el mismo acto pero de forma diferente. Ellos pusieron la piedra de cantera en lugar de los ladrillos caídos, y ahora plantan el cedro en lugar del sicómoro".

"Es el acto del *khalaf*", dijo él.

"¿*Khalaf*?".

"Es la palabra hebrea que se utiliza en el versículo. Significa *cambiar, sustituir, plantar una cosa en lugar de otra*".

"¿Y qué de la palabra *cedro*?", pregunté. "*Cedro* es español. ¿Cuál es la palabra original utilizada en la profecía? ¿Cómo se llamaba el árbol en hebreo?".

"*Erez*. Se llamaba el *erez*. 'Los sicómoros han caído, pero plantaremos árboles *erez* en su lugar'".

"Por tanto, ¿*erez* significa *cedro*?", pregunté yo.

"Sí y no", respondió. "*Cedro* es la palabra utilizada con mayor frecuencia para traducir *erez*, como en los cedros del Líbano. Pero *erez* significa mucho más que la palabra *cedro*. Venga". Al decir eso, salió del sendero y me llevó hasta un árbol. "¿Cómo lo describiría, Nouriel?".

"Es de hoja perenne".

"¿Y qué más?".

"Tiene piñas, y sus hojas tienen forma de aguja".

"Es un árbol conífero, una conífera. La clásica práctica en botánica conocida como *Hierobotanicon* define el hebreo *erez* como un árbol conífero. La palabra *erez* también aparece en varios antiguos textos diferentes en los que se refiere a una conífera perenne".

"Entonces un árbol *erez* es una conífera de hoja perenne".

"Sí", respondió él, "pero no todo conífero de hoja perenne es necesariamente un árbol *erez*".

"¿Entonces qué es exactamente?", pregunté yo.

"Más concretamente es *un tipo en particular* de árbol de hoja perenne que tiene piñas. Un comentarista lo señala de manera más precisa:

> "El hebreo *erez* traducido como *cedro* en todas las versiones españolas, es más probablemente una palabra genérica para la familia de los pinos".[2]

"Y eso significa... ¿qué, exactamente?".

"El árbol *erez* estaría bajo la clasificación botánica de *pinacea*".

"*Pinacea*. ¿Y a qué se refiere *pinacea* concretamente?", pregunté.

"Al cedro, pícea y abeto".

"Entonces la identificación más precisa de la palabra hebrea *erez* sería *árbol pinacea*".

"Sí. La traducción más precisa botánicamente de la promesa sería: 'Pero plantaremos *árboles pinacea* en su lugar'".

"Y en las pinacea se incluye el cedro, pero más que el cedro".

"Correcto. Así que ellos plantan el árbol más fuerte en lugar del más débil, mientras prometen que una nación más fuerte sustituirá a otra más débil. El árbol *erez* se convierte en otro símbolo de la nación y su desafío, un símbolo viviente de su confianza en el resurgimiento nacional, su árbol de esperanza".

"Un árbol de esperanza, pero no una buena esperanza".

"No", respondió él, "una esperanza orgullosa, egoísta e impía. Lo que ellos consideraban un árbol de esperanza era, en realidad, un presagio de juicio".

Él me pidió el sello. Así que, desde luego, se lo entregué, y elevándolo en su mano derecha, como había hecho con los demás, comenzó a revelar su misterio.

"El séptimo presagio: la advertencia del sicómoro caído es desatendida. Sus restos desarraigados son quitados. Otro árbol se lleva al lugar de su caída, un árbol erez, una conífera, de hoja perenne, el cedro bíblico: el árbol pinacea. El árbol erez es plantado en el mismo punto donde anteriormente estuvo el sicómoro derribado. La plantación está llena de significado simbólico. El segundo árbol se convierte en un símbolo de resurgimiento nacional, de confianza y esperanza. Pero al igual que la piedra labrada, en realidad personifica el desafío de la nación. Permanecerá como testigo de la falsa esperanza de una nación y un presagio viviente de su rechazo de la advertencia dada… el séptimo presagio: el árbol erez".

"Así que la señal es la aparición del árbol erez".

"Sí".

"Su plantación".

"Sí, su plantación, y en el lugar del sicómoro derribado".

"Si eso sucede, se manifiesta el séptimo presagio".

"Sí".

En ese punto seguimos caminando.

"¿Y se ha manifestado el séptimo presagio?", pregunté yo.

"Así ha sido".

"¿Cómo?".

"Comenzó con el traslado del sicómoro".

"El sicómoro de la zona cero".

"Sí. Fue tomado del lugar de su caída y puesto en exposición pública como un símbolo de la calamidad. Incluso sus raíces fueron cuidadosamente sacadas y transferidas a otro lugar".

"Pero para que tenga lugar el antiguo ministerio", dije yo, "otro árbol tendría que ser llevado al mismo trozo de terreno y plantado en el mismo lugar donde había estado el sicómoro".

"A finales de noviembre de 2003, dos años después de la caída del sicómoro, apareció un extraño panorama en la esquina de la zona cero: en el cielo… un árbol. Estaba siendo transportado en una grúa a un patio de tierra y de hierba. Quienes estaban a cargo de la operación le guiaban cuidadosamente hasta el punto determinado. El nuevo árbol fue situado en posición para que estuviese en el mismo punto donde antes había estado el sicómoro de la zona cero".

"¿Qué era? ¿Qué tipo de árbol?".

"Lo más natural habría sido sustituir un sicómoro por otro; pero la profecía requería que el sicómoro derribado fuese sustituido por un árbol de una naturaleza totalmente diferente. Así que el árbol que sustituyó al sicómoro de la zona cero igualmente no fue un sicómoro. Según la profecía, el sicómoro debe ser sustituido por el erez bíblico. Así que debe ser sustituido por una conífera".

"¿Y el árbol que sustituyó al sicómoro de la zona cero…?".

"El árbol que sustituyó al sicómoro era una conífera".

"¿De hoja perenne?".

"Sí… con hojas en forma de aguja y piñas".

"¡Sustituyeron el sicómoro derribado por el árbol erez!".

"La señal de la falsa esperanza y el desafío de una nación delante de Dios".

"Es como algo sacado de una película… ¡es surrealista!".

"A excepción de que es real".

"¿Quién estaba detrás de la decisión de hacer aquello?", pregunté yo.

"Nadie", respondió él. "Nadie en el sentido de que una sola persona hiciera que sucediese todo aquello o intentase cumplir la profecía".

"¿Nadie tenía idea alguna de lo que estaba haciendo?".

"Nadie".

"¿Entonces de dónde vino?".

"El árbol fue un regalo donado por una fuente exterior, al igual que lo fue la piedra gazit que sustituyó a los ladrillos caídos".

"Pero usted precisó que la palabra erez se refería más concretamente a un tipo en particular de coníferas".

"La pinacea".

"¿Y el árbol que fue bajado hasta el terreno…?".

"Su nombre latino era *picea albies*".

"Y…".

"El árbol que sustituyó al sicómoro era una pinacea".

"¡Una pinacea! El mismo árbol de la antigua profecía… el mismo árbol que tenía que sustituir al sicómoro derribado… ¡Increíble!".

"Y el árbol hermano del cedro del Líbano".

"¿Y todo ello tuvo lugar en la esquina de la zona cero?".

"Sí".

"Y la sustitución de los ladrillos por la piedra gazit sucedió en la zona cero".

"Sí".

"Entonces ambas partes de la antigua profecía fueron cumplidas en el mismo lugar... en la zona cero".

"Y no sólo en el mismo lugar", dijo él, "sino de la misma manera".

"¿A qué se refiere?".

"Ellos no sólo pusieron una piedra gazit en la zona cero. Lo convirtieron en un acontecimiento público, una reunión pública completamente centrada alrededor del presagio. Así fue con la sustitución del sicómoro por el árbol erez. El acto se convirtió en un acontecimiento público, una reunión totalmente centrada en el presagio".

"¿Y quien dirigió el acontecimiento?".

"Un líder espiritual local".

"Entonces ¿la plantación del árbol erez se convirtió en una ceremonia?".

"Una ceremonia centrada en el acto de la sustitución, al igual que poner la piedra gazit fue un acto de sustitución. Cada acontecimiento se centraba en uno de los presagios. No tenía nada que ver con el arrepentimiento; en cambio, cada uno exaltaba el espíritu humano y su desafío a la calamidad. Fue otro eco de la antigua promesa. Dos mil quinientos años antes, el pueblo de Israel respondió a su calamidad plantando el árbol erez como señal de su desafío, su esperanza en ellos mismos. Ahora, después del 11 de septiembre y en el escenario de la zona cero, los neoyorquinos reunidos repitieron el antiguo pacto con su nuevo árbol erez. También ellos lo convirtieron en una señal. Durante esa ceremonia, el oficiante le puso un nombre al árbol. Él proclamó:

"Este *árbol de la esperanza de la zona cero* será una señal de la indomable naturaleza de la esperanza humana..."[3]

"Un árbol de esperanza", dijo el profeta.

"Y una señal".

"Sí, de la indomable naturaleza. *Indomable*... queriendo decir *inconquistable*".

"El espíritu de la promesa".

"Y en la promesa, ¿qué palabras se utilizó para este acto?".

"Ya me lo ha dicho... *khalaf*".

"Que significa...".

"Cambiar, sustituir, plantar algo en lugar de otra cosa".

"Por tanto, eso es exactamente lo que tiene que cumplirse. No es sólo que un árbol haya caído y se haya plantado otro nuevo, sino que el nuevo árbol tiene que ser plantado en el *mismo lugar*. El árbol erez debe ser plantado en el *mismo lugar* donde anteriormente estuvo el sicómoro derribado. Ahora escuche las palabras que proclamaron aquel día cuando se reunieron alrededor del árbol erez:

"El árbol de la esperanza se planta *en el mismo punto donde estuvo un sicómoro* de sesenta años de antigüedad la mañana del 11 septiembre 2001".[4] s

"¿Y nadie se dio cuenta de que lo que estaban haciendo encajaba con la profecía?", pregunté. "¿No hubo nadie que lo relacionase todo?".

"Nadie", respondió él.

"Es un cumplimiento exacto y preciso de la antigua promesa. Es exacto, como si lo estuvieran destacando para que no pudiera pasarse por alto".

"Esa es la naturaleza de los presagios, Nouriel. Tienen que ser hechos manifiestos".

"Ellos no podrían haberlo hecho encajar de modo más preciso que si hubieran recitado Isaías 9:10 palabra por palabra. Y nadie estaba intentando hacer que sucediera. ¿Resultó que todos lo hicieron?".

"Piénselo, Nouriel. ¿Quién podría haberlo reunido todo? La torre cayó debido a los terroristas. Sucedió que cayó exactamente como lo hizo a fin de derribar aquel árbol en particular. El árbol resultó ser un sicómoro, que precisamente estaba creciendo en la esquina de la zona cero. El árbol que lo sustituyó sucedió que fue una donación como regalo de personas que no tenían nada que ver con ninguna otra cosa, pero que resultó que se sintieron guiados a hacerlo. Su regalo resultó ser el cumplimiento del árbol erez bíblico, que precisamente era el mismo árbol del que se hablaba en la antigua promesa, el árbol que debe sustituir al sicómoro. Resultó que lo llevaron hasta el mismo terreno en el que había estado antes el sicómoro derribado, exactamente como en el hebreo de la antigua promesa. Y el hombre que dirigió la ceremonia en torno al árbol resultó que lo reunió todo ello sin saber que estaba reuniendo nada. Nadie sabía lo que estaba haciendo. No era cuestión de intención. Fue la manifestación de los presagios".

"Es asombroso", dije yo, "y otra repetición del ministerio. Todos ellos caminaban sobre las antiguas huellas, y pensaban que eran las suyas propias".

"*Eran* las suyas propias", dijo él, "pero en las antiguas huellas".

"Otra pieza de un antiguo rompecabezas que encaja en su lugar, otra recreación de un antiguo drama… de juicio. Sigue pareciendo una película. Sigue siendo difícil entender que todo sea real, que en realidad haya sucedido".

"Todo sucedió… y está sucediendo".

"¿Y cuál es el mensaje del árbol erez?".

"El mismo mensaje que llevó a la antigua en Israel. El árbol de la esperanza de la zona cero era una señal, y así fue proclamado, pero no de la esperanza que ellos proclamaban. En cambio, era la señal del desafiante rechazo de una nación del llamado de Dios a regresar".

"Y con respecto al futuro… ¿qué significa?".

"Cuando vea el árbol erez plantado en el lugar del sicómoro caído, es un presagio, una advertencia. ¿Qué significa para el futuro? Un comentario sobre Isaías 9:10 lo expresa de esta manera:

"'Si el enemigo corta los sicómoros, nosotros *plantaremos cedros en lugar de ellos*. Tomaremos los juicios de Dios, avanzaremos por ellos, y así los superaremos'. Notemos que maduran rápidamente hacia la ruina aquellos cuyos corazones no son humillados bajo las providencias humillantes".[5]

"*Maduran rápidamente hacia la ruina*. Entonces ¿no hay esperanza?", pregunté yo.

"*Hay* esperanza", dijo el profeta, "pero cuando una nación como esta pone su esperanza en sus propias capacidades de salvarse a sí misma, entonces su esperanza es falsa. Su verdadera esperanza se encuentra solamente en regresar a Dios. Sin eso, su árbol de la esperanza es un presagio del día en que sus fuertes cedros caigan derribados a la tierra".

Él dejó de caminar. "Y ahora, Nouriel, nos acercamos a los últimos presagios... los dos últimos... cada uno de ellos unido íntimamente al otro como el árbol erez lo está al sicómoro".

Me entregó el siguiente sello, el sello del octavo presagio, el cual examiné enseguida. Su imagen era cierto tipo de plataforma... cierto tipo de plataforma amplia y baja. No pude descubrir nada más aparte de eso.

"Está usted perplejo", dijo él al ver mi reacción.

"Sí", respondí. "Este no parece demasiado prometedor".

"¿Qué más tiene para seguir adelante?".

"Las palabras de la promesa. Pero la promesa termina con la plantación del árbol erez, el cedro. No hay nada más".

"¿Y qué otras pistas tiene?".

"No lo sé".

"¿Olvidó las otras pistas? Solamente quedan dos. Es un sencillo proceso de deducción. Una es de piedra...".

"La piedra gazit", respondí.

"La otra ha caído...".

"Los ladrillos... Los ladrillos han caído".

"Una asciende...".

"Tiene que ser la torre".

"Uno está vivo...".

"El árbol erez".

"Y el otro era...".

"El sicómoro".

"Sólo quedan dos", dijo él.

"Dígamelo otra vez", respondí.

"Uno habla de lo que es, y el otro de lo que sería".

"Uno habla de lo que es, y el otro de lo que sería. Muy místico... y vago".

"Los dos últimos presagios no son como los otros", dijo él, "y sin embargo son como todos ellos".

"No son como los otros y sin embargo son como todos ellos. Tengo que suponer que cree que me está ayudando".

"Lo estoy", respondió él.

"Necesito algo más".

"Tiene razón. Los dos últimos son más difíciles que el resto".

"¿Es esa la pista?", pregunté.

"Y no aquí, sino muy lejos".

"Muy lejos... ¿muy lejos como la montaña?".

"Sí".

"¿Tan lejos?", pregunté.

"Casi tan lejos", respondió él.

"Eso no lo reduce mucho".

"La profecía lo revelará".

"¿El lugar donde está?".

"Sí".

"No veo cómo".

"Hasta entonces", dijo él, y después me dejó allí en el extremo del parque.

Yo le grité: "Al menos podría decir: 'Buena suerte, pues la necesita'".

"Pero yo no creo en la suerte, Nouriel", respondió sin darse la vuelta. Comenzó a cruzar la calle entre muchos otros peatones. Yo me hice camino hasta llegar casi al cruce, pero no avancé más.

"Pero si no sé lo que estoy buscando", grité, "¿cómo lo sabré cuando lo vea?".

"No lo sabrá", respondió él.

"¿No lo sabré?".

"No, no lo verá".

"¿Y por qué no?".

Él llegó al otro lado de la calle, se detuvo y se dio la vuelta para mirarme.

"¿Por qué no lo verá?", grité desde el otro lado de la calle.

"Sí", grité yo.

"Porque no puede verlo... Es invisible, desde luego".

Entonces se dio la vuelta, siguió caminando y desapareció entre la multitud.

Capítulo 12
El octavo presagio: La proclamación

ה א

"ENTONCES", DIJO ELLA con una ligera sonrisa de diversión, "estaba usted en un viaje para encontrar un presagio invisible".

"Exactamente", respondió él, "un presagio invisible basado en una imagen no identificable".

"Una imagen no identificable en el sello…".

"Sí".

"¿Y qué de las otras pistas?".

"¿Como *uno habla de lo que es… y el otro de lo que sería*?".

"Sí".

"¿Qué podía hacer yo con eso? ¿Qué estaba revelando?".

"Él le dio otras pistas, sin embargo".

"Él me dijo que los dos últimos presagios eran *diferentes a los otros… y sin embargo como todos ellos*".

"¿Y fue eso una ayuda?".

"¿Suena como una ayuda?".

"No mucha ayuda… no".

"Lo máximo que puede sacar de ello fue que cada uno de los presagios tenía que ver con una parte del misterio, pero los dos últimos no serían sobre una parte sino sobre el misterio en general; no como *uno* de los otros y a la vez como *todos* ellos".

"Suena lo bastante plausible".

"Sí, pero seguía sin llevarme a ninguna parte".

"¿Y qué de la promesa? Hasta ese punto, todo iba siguiendo la promesa. Todo estaba teniendo lugar en orden".

"No quedaba nada. Estaban los ladrillos, la torre, la piedra gazit, el sicómoro y el árbol erez. Terminaba con: *Pero plantaremos cedros en su lugar*. No había nada más en el versículo para dar alguna pista".

"¿Y qué de estar muy lejos?".

"Esa era la única pista que realmente me dio algo con lo que seguir".

"¿Cómo?".

"Le pregunté si estaba tan lejos como la montaña, y él respondió que estaba casi tan lejos".

"Bastante general".

"Aun así, era algo con lo que seguir. La montaña estaba a unas cuatro horas de la ciudad. Así que la misma distancia sería…".

"Pero *casi tan lejos*", dijo ella, "no es equivalente a decir que es la misma distancia".

"Aun así", respondió él, "*podría* ser la misma distancia. En cualquier caso, para estar seguro, concedí una distancia de tres a cinco horas desde la ciudad. Eso suponía varios cientos de kilómetros. Entonces tracé un círculo alrededor".

"¿Con la ciudad de Nueva York en el centro?".

"Sí, con un radio de varios cientos de kilómetros, para ver lo que incluiría".

"Tenía que haber muchos lugares".

"Los había: el estado de Nueva York, Nueva Jersey, Connecticut, Pennsylvania, Massachusetts, Maryland, Delaware…".

"¿Pero cómo podía eso posiblemente conducirle a encontrar el octavo presagio? Sería como encontrar una aguja en un pajar".

"No podía conducirme… no sin algo más. Pero el profeta me dio una pista más. Me dijo: 'La profecía lo revelará'. Así que volví a leer la profecía para buscar algo que pudiera darme una pista en cuanto al lugar".

"¿Y…?".

"Lo único que no había considerado era la introducción:

"El Señor envió una palabra contra Jacob, y ha caído sobre Israel. Todo el pueblo la conocerá, Efraín y los habitantes de Samaria, que dicen con orgullo y arrogancia de corazón: 'Los ladrillos han caído…'".[1]

"¿Cómo podía encontrar una pista en eso?", preguntó ella.

"Los nombres", respondió él. "Efraín, Jacob, Samaria; todos ellos estaban ligados a Israel".

"Entonces ¿el octavo presagio estaba en Israel?".

"No. Israel no está exactamente a cuatro horas de distancia. Busqué en los comentarios para ver qué tenían que decir… si podían conducirme a la clave que me faltaba".

"¿Y lo hicieron?".

"Sí".

"¿Y qué era?".

"Era Samaria".

"¿Samaria? ¿No es eso casi lo mismo que decir *Israel*?".

"Depende. *Samaria* no era sólo otro nombre para el reino de Israel. Era también el nombre de una ciudad. La profecía está dirigida a quienes habitan en Samaria. ¿Era Samaria el reino o Samaria la ciudad... o ambos?".

"No tengo idea", respondió ella. "¿Pero por qué sería eso importante?".

"La promesa podría haberse pronunciado en cualquier lugar en la tierra y por cualquiera. Podría haberse convertido en un clamor conjunto o en un himno entre el pueblo. Pero solamente sería significativo si representaba la respuesta de toda la nación. ¿Y quién puede hablar en nombre de toda una nación?".

"¿Los líderes?".

"Exactamente. Por tanto, Samaria era la capital de la nación, el asiento de su gobierno, la ciudad de sus reyes y oficiales. Para que la promesa importase, tuvo que ser pronunciada por los líderes; tuvo que ser la respuesta oficial de la nación. Por tanto, tuvo que ser proclamada en la capital. Y entonces descubrí una pista en uno de los comentarios sobre Isaías 9:10 que unía la promesa a la capital de la nación:

"El orgullo nacional es normalmente más arrogante en una ciudad capital.[2]

"Es la clave. La promesa tiene que ser proclamada en la ciudad capital. Eso es lo que yo buscaba: la capital". Hizo una pausa, queriendo que ella lo entendiese.

"¿Washington DC?", dijo ella.

"¿Cuáles fueron los dos objetivos del 11 de septiembre?", preguntó él.

"La ciudad de Nueva York y Washington".

"Ya estaba relacionado".

"¿Y qué de la distancia?", preguntó ella. "¿Estaba dentro del radio?".

"Washington está a un poco más de cuatro horas de distancia de la ciudad de Nueva York, la misma distancia que a las montañas. Así que si yo tenía razón, habría alguna relación entre Washington DC y las palabras de la promesa. Si yo tenía razón, entonces en algún lugar en la capital estaba el octavo presagio. Así que era allí donde tenía que ir".

"Pero ¿cómo sabría dónde ir cuando llegase allí?", preguntó ella. "No lo sabría… más de lo que sabía dónde ir las demás veces. Simplemente iría sobre lo que sabía… o lo que pensaba que sabía".

"Entonces, ¿dónde fue?".

"Primero al Pentágono, el lugar con la relación más directa con el 11 de septiembre. Pero mi acceso estaba limitado, desde luego, y nada parecía conectar. Al día siguiente fui a la Casa Blanca; pero de nuevo, ninguna conexión. Después de aquello fui al Lincoln Memorial".

"¿Qué había en el Lincoln Memorial que usted pensó que conectaría?".

"Nada", respondió él. "Pero siempre había querido verlo. Y ya que estaba cerca, pensé que si seguía buscando, terminaría en el lugar donde se supone que debía terminar, de un modo u otro. Así que ese era un lugar tan bueno como cualquier otro".

"¿Y…?".

"Nunca había estado allí anteriormente. Era impresionante de cerca; masivas columnas de mármol como algún templo griego y, desde luego, la estatua, más grande que la vida… noble… poderosa. Estaba mirando directamente a su cara cuando lo escuché… desde atrás".

"Considerado el más grande de los presidentes estadounidenses", dijo la voz.

Yo me giré. Era el profeta. Antes de que pudiera reconocer su presencia, él habló de nuevo.

"Y quizá el más triste", dijo. "Incluso en piedra, se puede ver".

"Entonces estoy aquí", dije yo. "Lo logré".

"Lo hizo, Nouriel. Estoy impresionado. Pero sabía que lo haría". Él me condujo hasta un lado para leer las palabras que había grabadas en el muro. "El segundo discurso de investidura de Lincoln", dijo él, y entonces comenzó a leer las palabras en voz alta:

"El Todopoderoso tiene sus propios propósitos… Alegremente esperamos, fervientemente oramos, para que este poderoso azote de la guerra pueda pasar rápidamente. Sin embargo, si Dios quiere que continúe hasta que toda la riqueza de los doscientos cincuenta años de avales del terreno no correspondido se hunda, y hasta que cada gota de sangre derramada por el látigo sea pagada con otro blandir de la espada, como se decía hace trescientos años, así entonces debe decirse, que los juicios del Señor son verdaderos y justos".[3]

Él hizo una pausa y se giró para ver mi reacción. "¿Entiende lo que está diciendo, Nouriel?".

"Que detrás de la guerra que estaba devastando la nación...".

"Había juicio...juicio nacional por el pecado de la esclavitud: '*Hasta que cada gota de sangre derramada por el látigo sea pagada con otro blandir de la espada*'".

"Y por eso su tristeza", dije yo calladamente.

"Pero detrás del juicio estaban los propósitos de la redención, que la esclavitud fuese eliminada de la tierra".

"*El Todopoderoso tiene sus propios propósitos*".

"Sí, *el Todopoderoso tiene sus propios propósitos*". Él comenzó a caminar hacia la entrada pero se detuvo justamente antes de los escalones, donde se veía su silueta delante de la luz del sol fuera del memorial, enmarcada entre dos colosales columnas de mármol. Estaba esperando a que yo me uniese a él; y lo hice. Así que ambos estábamos allí de pie entre las columnas, mirando hacia el agua que se reflejaba, el Paseo Nacional y el obelisco del monumento a Washington en la distancia.

"Entonces, dígame, Nouriel, ¿cómo lo supo? ¿Cómo supo que era Washington?".

"Era Samaria", dije yo, "la capital. La promesa tenía que ser pronunciada en la capital".

"¿Y por qué sería así?".

"Porque la capital es el asiento del gobierno, en lugar desde el cual es dirigida la nación. La promesa sólo importa si representa la voluntad o la voz de la nación, si es la respuesta de la nación a Dios. Y solamente los líderes pueden hablar por la nación en general".

"Bien hecho, Nouriel. ¿Y qué esperaríamos encontrar en Washington DC?".

"Algún vínculo entre esta ciudad y la antigua promesa", dije yo. "En cierto modo Isaías 9:10 tiene que estar relacionado con Washington DC".

"Correcto. En tiempos de Isaías la promesa sin duda se habría pronunciado o repetido por toda la tierra. Pero la promesa es proclamada con autoridad y en nombre de toda la nación. Resume la respuesta de la nación y prepara su curso futuro. Aparte de cualquier otra cosa que pueda haber sido, la promesa tenía que haber sido una declaración pública de los líderes de la nación. Tenía que ser proclamada de algún modo en la ciudad capital".

"Y el octavo presagio, ¿qué es exactamente?", pregunté yo.

"¿Qué queda en Isaías 9:10 que aún no haya sido revelado como uno de los nueve presagios?".

"Nada. Termina con la plantación del árbol erez".

"¿Nada?", dijo él. "Entonces todo".

"¿Qué quiere decir?", pregunté yo.

"Le dije que los últimos presagios no son iguales a los otros y sin embargo son como todos ellos. ¿Qué entendió con eso?".

"Que no serían tanto sobre las partes individuales del rompecabezas sino sobre el todo".

"Correcto de nuevo. ¿Y qué más le dije yo?".

"Que no los vería… que eran invisibles".

"Entonces una todas las pistas".

"Se trata del todo".

"¿El todo de qué?", preguntó él.

"El todo del misterio".

"¿Y más concretamente…?".

"El todo de Isaías 9:10… el todo de la promesa".

"¿Y qué es entonces el octavo presagio?".

"¿Isaías 9:10?".

"¿Y cuándo es invisible Isaías 9:10?".

"¿Cuándo es pronunciado?".

"Correcto".

"Entonces, ¿el octavo presagio es Isaías 9:10 en forma hablada?".

"El octavo presagio es la promesa misma proclamada por los líderes de la nación en la capital: el espíritu de desafío cobrando voz, el pronunciamiento de juicio".

"¿Los líderes de la nación pronunciando juicios sobre su nación?".

"De modo inconsciente … pero proclamando públicamente la promesa sellan el curso de la nación, y al así hacerlo pronuncian juicios sobre la tierra. Supongo que trajo el sello con usted, ¿no?".

Yo lo saqué de mi bolsillo y se lo entregué.

"¿Fue capaz de descifrar la imagen?", me preguntó.

"No".

"Es una plataforma", dijo él, "una plataforma de orador … desde la cual, en tiempos antiguos, los líderes y oradores se dirigían a sus audiencias".

Entonces elevó el sello en su mano derecha y comenzó a revelar su significado. "El octavo presagio: después de la calamidad, los líderes de la nación responden con proclamaciones públicas de desafío. Presumen de la resolución y el poder de la nación. Hablan de sus ladrillos caídos y sus piedras labradas, de sus árboles desarraigados y su reimplantación. Hablan de una nación desafiante y resuelta a surgir más fuerte que antes. Las palabras adoptan la forma de una promesa. La promesa pone voz al espíritu de una nación y sella el curso de la nación. Todo ello tiene lugar en la capital. El octavo presagio: la proclamación".

El profeta salió de entre las columnas y descendió algunos de los peldaños de mármol … después se sentó. Yo le seguí y me senté a su lado.

"Fue el tercer año después de la calamidad", dijo él.

"¿La calamidad de Israel o de Estados Unidos?", pregunté yo.

"Fue el tercer año después del 11 de septiembre. Las piezas del antiguo rompecabezas encajaban en su lugar. A finales de noviembre de 2003, el árbol erez fue bajado hasta el terreno para sustituir al sicómoro caído. El siguiente 4 de julio de 2004, la piedra gazit fue, a su vez, llevada hasta el suelo de la zona cero para sustituir a los ladrillos caídos. Así que para el verano de 2004, cada objeto mencionado en la antigua profecía se había manifestado, y cada uno de ellos en la zona cero. Menos de tres meses después llegaría la manifestación del octavo presagio".

"Pero no en la zona cero".

"No, en la capital de la nación donde residen los líderes de la nación. Según el ministerio, tendría que implicar al menos a un líder, uno que pudiera hablar en nombre de la nación … una figura de prominencia nacional. Tendría que pronunciar palabras que fueran un paralelismo de la antigua promesa".

"Y todo eso tendría que tener lugar públicamente".

"Sí. En el otoño de 2004 la nación estaba en la etapa final de unas elecciones presidenciales. El candidato que hacía campaña por los demócratas para el puesto de vicepresidente, un miembro del Senado, estaba, en aquel momento, entre los líderes más destacados de la nación. Era el 11 de septiembre de 2004. El candidato a la vicepresidencia había sido invitado a hablar en una reunión de la camarilla política del Congreso en la capital de la nación en el aniversario de la calamidad. Fue un discurso elocuente, pensado para inspirar a sus oyentes. *También fue una señal.* Lo que salió de su boca fue incluso más preciso y más inquietante que lo que se había hablado sobre la piedra en la zona cero. El día 11 de septiembre de 2004, el tercer aniversario de la calamidad, estas son las palabras exactas pronunciadas aquel día en Washington DC, la capital de la nación:

"Buenos días. Hoy, en este día de recordatorio y lamento, tenemos la palabra del Señor para seguir adelante:

Los ladrillos han caído, pero reconstruiremos con piedras labradas. Los sicómoros han sido derribados, pero pondremos cedros en su lugar".[4]

"¡Dios mío!", dije yo. "Eso es demasiado…".
"Lo es", dijo el profeta. "Sin embargo, sucedió".
"No puedo creerlo…".
"Pero sucedió".
"¿Él dijo esas palabras exactas?".
"Esas… palabras… exactas".
"¡Pero es una profecía de juicio! ¿Qué estaba haciendo proclamando…".
"Ese es el punto".
"Él proclamó Isaías 9:10".
"El código de los presagios".
"Es demasiado…".
"Pero es real".

◆ ◆ ◆

Ana había estado en silencio hasta aquel momento, sencillamente intentando entenderlo todo; pero ya no pudo contener su reacción. "Es totalmente increíble", dijo ella. "Es como algo sacado de una...".

"Lo sé", respondió él, "pero es todo real".

"Cuando el profeta le dijo todas esas cosas, ¿las comprobó para verificarlas, para asegurarse de que realmente sucedieron?", preguntó ella.

"Sí", contestó él.

"¿Y todas se verificaron?".

"Sí, todas se verificaron".

"Es muy difícil creerlo. Ahora es el candidato a la vicepresidencia quien dice claramente... este antiguo misterio. Está más allá de la realidad".

"Lo sé. Yo le dije eso. Pero todo es cierto".

"¿Pero por qué proclamaría nadie esa promesa?", preguntó ella.

"Yo le hice la misma pregunta al profeta".

"¿Y cuál fue su respuesta?".

"Su respuesta fue que sucedió por la misma razón por la que todo lo demás sucedió. No se trataba del motivo o la intención de quien lo hacía, sino del hecho de que se hiciera... de que sucedió. Y sucedió porque *tenía* que suceder. Fue otra repetición del antiguo misterio. Lo que el orador quisiera decir era irrelevante. Las palabras se pronunciaron porque esas eran las palabras que tenían que pronunciarse. La promesa *tenía* que ser proclamada, las palabras de los antiguos líderes sobre la antigua calamidad *tenían* que ser proclamadas por un líder estadounidense sobre el 11 de septiembre. Y al hacerlo, las dos naciones, la antigua y la actual, fueron unidas. La proclamación uniría la invasión asiria al 11 de septiembre, y el desafío estadounidense tras el 11 de septiembre se uniría al desafío de Israel ante el juicio de Dios".

"¿Pero cómo sucedió que el candidato a la vicepresidencia pudiera terminar diciendo aquellas palabras?", preguntó ella.

"Eso es lo mismo que yo quería saber. Le pregunté al profeta cuantos versículos había en la Biblia".

◆ ◆ ◆

"Más de treinta mil", me dijo.

"Entonces", respondí yo, "de más de treinta mil versículos... ¿ese fue el que él escogió? Y usted dijo que era oscuro... que incluso personas que leen la Biblia cada día probablemente no tenían idea de que existiera".

"Eso es correcto", respondió él.

"Entonces ¿cómo es que él terminó escogiendo ese versículo en particular?".

"¿Cómo fue derribado el sicómoro?", preguntó él. "Mediante una serie de giros y peculiaridades. Pero ahora los giros y las peculiaridades tienen lugar en el ámbito de la escritura de discursos, en la búsqueda mediante citas consideradas más apropiadas para tales ocasiones, en la utilización de pasajes y citas de otras proclamaciones y discursos. No importa cómo sucedió; el punto es que *sucedió*. Uno de los líderes estadounidenses más destacados ahora había proclamado la antigua promesa: uno de los versículos más oscuros en la Biblia y uno de los más inquietantes".

"¿Y tampoco él tenía idea de lo que estaba haciendo... o diciendo?", pregunté yo.

"Si lo hubiera sabido, nunca lo habría hecho".

"Es *asombroso*...".

"Sí", dijo él. "Es bastante asombroso que Isaías 9:10 aparezca en un discurso centrado en el 11 de septiembre. Pero ese no fue el final de todo. Fue solamente que la antigua profecía apareció en el discurso...".

"¿Qué más era?".

"Fue que *todo el discurso* realmente emanó de la antigua profecía y giró en torno a ella".

"¿Todo el discurso giró en torno a Isaías 9:10?", pregunté.

"Fue la piedra angular sobre la cual se construyó el discurso".

"¿Y un líder estadounidense construyó todo un discurso sobre una antigua promesa pronunciada como desafío a Dios por parte de los líderes rebeldes de una nación condenada?".

"Y para que no se pasase por alto la relación, él procedió a unir las antiguas palabras de juicio con Estados Unidos".

"¿Cómo?".

"Él dijo lo siguiente:

"Permitan que les muestre cómo *estamos construyendo y poniendo cedros* en esos tres lugares vacíos.[5]

"Y de nuevo:

"Y en un lugar desde donde salía humo, ustedes y yo *veremos ese centro elevarse*.[6]

"Y aún otra vez:

"Ustedes verán que aunque *esos ladrillos cayeron y los sicómoros fueron derribados, nuestro pueblo está haciendo que esos cedros se levanten*".[7]

"¡Él realmente está uniendo los ladrillos caídos en la zona cero con los ladrillos caídos del juicio de Israel!".

"Sí, Nouriel. Eso es exactamente lo que él hace. Pero no se detiene ahí. Él habla también de sicómoros caídos y de levantar piedras…".

"La piedra gazit".

"Sí, y cedros que se elevan".

"El árbol erez".

"Y todo refiriéndose a la campaña estadounidense para desafiar a la calamidad del 11 de septiembre, cuando él vincula todo ello con el juicio de la antigua Israel. Y entonces culmina el discurso con una dramática conclusión en forma de promesa final:

"Los cedros se elevarán, las piedras se levantarán, y este período de esperanza perdurará".[8]

"¿Y él nunca se dio cuenta?", pregunté yo. "¿No tenía absolutamente ninguna idea de lo que estaba haciendo?".

"Su única intención era dar un discurso inspirador, unas palabras para alentar a una nación. Pero en cambio…".

"Pero en cambio, él estaba pronunciando juicio sobre una nación".

"Sí", dijo el profeta. "Sin darse cuenta de las implicaciones de sus palabras, él estaba pronunciando juicio sobre Estados Unidos".

"¡Increíble!".

"Pero así sucedió también en el antiguo caso. Sin darse cuenta de lo que estaban haciendo, los líderes de la antigua Israel estaban pronunciando juicio sobre *su* nación".

"Pero ahora han pasado ya dos mil quinientos años", dije yo. "Ahora hay un contexto: el libro de Isaías. Claramente, no es una palabra de aliento. Así que ¿significa que nadie se tomó tiempo para leer incluso dos versículos anteriores o posteriores para ver que era realmente una proclamación de juicio?".

"No, porque *tenía* que ser proclamada. Y sin embargo observe, Nouriel, que el senador hizo un sutil cambio. La promesa original habla en tiempo futuro: '*Reconstruiremos*'. '*Plantaremos* cedros'. Pero en el discurso se convierte en: '*Estamos* construyendo'. '*Estamos* haciendo que esos cedros se eleven'. Solamente al final regresa al tiempo futuro: 'Los cedros se *elevarán*'. 'Las piedras se *levantarán*'. ¿A qué cree usted que se debe?".

"Cuando él habla en tiempo futuro, está prometiendo … es la promesa. Pero cuando habla en tiempo pasado, está dando testimonio del hecho de que la promesa se está llevando a cabo".

"Exactamente. Él está dando testimonio de que la promesa se está llevando a cabo. Y para hacer eso, él toma piedras labradas y cedros, los símbolos del desafío de Israel en Isaías 9:10, y los transforma en símbolos de la campaña de Estados Unidos para reconstruirse a sí misma después del 11 de septiembre".

"Justamente como los verdaderos presagios físicos fueron transformados literalmente en los símbolos del resurgimiento de Estados Unidos".

"Correcto".

"¿Sabía él que estaba sucediendo?".

"¿Sabía él *lo que* estaba sucediendo?".

"¿Sabía él que lo que él estaba declarando, de manera figurada y simbólica, realmente estaba teniendo lugar *en la realidad*? Él habló de la caída del sicómoro como un símbolo del 11 de septiembre. ¿Sabía él que realmente había sucedido, que un sicómoro realmente había sido derribado el día 11 de septiembre? Y cuando habló de que los estadounidenses ponían piedras y cedros, ¿entendía que también eso había tenido lugar en la realidad? ¿Sabía él de la piedra gazit o del árbol erez?".

"Él sólo estaba hablando poéticamente. No tenía idea alguna. E incluso si alguien le hubiese informado, seguiría sin haber tenido idea alguna de lo que todo eso significaba, ninguna idea más de lo que él estaba haciendo que la que tenían quienes en realidad sustituyeron el sicómoro derribado por el árbol erez, y los ladrillos por piedra. Todos estaban inconscientemente realizando su parte del misterio. Y la parte de él era pronunciar la antigua promesa y transformarla. En su discurso, dejó de ser una cita. Ya no era Israel que se enorgullecía de sus cedros. Ahora era Estados Unidos. Así, ahora era la promesa de Estados Unidos. Todo estaba siendo trasladado: los ladrillos, la piedra labrada, el sicómoro, el cedro, y ahora un líder estadounidense proclamaba públicamente las palabras exactas de la promesa y daba testimonio de su cumplimiento, un presagio para sellar los otros presagios, y para revelar a Estados Unidos como una nación bajo la sombra del juicio".

"¡Un líder estadounidense pronunciando juicio sobre Estados Unidos!".

"Sin darse cuenta de ello…sí…como la manifestación del presagio".

"Entonces, en el aniversario del 11 de septiembre, un líder estadounidense proclama la promesa antigua…pronuncia juicio sobre su propia nación, y no tiene idea alguna de que lo está haciendo o diciendo. Como con los otros presagios, él no tiene intención ni se da cuenta de lo que hace. Nadie lo sabe. Y aun así, todo sigue sucediendo según la antigua profecía…cada pieza del rompecabezas encaja en su lugar exacto, pero nadie tiene intención de que eso suceda. Ninguna mano humana lo dirige. Sencillamente sucede. Sigo sin poder entenderlo".

El profeta hizo una pausa antes de responder, y entonces habló, casi en un susurro. "El Todopoderoso", dijo el profeta, "tiene sus propios propósitos".

Metió su mano en el bolsillo del abrigo y me entregó el siguiente sello. "Este es el último", me dijo, "el sello del noveno presagio y el último de los presagios".

"¿Tengo una pista?", pregunté.

"Ya tiene usted una pista".

"*¿No es como los otros presagios…y sin embargo como todos ellos?*".

"Sí".

"¿Entonces el noveno presagio es como el octavo presagio?", pregunté.

"Igual y distinto".

"¿Hay alguna ley de que si algo no es lo bastante confuso se requiera de usted que haga que sea más confuso?", le pregunté.

Él no respondió a eso.

"Entonces ¿el noveno presagio es como el octavo presagio en cuanto a que es un resumen de todos los presagios anteriores a él?", pregunté.

"Sí y no", respondió él.

"¿Ve lo que quiero decir?", dije yo, como si esperase que él se apiadara de mi situación.

"Sí", respondió, "es un resumen. Pero no, no principalmente de lo que había *antes* de él".

"Entonces ¿de qué?", pregunté yo.

"De lo que vino *después* de él".

"¿Cómo podría ser un resumen de lo que vino después de él?".

"La pista que se le dio: *Uno habla de lo que es... y el otro...*".

"El otro", dije yo, "*el otro de lo que sería*".

"¿Qué ve usted en el sello?", me preguntó.

"Parece... podría ser cierto tipo... cierto tipo de documento".

"*Es* un documento. Es un papiro, del tipo sobre el cual se escribieron las Escrituras, el tipo sobre el cual se registraron las profecías de Isaías".

"Entonces ¿el noveno presagio es un documento?".

"Lo es", dijo él, "pero no primordialmente".

"Entonces ¿qué primordialmente?".

"¿Qué es lo que habla *de lo que sería*, Nouriel?".

"Una profecía", respondí yo.

"El noveno presagio".

"¿Es una profecía?".

"Correcto".

"Entonces ¿tenemos que buscar un profeta?".

"No".

"Entonces, ¿qué?".

Se puso de pie y comenzó a bajar los escalones. "Venga, Nouriel, y se lo mostraré".

"¿Me mostrará...?".

"El lugar donde sucedió todo".

Capítulo 13

El noveno presagio: La profecía

ה א

BAJAMOS LOS ESCALONES de mármol y después caminamos al lado de las aguas.

"Una pregunta", dije yo rompiendo el silencio.

"Pregunte", dijo él.

"El noveno presagio es *como* el octavo en cuanto a que no tiene mucho que ver con una parte del misterio... de Isaías 9:10... pero con el todo... con toda la profecía".

"Sí".

"Pero es *distinto* al octavo en que el octavo habla principalmente de *lo que es*, en tiempo presente, y el noveno habla de *lo que sería*, en tiempo futuro. ¿Es correcto?".

"Correcto".

"¿Por qué es eso importante... la distinción?".

"Porque Isaías 9:10 existe en dos ámbitos. En un ámbito, es la voz de una nación que proclama *una promesa* como desafío a Dios. Pero en el otro ámbito, es la voz de un profeta, la voz de Isaías, y de Dios hablando por medio de él. Es una *profecía*. Y como profecía, es un juicio sobre el desafío y la arrogancia de la nación, y una advertencia, una señal que anuncia su futuro. Es un mensaje enviado de parte de Dios y de tal manera que recae sobre toda la nación, a fin de que *todo el pueblo lo conozca*".

"Entonces el noveno presagio es una manifestación de Isaías 9:10 en forma de profecía".

"Como una promesa y una profecía", dijo él, "y dada de tal manera que recaiga sobre la nación".

"Entonces recae sobre Estados Unidos".

"Sí".

Seguimos caminando durante un rato en silencio mientras yo pensaba en sus palabras. Entonces él se detuvo y me pidió el sello que acababa de darme. Al recibirlo, comenzó a revelar su misterio.

"El noveno presagio", dijo él. "Tras la calamidad, la nación emite su respuesta en forma de promesa. La promesa sitúa a la nación en un curso de desafío, un curso que termina en juicio. Las palabras de la promesa se convierten en parte de una revelación profética dada a la nación en general, una acusación de su rebelión, un anuncio de su futuro, una advertencia de su juicio. El noveno presagio: la profecía".

"Entonces, según el misterio tendría que haber sido una palabra profética dada después del 11 de septiembre… que recayese en la nación".

Él no respondió, sino que siguió caminando.

"Una profecía dada, ¿pero no por un profeta?".

Él seguía en silencio.

"¿Y las palabras de la profecía se hicieron realidad?".

Él se detuvo. "Mire eso", dijo señalando hacia delante.

En la distancia por delante de nosotros estaba la masiva cúpula del edificio del Capitolio.

"El centro del gobierno estadounidense", dijo él.

"¿Es ese el lugar?", pregunté yo.

Él no respondió, sino que siguió caminando. Continuamos hasta llegar a los pies de los escalones del Capitolio, donde nos detuvimos.

"Nouriel, ¿cuándo cree que los líderes de la antigua Israel pronunciaron por primera vez su promesa de desafío?".

"Probablemente fuese justamente después de la calamidad".

"¿Y qué estaría *justamente después de la calamidad* con respecto a Estados Unidos?".

"El tiempo después del 11 de septiembre".

"¿Como el 12 de septiembre?".

"Eso *sería* justamente después. ¿Por qué?".

"El 12 de septiembre de 2001", dijo él, "la mañana tras el ataque, el Senado y la Cámara de Representantes de Estados Unidos convocó una resolución conjunta respondiendo al 11 de septiembre. Había de ser la primera respuesta oficial de la nación a la calamidad".

"Entonces fue *aquí*", dije yo.

"La promesa debía ser pronunciada en nombre de toda la nación. Aquí es donde los representantes de la nación se reúnen, los dos cuerpos representativos del Congreso estadounidense, aquí sería el lugar más perfecto para que sucediera".

"La Cámara de Representantes y el Senado".

"Y de los dos, el Senado es el superior o más elevado de los cuerpos representativos. Y el representante más elevado del cuerpo más elevado es el líder de la mayoría del Senado, el más alto representante del cuerpo representativo más alto de la nación, en posición de dar la respuesta de la nación a la calamidad".

Comenzamos a ascender por los escalones de mármol.

"La mañana después del 11 de septiembre", dijo él, "Estados Unidos pronunció su respuesta a la calamidad en forma de resolución conjunta del Congreso. Quien fue designado para presentar la respuesta de la nación fue el líder de la mayoría del Senado. El acto sería crítico. Porque tal como una nación responde a una advertencia divina, así queda determinado su futuro".

Finalmente llegamos hasta lo alto de los escalones, donde el profeta continuó su relato.

"El humo aún estaba sobre la zona cero cuando el gobierno estadounidense se preparaba para pronunciar su respuesta al 11 de septiembre delante de una nación y de un mundo que esperaban ver cuál sería esa respuesta. El líder de la mayoría del Senado se hizo camino hasta el podio para presentarla. 'Señor Presidente', dijo, 'envío una resolución al estrado'. El conserje asistente legislativo leyó entonces el documento:

> "Una resolución conjunta que expresa el sentimiento del Senado y de la Cámara de Representantes con respecto a los ataques terroristas lanzados contra los Estados Unidos el día 11 de septiembre de 2001.[1]

"El conserje continuó la lectura de la resolución, una condena de los ataques, una expresión de condolencia, y entonces un llamado a la unidad, a una guerra contra el terrorismo y el castigo de los responsables de los ataques y de todos aquellos que les ayudaron".

"Todo eso se esperaría", dije yo.

"*Así sería*", dijo el profeta. "Pero entonces el líder de la mayoría del Senado comenzó su discurso. Al final del discurso llegaría el clímax. Estas son las palabras proclamadas por el líder de la mayoría del Senado en El Capitolio, la mañana después del 11 de septiembre, para presentar y resumir la respuesta de la nación a la calamidad. Escuche…

"Sé que existe solamente la menor medida de inspiración que puede sacarse de esta devastación, pero hay un pasaje en la Biblia en Isaías que creo que nos habla a todos nosotros en momentos como este…

Los ladrillos han caído, pero reconstruiremos con piedra labrada; las higueras han sido derribadas, pero las sustituiremos por cedros.[2]

"Me quedé sin palabras por varios momentos. No sé lo que esperaba oír, pero lo que oí me dejó sin palabras y con mi corazón latiendo con fuerza. Estaba totalmente asombrado. La antigua promesa realmente había sido proclamada a la nación desde El Capitolio; la promesa de ladrillos y sicómoros caídos había resonado por los pasillos del Congreso de Estados Unidos, y en la mañana después del 11 de septiembre".

"¿Cómo", pregunté. "¿Cómo pudo haber sucedido eso?".

"¿Cómo pudo haber sucedido con el candidato a la vicepresidencia, o con la piedra o el árbol? ¿Cómo pudo haber sucedido cualquiera de esas cosas? Tenía que suceder, y así sucedió".

"Pero él estaba identificando Estados Unidos como una nación bajo juicio".

"Sí, de modo inconsciente".

"El líder de la mayoría del Senado de Estados Unidos estaba pronunciando públicamente juicio sobre Estados Unidos".

"Ciegamente", respondió él, "sin tener ni idea de lo que estaba pronunciando. Hasta donde él sabía, sólo estaba dando un discurso inspirador".

"Sí… y así las palabras de la antigua promesa ahora estaban oficialmente unidas a Estados Unidos y al 11 de septiembre. Y al igual que el registro de Isaías de la promesa se transformó en un asunto de carácter nacional y una palabra profética para *todo el pueblo*, así ahora las mismas palabras quedaban oficialmente registradas en los Anales del Congreso como asunto de registro nacional".

"Pero el líder de la mayoría del Senado no era un profeta".

"No".

"Pero usted dijo que es una profecía. ¿Cómo puede alguien que no es profeta pronunciar una palabra profética?".

"En el Evangelio de Juan", respondió él, "en el capítulo 11, se registra que el sumo sacerdote Caifás dijo: 'Es necesario que un hombre muera por el pueblo'. Fue el comienzo del complot que terminaría con la crucifixión del Mesías. Pero también fue algo más. Fue también una profecía, es decir, que un hombre, Jesús, moriría por el pueblo, para salvarles. Caifás no era un profeta. Era un hombre impío y, sin embargo, profetizó. No era el hombre, era el puesto que tenía. Él estaba hablando, tal como lo expresa el Evangelio, 'no por su propia iniciativa' sino profetizando *en virtud de su puesto*, como el principal representante de su nación".

"Entonces, ¡el líder de la mayoría del Senado *estaba profetizando en virtud de su puesto*?".

"El líder de la mayoría del Senado era el más alto representante del más alto cuerpo representativo de Estados Unidos. En virtud de ese puesto, él se convirtió en el instrumento para representar a la nación, para hablar en su nombre, para dar voz a su respuesta y para pronunciar una palabra profética".

"Entonces, alguien puede profetizar sin ser profeta. ¿Cómo sucede eso?".

"La palabra es *inspiración*. Cuando un profeta habla, lo hace bajo la *inspiración* del Espíritu. Pero los profetas no son los únicos que pueden hablar por actuar bajo inspiración. La Biblia misma es denominada *la Palabra de Dios inspirada* porque fue escrita por quienes estaban bajo la inspiración del Espíritu de Dios, no sólo por profetas. Incluso aquellos que no tienen idea alguna de lo que están haciendo o diciendo, incluso quienes actúan y hablan por otros motivos, como lo hizo Caifás, incluso político, bien intencionado o no, puede hablar bajo la inspiración de Dios".

"*Inspiración*", dije yo. "¿No utilizó él esa palabra en el discurso?".

"Lo hizo. Dijo: 'Sé que existe solamente la menor medida de *inspiración* que puede sacarse de esta devastación'.[3] Él la utilizó para introducir la profecía".

"Pero no tenía intención de utilizarla de ese modo".

"Claro que no. La utilizó para querer decir que *esto es con el propósito de inspirarles*. Pero la palabra significa algo más que eso, incluso en su definición más literal. *Inspiración*, del latín *inspiratio*, significa ser *inspirado o soplado*".

"¿Soplado por...?".

"Por el viento... por el aliento... por el Espíritu. Aquello que es inspirado es *soplado por Dios, soplado por el Espíritu*. La palabra se define

como: '*una influencia sobrenatural o divina sobre los profetas, los após-
toles y los escritores sagrados, o sobre hombres, para capacitarles para
comunicar verdad divina*'".

"Entonces la palabra tiene un doble significado".

"Sí, al igual que las palabras proféticas de Caifás tuvieron un doble
significado. Lo que él tenía intención de decir y lo que no. Lo que él
no tenía intención: eso fue la profecía. Así también con el líder de la
mayoría del Senado; el mensaje que él tenía intención de decir era: '*las
siguientes palabras van a inspirarles*'".

"Y así es como la mayoría de personas lo entendieron".

"Sí", dijo el profeta, "pero también estaba el mensaje que él no tenía
intención de decir, que era este: *Las siguientes palabras no llegan por mi
propia iniciativa sino que son de origen divino, el mismo origen e influencia por la cual hablaron los profetas. Lo que están a punto de escuchar es
un mensaje profético*".

"Así que entonces la palabra *inspiración* llegó por inspiración".

"Sí, eso, al igual que el discurso profético".

"¿Qué quiere decir?", pregunté.

"Cuando usted envía una carta, la dirige, identifica a quien está siendo enviada. Así también las profecías bíblicas con frecuencia contienen
discursos proféticos, introducciones que identifican a la persona o personas a quienes es enviada. Está aquí en la profecía de Isaías: 'El Señor
ha enviado una palabra a Jacob…Israel…Efraín…Samaria…todo
el pueblo'. Así que la profecía está *dirigida* al pueblo de Jacob, Israel y
Samaria. Pero ahora la misma profecía, el mismo mensaje, está a punto de ser entregado…proféticamente enviado, a un pueblo diferente, y a
una nación diferente".

"Estados Unidos".

"Sí".

"Entonces tiene que ser *redirigida*. La dirección profética tiene que
cambiar".

"Exactamente", dijo él. "Y lo fue. El líder de la mayoría omitió la
dirección profética original que identificaba a Israel como su receptor y
puso a alguien distinto en su lugar:

"Hay un pasaje en la Biblia, de Isaías, que creo que *nos habla
a todos nosotros en momentos como este*.[4]

"Repito: es un mensaje de dos ámbitos y doble significado. Lo que el orador quiso decir fue esto: '*Hay un pasaje en la Biblia para producir consuelo en tiempos de crisis como este*'. Y, desde luego, la Biblia *está* llena de incontables pasajes de consuelo y aliento...".

"Pero Isaías 9:10 no era uno de ellos".

"No", dijo el profeta, "ni se acerca a serlo".

"Entonces, lo que él *no* quiso decir...".

"Lo que él *no* quiso decir, pero en realidad dijo, fue esto: '*Hay un mensaje de la Escritura dado ahora y que habla a Estados Unidos. El mensaje es una palabra profética de advertencia, enviada a una nación que antes conocía a Dios, y señalado para ser entregado y pronunciado en este momento en particular, el momento en que una nación está en peligro de juicio*'. Y entonces, después de proclamar la antigua promesa, el líder de la mayoría del Senado añadió sus propias palabras:

> "Los ladrillos han caído, pero reconstruiremos con piedra labrada; las higueras han sido derribadas, pero las sustituiremos por cedros. *Eso es lo que nosotros haremos*.[5]

"*Eso es lo que nosotros haremos*...sólo seis palabras, pero todo lo necesario para transformar la promesa. Ya no era una antigua promesa de un pueblo antiguo. Ya no era solamente una cita; ahora era la promesa *misma*. Era el prometer. El *nosotros* de la antigua Israel se había transformado en el *nosotros* de Estados Unidos. El acto de desafío nacional estaba teniendo lugar no en la antigua capital de un antiguo reino; ahora se estaba produciendo en Washington DC. El antiguo drama de juicio ahora se estaba representando en El Capitolio. Y entonces, el líder de la mayoría del Senado llegó a su lógica conclusión:

> "Eso es lo que nosotros haremos. Reconstruiremos y nos recuperaremos.[6]

"Fue la expresión final de la promesa. '*Eso es lo que haremos*'. En otras palabras: 'Estados Unidos hará exactamente lo que había hecho la antigua Israel en sus días de juicio'".

"Que fue...".

"La palabra *que*, como en '*Eso es lo que nosotros haremos*', solamente puede referirse a la antigua promesa. En otras palabras, Estados Unidos seguiría en su desafío a Dios, su alejamiento de los caminos de Él, en su negativa a oír su llamado a regresar; solamente que ahora lo haría mucho más. Estados Unidos seguiría el curso de la antigua promesa".

"Entonces Isaías 9:10 ahora está siendo transformado en política nacional".

"Se podría decir eso".

"¿Y qué sucedió después de que se pronunciase la promesa?", pregunté yo.

"Ellos no tenían idea alguna de qué era lo que acababan de escuchar".

"No. No tenían idea alguna de lo que había sucedido, que lo que había salido desde El Capitolio era la proclamación que identifica a una nación en rebelión contra Dios y el pronunciamiento de juicio sobre esa nación".

"¿Y qué sucedió después de aquello?".

"Qué sucedió después de aquello… después de aquello, todo se hizo realidad. Fue una profecía, que anunció el futuro curso de la nación. '*Eso es lo que nosotros haremos*'. Estados Unidos escogió el mismo curso que la antigua Israel, realizó la misma estrategia y caminó en las mismas huellas. Todo ello fue profetizado la mañana misma después del 11 de septiembre".

"Él habló del derribo del árbol. ¿Sabía él que hubo un árbol real que fue derribado por la calamidad en la zona cero y que tenía el mismo nombre que el árbol caído de Isaías 9:10?".

"No. Él no tenía idea. La versión que leyó lo traducía como *higuera*. Sin embargo, era el *shakam* bíblico, la morera, el sicómoro. E incluso si él *hubiera* sabido lo que estaba diciendo, lo que todo eso significaba, no podría haber sabido que en realidad se estaba cumpliendo. Cuando él proclamó la profecía el 12 de septiembre, la zona cero seguía siendo un lugar de desastre y estaba cerrada al público. Más adelante fue cuando salió a la luz la historia del sicómoro en la zona cero; y sin embargo, él habló de eso. Tampoco podía haber sabido el 12 septiembre que un día una grúa haría descender una piedra gazit de veinte toneladas a la zona cero donde habían estado los ladrillos caídos. Eso se hizo realidad tres años después de que él lo anunciase".

"Y el cedro", dije yo. "No hay manera de que él pudiera haber sabido que un árbol que encaja con el árbol *erez* bíblico realmente sería plantado en lugar del sicómoro caído".

"Eso también sucedería años después...y sólo porque alguien decidió donar ese árbol en particular. Él no podía haber tenido idea de nada de eso, y sin embargo lo profetizó, que uno sería plantado el lugar del otro. Todo fue profetizado el día después del 11 de septiembre. Todo estaba allí, y registrado en los Anales del Congreso, para que toda la nación lo conozca. La nación respondería a su calamidad al igual que la antigua Israel había respondido a su calamidad. Seguiría un curso de desafío sobre un sendero de juicio".

Yo me quedé en silencio. El profeta hizo una pausa antes de decir nada más, dándome tiempo para procesar lo que estaba escuchando antes de mostrarme otra cosa.

"Venga, Nouriel. Quiero que vea algo". Me condujo al otro lado del Capitolio y señaló a un edificio cercano.

"¿Sabe lo que es eso?".

"Siento que debería saberlo"

"Lo que está viendo es la Corte Suprema, el más alto tribunal en el país. Y sin embargo, hay un tribunal mucho más alto que ese mediante el cual son juzgadas las naciones. Según el requisito bíblico, antes de que una verdad pueda ser establecida o declararse juicio en un tribunal, el asunto debe ser confirmado por dos testigos:

"No se tomará en cuenta a un solo testigo contra ninguno en cualquier delito ni en cualquier pecado, en relación con cualquiera ofensa cometida. Sólo por el testimonio de dos o tres testigos se mantendrá la acusación." [7]

"El principio de los dos testigos se aplica en primer lugar a la esfera legal; pero también puede aplicarse a la esfera de las naciones. En el caso de Estados Unidos, la relación con Isaías 9:10 sería, de igual modo, establecida por dos testigos".

"El líder de la mayoría del Senado el día después del 11 de septiembre...él fue el primer testigo".

"Correcto...¿Y el segundo testigo?".

"El candidato a la vicepresidencia tres años después en el aniversario del 11 de septiembre. Ambos pronunciaron las mismas palabras".

"Correcto. Y ambos dan testimonio de la unión de Estados Unidos con la antigua Israel y del 11 de septiembre con Isaías 9:10; uno hablando de lo que sería y el otro de lo que era... que la promesa estaba siendo cumplida".

"Y ninguno de los dos", añadí yo, "tenía idea alguna de lo que estaba diciendo, o de lo que el otro estaba diciendo, o del modo en que sus palabras realmente se estaban cumpliendo en la realidad".

"No", dijo el profeta, "lo cual solamente da mayor peso a su testimonio".

"Y todo fue puesto en movimiento el día después del 11 de septiembre... aquí... con una advertencia... y la proclamación de juicio. La profecía fue proclamada a la nación desde El Capitolio... y todo se hizo realidad".

Hubo silencio. La revelación del noveno presagio había terminado... y yo seguía conmovido. Esa oscura... misteriosa profecía... en realidad había sido proclamada desde el asiento del gobierno estadounidense, y el orador la unió al 11 de septiembre. Eso, juntamente con todo los demás, todas las relaciones, todos los giros, las recreaciones, la repetición, el antiguo misterio manifestándose en Estados Unidos, todo ello me dejó conmovido. Yo quería estar en silencio, intentar asimilarlo todo; pero tenía el sentimiento de que si no decía algo pronto, él se habría ido y aquello sería el final. Era el último presagio, así que rompí el silencio.

"Tengo una pregunta".

"Sí".

"Si Estados Unidos está siguiendo el mismo patrón que la antigua Israel, siendo testigo de las mismas señales, pronunciando las mismas palabras, recreando los mismos actos, respondiendo con la misma respuesta...".

"¿Sí...?".

"¿Cómo puede escapar a sufrir el mismo destino?".

Él no respondió. Y yo hablé otra vez.

"Y si la proclamación de la promesa fue solamente la *primera* etapa de juicio para Israel, y no la última, entonces ¿qué de Estados Unidos? ¿Qué hay en el futuro?".

Capítulo 14

Llega una segunda

ה א

DE NUEVO EL profeta permanecía en silencio, y miraba al paisaje del Paseo Nacional, con aspecto de preocupación.

"Este era *el último* presagio", dije yo intentando captar su atención.

"¿Qué hay a continuación?".

"¿Qué hay a continuación?".

"¿Qué sucede ahora?", pregunté yo. "¿A qué conduce todo?".

"Los presagios son señales ¿de qué, Nouriel?".

"De advertencia".

"¿Y de qué más?".

"El rechazo de la advertencia".

"¿Y cuál es el propósito de una advertencia?".

"Evitar que algo suceda... una amenaza, un peligro".

"Entonces, ¿qué sucede si se da una advertencia, si las alarmas se apagan y nadie escucha?".

"Entonces sucede".

"Entonces sucede".

"¿Pero tiene que suceder?", pregunté yo.

"Si la advertencia es rechazada, entonces sí, tiene que suceder".

"Pero la gente puede cambiar, y una nación puede alterar su curso".

"Sí. Esa es la esperanza. Ese es el propósito de una advertencia. Un curso cambiado significa un final cambiado. Pero un curso no cambiado significa un final no cambiado. Entonces tiene que suceder".

"¿Como sucedió en la antigua Israel?".

"Cada caso es único, pero la progresión general es la misma".

"Entonces, si el curso de Estados Unidos no cambia... ¿entonces qué? ¿Otro 11 de septiembre?".

"Otro 11 de septiembre podría ser... o un 11 de septiembre distinto. ¿O fue el 11 de septiembre en sí mismo un presagio?".

"¿Y qué significa eso?", pregunté yo.

"La primera invasión asiria de Israel fue una calamidad en sí misma. Pero al mismo tiempo, fue un presagio de una calamidad aún mayor por llegar, una advertencia de la destrucción de la nación. Una calamidad también puede ser una advertencia".

"Pero ¿de qué sería un presagio el 11 de septiembre?".

"Fue el día de la caída de los símbolos. Pero ¿qué es la caída de un símbolo?", preguntó él.

"No tengo idea", respondí.

"¿No es también el símbolo de una caída?".

"No lo estoy entendiendo".

"Pero lo hará".

"Entonces primero se da la advertencia, y después una calamidad final".

"Puede darse más de una advertencia", dijo el profeta. "Si una alarma es ignorada, entonces llega una segunda".

"Entonces *llega* una segunda, ¿o *puede* llegar una segunda?".

"Entonces *llega* una segunda".

"Entonces ¿está llegando una segunda advertencia?", pregunté yo.

"Una segunda advertencia", dijo él, "una segunda alarma…una segunda conmoción".

"¿Una segunda conmoción de Estados Unidos?".

Él giró su vista de modo que ahora me miraba directamente a los ojos mientras daba su respuesta.

"Llega una segunda", dijo de nuevo.

Entonces me entregó un sello. Era el mismo que yo le acababa de dar a él.

"¿El sello del noveno presagio? Se lo acabo de entregar".

"Sí", respondió él.

Entonces comenzó a descender por los escalones del Capitolio, y yo le seguí. Pero al oír mis pasos, él se detuvo y se dio la vuelta.

"No, Nouriel", dijo. "Ese fue el último presagio. Nuestro tiempo ha terminado".

Siguió su descenso, y yo me quedé donde estaba. Pero grité a sus espaldas como había hecho anteriormente, sólo que ahora con mayor urgencia al pensar que podría ser mi última oportunidad de obtener una respuesta.

"Entonces ¿qué hago ahora?".

"¿Con respecto a qué?".

"Con respecto a todo. Con respecto a todo lo que usted me ha mostrado…".

"No lo olvide".

"Eso no es suficiente. Necesito algo concreto. ¿Qué hago ahora… concretamente?".

Cuando él llegó al final del último peldaño de las escaleras se detuvo, se giró y respondió. "¿Concretamente?", dijo.

"Sí, concretamente", respondí yo.

"Váyase a casa. Váyase a casa… y observe".

"¿Y qué estaré observando?".

"*Llega una segunda*", respondió él.

Bajó el siguiente tramo de peldaños mientras yo bajaba por el primero. Entonces, desde el espacio que hay entre los dos tramos observé mientras él se alejaba del Capitolio y seguía por el Paseo Nacional… hasta que desapareció de mi vista.

Ana esperaba algo más, a que el relato continuase. Estaba esperando que ese no fuese el final de la historia. Pero Nouriel estaba en silencio.

"Entonces ¿qué hizo usted cuando él se fue?", preguntó.

"Me fui a casa".

"¿Y…?".

"Observé".

"¿Qué exactamente?".

"No estaba seguro de qué exactamente. Me centré en la profecía. Regresé a la biblioteca y pasé horas y horas investigando… consultando los comentarios sobre Isaías 9:10".

"¿Y…?".

"Encontré algo que encajaba; lo que el profeta me dijo cuando se fue y lo que los comentarios decían sobre Isaías 9:10… encajaba".

"¿Cómo?".

"En uno de los comentarios encontré lo siguiente:

"La ira divina, *al ser una fuerza de enseñanza, no cesará hasta que sus propósitos sean cumplidos*…por tanto, si… *Israel resistía una expresión de la ira, entonces debía de encontrarse otra*".[1]

"¿Y eso qué significa?", preguntó ella.

"Significa que había un propósito tras esa primera calamidad, esa primera invasión de la tierra por parte de los asirios. Su propósito era de enseñanza: corregir, despertar a la nación, hacerla regresar a Dios, un propósito de redención".

"Pero usted ya sabía eso", respondió ella. "¿Qué obtuvo del comentario que fuese distinto, o que encajase con lo que el profeta le dijo?".

"Lo que está diciendo es que esos propósitos no se detendrán hasta que sean cumplidos. Por tanto, si una nación rechaza una expresión de ese propósito, *debe de encontrarse otro*. La fuerza o el propósito se manifestará de nuevo en otra forma. Eso es lo que encontré en uno de los comentarios. Y después, en un segundo comentario sobre Isaías 9:10 encontré lo siguiente:

> "Los primeros actos de juicio de Dios no dieron como resultado la transformación o el 'arrepentimiento'… de su pueblo Israel. El propósito del castigo disciplinario inicial era restaurar a su pueblo, pero el pueblo se negó tercamente a regresar a él… Ya que el primer acto de disciplina no produjo una confesión humilde de los pecados, *era necesario un segundo castigo*.[2]

"Los comentarios eran coherentes al unir Isaías 9:10 con el mismo principio. Y entonces, en otro comentario, descubrí:

> "Como la primera etapa de los juicios no ha sido seguida por una verdadera conversión a Jehová, el Juez todopoderoso, *llega una segunda*".[3]

"'*Llega una segunda*'. Eso es lo que el profeta le dijo el día en que le vio por última vez".

"Él seguía diciéndolo porque sabía que no era el final. Isaías 9:10 es el principio, el primer eslabón en una cadena de progresión. Hay más. Conduce a algo más".

"Entonces si Isaías 9:10 está unido a Estados Unidos con los presagios, significa que lo que sucedió el 11 de septiembre no es el final del asunto. Entonces no ha terminado; hay más por llegar".

"Sí. Entonces llega una segunda".

"Una segunda... ¿qué exactamente?".

"Una segunda advertencia... un sonido de la alarma... una segunda amonestación... una segunda conmoción".

"¿Pero qué exactamente? ¿Qué forma adopta?".

"El profeta habló de los presagios como símbolos. Eso era una pista. El World Trade Center era un símbolo del poder económico y financiero global de Estados Unidos. Por tanto, ¿qué anunció esa caída?".

"¿Una caída... económica?".

"Como un colapso financiero y económico".

"¿El colapso que comenzó la *Gran Recesión*?".

"Sí".

"¿El colapso de la economía estadounidense y global está relacionado con el 11 de septiembre?".

"Sí"

"¿Pero cómo?".

"Todo regresa a la profecía... todo: el colapso de Wall Street, el ascenso y la caída del mercado de créditos, la guerra en Iraq, el desplome del mercado inmobiliario, las ejecuciones hipotecarias, los impagos, las bancarrotas, las absorciones del gobierno; todo: política, política exterior, historia del mundo... todo lo que sucedió después. Todo regresa a la profecía y al antiguo misterio".

"Esa es una proposición bastante grande", dijo ella. "De hecho, es colosal".

"Me doy cuenta de eso", dijo él.

"¿Y nadie más se da cuenta? Todos los economistas, los expertos, los centros de estudio y las agencias de inteligencia, ¿no tienen idea?".

"No lo sé. Supongo que no".

"¿Pero cómo lo sabe *usted*?", preguntó ella. "¿Cómo reunió todas las piezas?".

"Se lo dije", respondió él. "No fui yo. Fue lo que me dijeron".

"Entiendo eso... con los presagios. Pero ahora usted está hablando de lo que sucedió *después* de que le mostrasen los presagios. Por tanto,

¿cómo llegó a saber esas cosas si la última vez que vio al profeta fue en El Capitolio?".

"Pero esa no fue la última vez".

"¿Reapareció?".

"Cuando nos despedimos aquel día en las escaleras del Capitolio, fue la primera vez que se alejó sin darme un sello... o sin un sello nuevo. Así que supuse que no había nada más que revelar. Pensé que no volvería a verle otra vez. Sin embargo, ocasionalmente caminaba yo a lo largo del río Hudson hasta el lugar donde nos encontramos por primera vez, con la esperanza de que él reapareciese. Pero nunca lo hizo. Pasaron varios años, y justamente cuando yo ya había renunciado a cualquier esperanza de volver a verle...".

"...¿él reapareció?".

"Reapareció".

"Pero la última vez que le vio, él le dijo que el tiempo con usted había terminado".

"*Había* terminado. Él apareció la primera vez para revelar la primera parte del misterio. La primera parte estaba completa. Pero había más".

"Entonces él apareció de nuevo, ¿pero esta vez para revelar la segunda parte del misterio?".

"Porque llega una segunda".

Capítulo 15
El efecto Isaías 9:10

ח ﬡ

ESPUÉS DE ESO, él se quedó en silencio. Ella también estaba en
silencio, pensando para darle una oportunidad de descansar de
hablar, pero al mismo tiempo preocupada de que si esperaba demasiado, podría ser que él no continuase. Finalmente ella rompió el silencio.

"Usted *está* planeando contarme la segunda parte del misterio", le
dijo.

"Mientras tenga usted tiempo", respondió él.

"Olvídese del tiempo", dijo ella. "Quiero conocer la segunda parte".

"Sé lo ocupada que está".

"Ya no, Nouriel".

"Tan sólo quería asegurarme".

"Espere. Antes de continuar…¿qué le parece si damos un paseo?
Necesito caminar, si le parece bien".

"Está bien".

Salieron de la oficina, se subieron al elevador hasta el primer piso,
salieron del edificio y comenzaron a caminar por la calle. Recorrieron
muchas calles aquella noche, pasando al lado de edificios de oficinas,
tiendas, vendedores callejeros, apartamentos y otras personas que también caminaban por las calles de la ciudad aquella noche. Pero los dos
no prestaban casi atención a lo que les rodeaba, enredados en el antiguo
misterio y las palabras del profeta.

"Entonces, ¿cuándo volvió a verle?", preguntó ella.

"Estaba trabajando en un proyecto que me había llevado al bajo
Manhattan durante varias semanas. Durante mi tiempo libre, iba a dar
paseos alrededor de la zona. Un día, durante uno de esos paseos me
detuve delante de la Bolsa de Nueva York. Estaba mirándola fijamente,
en el lado de las columnas, el lado famoso. No recuerdo exactamente lo
que estaba pensando cuando oí la voz".

"La voz del profeta…".

"Habían pasado varios años desde que la oí por última vez".

◆ ◆ ◆

"No lo olvidó, ¿verdad?", dijo él.

Yo me giré. Él no había cambiado ... ni tampoco su largo abrigo oscuro. Se veía igual que cuando le vi por última vez. "¿Olvidar qué?", le pregunté.

"Lo que se le mostró".

"Lo grabé todo. Pero no, no lo olvidé".

"Bien. ¿Y cómo ha seguido, Nouriel?". Fue la primera vez que me preguntaba algo así.

"Bien, supongo", respondí yo. "¿Y usted? ¿Qué ha estado haciendo estos últimos años?".

"Observando", contestó él.

"Observando".

"Y ahora a comenzar la segunda parte".

"La segunda parte de ... ".

"El misterio. ¿Está listo para comenzar?".

"No creo que haya estado listo nunca".

"Entonces comencemos. Lo que ahora nos interesa es lo que llega después ... comenzando con la profecía. ¿Qué llega después de Isaías 9:10?".

"¿Qué quiere decir?".

"¿Qué llega después de Isaías 9:10?".

"Isaías 9:11".

"No el número ... las palabras".

"No lo recuerdo ... fuera de guardia".

"Isaías 9:10:

> "Los ladrillos han caído, pero reconstruiremos con piedra labrada; los sicómoros han sido derribados, pero plantaremos cedros en su lugar.[1]

"Ahora, Isaías 9:11:

> "Por tanto el Señor levantará a los adversarios de Rezín contra él, y levantará a sus enemigos."[2]

"Así, ¿qué sucede en Isaías 9:11?", preguntó.

"¿La primera conmoción de la nación es seguida por una segunda?".

"¿Y a qué se debe eso?".

"A que la nación no se despertó ni regresó después de la primera".

"Isaías 9:10 es una promesa de desafío. Isaías 9:11 es una profecía de calamidad futura. Las dos están relacionadas. La una conduce a la otra. La primera causa la segunda".

"Entonces ¿la promesa causa las futuras calamidades de la nación?", pregunté yo.

"La promesa", respondió él, "pero no solamente la promesa. Si fuese solamente una promesa y nada más, habría terminado de modo distinto. Es lo que hizo la nación cuando la promesa fue hecha lo que determinó su futuro".

"Que fue…".

"Cumplió la promesa con piedras labradas y sicómoros. La nación se embarcó en una campaña para reconstruir y fortificarse, para surgir más fuerte y más grande que antes…".

"Entonces al ejecutar la promesa…la promesa de desafiar a la primera calamidad…la nación termina dando entrada a la segunda".

"O el segundo desastre es producido precisamente por la campaña para prevenirlo".

"Pero ¿por qué?".

"¿Qué sucedería, Nouriel, si un jardinero intentase quitar una mala hierba de su jardín cortando las hojas?", preguntó.

"Las hojas volverían a crecer", respondí yo.

"Y si cortase el tallo…".

"Saldría otro".

"Sus esfuerzos estarían condenados al fracaso. No se puede resolver un problema tratando los síntomas…las manifestaciones. Hay que tratar la causa que hay detrás. En el caso del jardinero, la causa está oculta por debajo de la superficie, en las raíces. Por tanto, incluso si él resuelve un problema, reaparecería otro…y otro…y otro…hasta que finalmente él trate el problema subyacente…la raíz".

"Entonces, en otras palabras, el verdadero problema de Israel era un problema espiritual: su separación de Dios. Todo lo demás era sólo un síntoma, o manifestación, del problema subyacente. Por tanto, la promesa de reconstruir es como un jardinero que intenta eliminar una mala hierba cortando las hojas".

"Exactamente. En última instancia el problema no era la seguridad nacional, la defensa, los asirios o ni siquiera el ataque. Si el problema subyacente de una nación es espiritual, entonces todas las soluciones políticas, económicas o militares no harán nada para eliminarlo. Tales cosas solamente pueden tratar síntomas: los ladrillos y los sicómoros. Un problema espiritual solamente puede resolverse por una solución espiritual. Aparte de eso, todas las soluciones terminarán produciendo otra crisis".

"Entonces la única solución es regresar a Dios".

"Pero Israel escogió otra cosa. La nación se endureció, buscando resurgir más fuerte sin abordar su descenso espiritual. Y la estrategia pareció funcionar…durante un tiempo. La limpieza de las ruinas, la construcción y la escena de una nación que se reconstruye a sí misma creó un sentimiento de resurgencia nacional; pero todo era una ilusión. El juicio no había sido evitado, solamente enmascarado. La raíz del problema nunca se tocó. Ellos se apartaban cada vez más de Dios. La resurgencia era hueca. Ellos habían prometido reconstruir, pero lo que estaban construyendo era un castillo de naipes. Y a su tiempo, todo se derrumbó".

"Y todo comenzó con la promesa".

"Fue la promesa lo que puso todo el movimiento", dijo él. "El mismo espíritu de desafío que condujo a la promesa finalmente llevó a Israel a reafirmarse a sí misma, a presumir de su fuerza y, mediante una serie de maniobras estratégicas, a desafiar al imperio asirio. Ese desafío condujo a la calamidad. Por tanto, fue la promesa, y el espíritu que había tras la promesa, lo que desencadenó una cadena de acontecimientos que finalmente produjeron la destrucción de la nación".

"Los presagios son manifestaciones de la promesa", dije yo. "Por tanto, es inevitable que los presagios conduzcan a…".

"¿Calamidad? Los presagios conducen o bien a la calamidad o a la redención. Si se les presta atención, conducen a la redención; si no, entonces a la calamidad. Ahora…han pasado años, Nouriel, ¿pero es posible que tenga usted el último sello?".

Metí la mano en el bolsillo de mi abrigo y lo saqué.

◆ ◆ ◆

"¿El que él le entregó en el Capitolio?", preguntó Ana.

"Sí … con la imagen del rollo … el sello del noveno presagio".

"Pero usted había renunciado a volver a verle".

"Eso es".

"Entonces, ¿por qué seguía llevando el sello con usted?".

"No sabía que *lo tenía* hasta que metí la mano en mi bolsillo. Durante un tiempo … después de aquella última reunión, me aseguré de llevarlo conmigo, al igual que había hecho con cada sello. Pero después de haber renunciado a la esperanza de volver a verle, no tenía tanto cuidado para asegurarme. Aun así, estaba allí en el bolsillo de mi abrigo … y *resultó* que ese abrigo era el que llevaba aquel día".

"Así que le entregó el sello".

"Y mientras él lo examinaba, comenzó a hablar".

"Si una nación rechaza el llamado de Dios a regresar, y si no se presta atención a los presagios, entonces llega una segunda etapa. Por tanto, avancemos a la segunda etapa, dentro de la cual están contenidos cuatro misterios".

"Cuatro misterios … ".

"¿Ve esto?", preguntó señalando la imagen que había en el sello … a algo que se parecía a una sombra alrededor del rollo, una doble imagen con sombra. Era vaga, y nada que hubiera llamado la atención ni a mí ni a nadie como notable.

"¿Es importante?", pregunté yo.

"Es una doble imagen … una segunda imagen".

"¿Una segunda imagen como en *llega una segunda*?", pregunté.

"Como en *llega una segunda*, sí. ¿Y qué significaría?".

"La profecía tiene una segunda parte, conduce a algo más … a una segunda manifestación".

"El efecto Isaías 9:10".

"¿Qué es eso?".

"Lo siguiente:

> *"El intento de una nación de desafiar el curso de su juicio,*
> *sin arrepentimiento, pondrá en movimiento, a cambio, una*

cadena de acontecimientos para producir precisamente la ca-
lamidad que buscaba evitar".

"¿Y todo esto tiene que ver con Estados Unidos?", pregunté.

"Siete años después del 11 de septiembre", dijo él, "la economía estadounidense se derrumbó, desencadenando una implosión económica
global. Detrás de todo ello, y de todo lo que siguió, había algo mucho
más profundo que la economía".

"Detrás del desplome de Wall Street y la economía estadounidense
estaba...".

"Isaías 9:10".

"¿Cómo?".

"Las explicaciones para un desplome económico son interminables",
dijo él. "Ningún factor sobresale por sí mismo. Y uno puede regresar en
el tiempo tanto como quiera para buscar causas. Pero según el efecto
Isaías 9:10, la segunda calamidad debe efectivamente nacer de la primera...y de la respuesta de la nación a esa primera calamidad".

"Entonces el desplome de la economía y de Wall Street tendría que
regresar en cierto modo al 11 de septiembre".

"Y todo *regresa* al 11 de septiembre", dijo él. "El humo aún no se
había disipado sobre la zona cero cuando la antigua promesa de desafío
fue proclamada desde El Capitolio. En los días y años que siguieron, la
nación intentó cumplir esa promesa. La reconstrucción nunca se trató
sólo de la zona cero, sino de reconstruir toda la nación. Recuerde lo que
se proclamó sobre la piedra labrada:

"Será para siempre una piedra angular simbólica para la *re-*
construcción de Nueva York *y de la nación.*[3]

"Y cuando la antigua promesa fue proclamada en su totalidad,
sucedió en Washington DC, la capital de la nación. En ambos casos,
claramente tenía que ver con algo más que la zona cero y Nueva York.
Se trataba de Estados Unidos como nación. Y sería la nación en general
la que llevó a cabo la promesa. Al igual que sucedió en la antigua Israel,
sucedió en Estados Unidos después del 11 de septiembre: la promesa se
convirtió en realidad. Isaías 9:10 se convertiría en la política interior y
exterior de la nación".

"¿Cómo?".

"¿Qué significaba '*reconstruiremos*' para la antigua Israel?", me preguntó.

"Significaba que ellos repararían los daños y reconstruirían los edificios, torres, casas caídas…".

"Y sus *muros*", añadió él. "Ellos reconstruirían sus muros y fortificarían sus defensas a fin de ser invulnerables a futuros ataques. Del mismo modo, Estados Unidos, después del 11 de septiembre, se embarcó en una campaña para reconstruir sus muros de protección, para fortalecer y fortificar sus sistemas de defensa. La campaña significó el establecimiento del Departamento de Seguridad Nacional, el lanzamiento de una guerra global contra el terror y dos guerras convencionales en el extranjero, una en Afganistán y la otra en Iraq. Todo fue una reacción al 11 de septiembre. Estados Unidos estaba haciendo exactamente lo que la antigua Israel había hecho en Isaías 9:10: intentar desafiar a la primera calamidad. De hecho, el discurso de la nación que lanzó la guerra contra el terror contenía las palabras: '*Reconstruiremos*'. Estados Unidos estaba librando una guerra contra el 11 de septiembre, intentando revertir sus consecuencias, vencer su impacto y anular su peligro. Por tanto, en los años siguientes al ataque, la política interior y exterior de Estados Unidos fue, en efecto, una traducción o traslado de la antigua promesa".

"¿Pero fue equivocado?", pregunté yo. "¿Qué opción había?".

"¿Es equivocado que un jardinero corte el tallo de una mala hierba", preguntó él, "en lugar de ocuparse de su raíz? El asunto era más profundo. No se puede resolver un problema espiritual con una solución militar o política. Aparte de un regreso a Dios, la raíz sigue sin tocarse y se volverá a manifestar de una forma diferente. En esto es donde comienza a operar el efecto Isaías 9:10. El intento de una nación de desafiar el juicio aparte del arrepentimiento termina poniendo en movimiento una calamidad futura. Su campaña para fortalecerse termina produciendo su propio debilitamiento".

"Por tanto, entonces, cuando Estados Unidos prometió surgir más fuerte que antes y hacer guerra contra el 11 de septiembre, el efecto Isaías 9:10 fue puesto en movimiento".

"Sí. Y cada campaña nacida de ese desafío terminaría produciendo un contragolpe".

"¿Y cómo?", pregunté.

"La campaña para fortalecer la seguridad nacional y las defensas de Estados Unidos requirió gastos inmensos. La guerra contra el terror, las campañas militares en Afganistán e Iraq, añadieron miles de millones de dólares multiplicados al presupuesto federal. Fondos y recursos que de otro modo se habrían utilizado para fortalecer la economía estadounidense fueron entonces desviados y apartados de la inversión. La guerra en Iraq impulsó una subida en los precios del petróleo, agotando aún más el producto interior bruto de la nación. La inmensa cantidad de gastos del gobierno para apoyar la guerra de la nación contra el terror condujo a un ascenso rapidísimo de la deuda nacional, drenando aún más su economía. Y más allá de las consecuencias financieras, lo que Estados Unidos comenzó tras el 11 de septiembre terminaría dividiendo aún más a la nación".

"¿Y todo ello condujo al colapso económico?".

"En parte", dijo él. "Y en cuanto a todo eso, hubo aún otra manifestación del efecto Isaías 9:10 que produjo el colapso de la economía estadounidense y global. Y eso también nació sobre las ruinas del 11 de septiembre. El efecto más crítico de la calamidad en la economía estadounidense y global comenzó seis días después del ataque".

"¿Como una respuesta a la calamidad?".

"Sí", dijo él, "como en la antigua promesa. En enero de 2001, con la economía estadounidense comenzando a ralentizarse, la Reserva Federal comenzó a reducir el tipo de interés, bajándolo hasta el 3,5 por ciento en el verano de ese año. Entonces llegó el 11 de septiembre. El primer impacto económico del ataque fue el cierre de la Bolsa de Nueva York ese mismo día. El mercado permaneció cerrado durante seis días. Cuando reabrió al siguiente lunes, sufrió el mayor desplome en puntos en la historia de Wall Street hasta ese momento.[4] El ataque había infligido un dañino golpe a una economía ya frágil. En los días y meses después del 11 de septiembre, hubo un temor generalizado a que la calamidad causara que la economía sangrase. Las repercusiones del 11 de septiembre y de la respuesta de la nación a ello siguieron afectando a la economía mucho después de que aquellos temores iniciales se hubieran desvanecido juntamente con las ruinas de la zona cero, mucho después incluso de lo que pareció ser un rebote económico. El 11 de septiembre no sólo siguió afectando a la economía estadounidense sino que también la alteró y, al hacerlo, cambió la economía global".

"Entonces ¿qué sucedió seis días después del ataque?".

"El efecto Isaías 9:10 comienza con la respuesta de la nación a la primera calamidad".

"Así que el efecto comenzó con la proclamación de la promesa en El Capitolio, al día siguiente".

"Sí", dijo el profeta, "pero fue una palabra *'Reconstruiremos'*. El lunes siguiente fue cuando esa palabra sería trasladada a la realidad. Fue el día en que la Reserva Federal intentó inyectar liquidez al mercado en una campaña por evitar el desastre económico y asegurarse de que Estados Unidos ciertamente se reconstruyese y recuperase".

"Como la antigua Israel había intentado desafiar las consecuencias de su primera calamidad".

"Sí, a excepción de que las piedras labradas de la recuperación de Estados Unidos fueron principalmente económicas. Por tanto, el primer lunes después del 11 de septiembre, la Reserva Federal rebajó su tipo de interés todavía más... como el primer acto concreto de la reconstrucción de la nación. El tipo ya había sido rebajado hasta el 3,5 por ciento; pero la naturaleza extrema del 11 de septiembre hizo entonces que descendiera a niveles extremos. Aquella mañana del lunes día 17 de septiembre, la Reserva Federal bajó el tipo de interés en cincuenta puntos básicos. Durante los tres meses siguientes fue rebajado varias veces más hasta alcanzar el 1,75 por ciento el 11 de diciembre de 2001.[5] El 11 de septiembre forzó el tipo de interés por debajo de la tasa de inflación".

"Lo cual es equivalente a crear dinero gratuito".

"El Tesoro continuó su extrema supresión de los tipos de interés por un largo período de tiempo. En junio de 2003, el tipo alcanzó el 1 por ciento y permaneció por debajo del 2 por ciento durante varios años. Solamente después de aquello fue ajustado hacia arriba. Pero la grave bajada y prolongada supresión de los tipos de interés como reacción al 11 de septiembre puso en movimiento una cadena de acontecimientos que hicieron desplomarse la economía estadounidense y global".

"¿Cómo... exactamente?", pregunté yo.

"Los tipos extremos abrieron una era de dinero fácil", explicó él, "préstamos fáciles e hipotecas más fáciles. Las hipotecas más fáciles causaron que un mercado inmobiliario ya en aumento explotara muy por encima de todos los puntos fundamentales económicos estándares, creando un boom inmobiliario y de construcción sin precedente. El próspero mercado inmobiliario condujo a los dueños de casas a pedir dinero y gastarlo con la garantía del mayor valor de sus casas. El fenómeno creó burbujas de crédito por toda la economía. Eso, a su vez, fomentó llegadas masivas de capital desde Asia para añadirse al problema. La Bolsa de Valores se levantó juntamente con el volumen de dinero perdido y financiado. Y el efecto se extendió por todo el mundo. El descenso en picado de los tipos de interés después del 11 de septiembre fue copiado por los bancos centrales en todo el planeta, queriendo decir que las mismas dinámicas después del 11 de septiembre que estaban funcionando en Estados Unidos fueron entonces reproducidas en todo el mundo, con consecuencias parecidas: burbujas de crédito, boom inmobiliario y de la construcción y mercados en aumento".

"Por tanto, lo que se difundió por todo el mundo en toda la economía global fue, en cierto sentido, el efecto continuado del 11 de septiembre".

"Y el efecto Isaías 9:10".

"Pero ¿fue equivocado?", pregunté yo.

"No más que sustituir ladrillos caídos por piedra labrada o sicómoros por cedros; si no hubiera nada más implicado. Pero *había* algo más implicado, algo *mucho* más implicado. Una nación estaba en declive espiritual y rápido alejamiento de Dios. Dios la llamaba a regresar, permitiendo que fuese conmovida, para despertarla, para salvarla del juicio. Pero ella escogió en cambio no regresar. Y al no regresar, todos sus esfuerzos, todas sus campañas se convirtieron, en efecto, en actos de desafío, en deshacer los síntomas, silenciar las alarmas, sin ninguna resolución del problema subyacente".

"El jardinero necio".

"Los remedios sólo enmascararon el problema, al igual que sucedió con la antigua Israel. La invasión asiria fue seguida por una campaña para reconstruir lo que había sido destruido, edificios caídos, muros, torres, casas, una inmensa oleada de construcción por toda la nación".

"Como un boom de la construcción", dije yo.

"Como un boom de la construcción. Por tanto, el 11 de septiembre no sólo dio como resultado la reconstrucción de lo que había sido destruido sino que, más allá de eso, una inmensa oleada de construcción por toda la nación, un boom de la construcción ligado a la supresión de los tipos de interés, ligado al desafío de Estados Unidos al 11 septiembre, ligado a Isaías 9:10 y a las palabras: 'Reconstruiremos'".

"Y a las palabras proclamadas desde El Capitolio solamente en días antes de que el Tesoro bajara los tipos".

"Sí", dijo el profeta. "Y como el boom económico estaba ligado a Isaías 9:10... el efecto Isaías 9:10... finalmente tenía que derrumbarse. *El intento de una nación de desafiar el curso de su juicio, sin arrepentimiento, pondrá en movimiento, en cambio, una cadena de acontecimientos para producir precisamente la calamidad que buscaba evitar.* Las palabras de Isaías 9:10 condujeron a Israel a su caída, y toda su reconstrucción y toda su prosperidad fueron destruidas. Todas las trampas de su resurgimiento nacional fueron entonces sacadas a la luz como huecas, vacías y engañosas desde el principio".

"Un castillo de naipes", dije yo.

"Y así también en el caso de Estados Unidos", dijo él. "La bajada extrema y prolongada de los tipos de interés sembró las semillas del desastre futuro. La explosión en el crédito condujo a una inmensa explosión de deuda. La aumentada liquidez enmascaraba multitud de peligros económicos. Las precauciones y frenos normales implicados en pedir prestado y prestar fueron descartados. Los bancos hacían préstamos que de otro modo no habrían hecho nunca, los consumidores gastaban dinero que de otro modo nunca habrían gastado, y las personas compraban casas que de otro modo nunca podrían haberse permitido. La deuda personal, la deuda del gobierno y la deuda empresarial se multiplicaron. Y con una mayor presión para producir beneficios aún mayores, los bancos y empresas de inversión se implicaron con un riesgo cada vez mayor en transacciones y prácticas".

"Un castillo de naipes económico".

"Y al igual que el resurgimiento de Israel fue un castillo de naipes", dijo él, "así también lo fue el resurgimiento de Estados Unidos después del 11 de septiembre. Mientras el crédito continuó fluyendo, el mercado de valores aumentando y el mercado inmobiliario prosperando, pudo mantenerse la ilusión. Pero si el mercado inmobiliario dejaba de prosperar, si el mercado de valores comenzaba a fallar o si el flujo de crédito comenzaba a secarse, la ilusión se derrumbaría".

"Y así sucedió".

"En septiembre de 2008, el sistema financiero estadounidense comenzó a implosionar, desencadenando el mayor desastre económico desde la Gran Depresión. La explosión económica global conducida por Estados Unidos se convirtió en una implosión económica global conducida por Estados Unidos. El castillo de naipes se derrumbaba y arrastraba al mundo con su caída. Y así, detrás del colapso económico global... estaba Isaías 9:10. Todo comenzó en las ruinas del 11 de septiembre".

"¿Hubo alguien más que viese la conexión entre la implosión económica y el 11 de septiembre?".

"Con el tiempo se fue volviendo más claro para más analistas. Un observador lo expresó del siguiente modo:

> "Podemos rastrear las raíces de la crisis hasta los ataques terroristas del 11 septiembre... [Greenspan] siguió recortando los tipos de interés después del 11 septiembre, empujando la innovación financiera... después del 11 de septiembre el pueblo estadounidense fue alentado a gastar, gastar, gastar en el espíritu de patriotismo, para ayudar a restablecer la sacudida economía... para alimentar ese gasto, en el clima extraordinariamente político y psicológico de aquel período, quienes hacían política en E. U. alentaron activamente niveles de préstamo que de otro modo nunca se hubieran permitido".[6]

"Isaías 9:10 trasladado a la economía actual".

"Exactamente. Y de otra fuente:

> "El castillo de naipes económico se fue levantando lentamente después de los ataques del 11 de septiembre. A medida que el gobierno de E. U. intentó reactivar la economía descendiendo repetidamente los tipos de interés, las familias se lanzaron a la oportunidad de refinanciar sus hipotecas. Ahora, el colapso del mercado hipotecario se siente en todo el mundo".[7]

"'*La ira divina*', dije yo citando lo que había leído, '*al ser una fuerza de enseñanza, no cesará hasta que sus propósitos sean cumplidos... Si una expresión se resistía, entonces debía de encontrarse otra*'".

"¿Y de dónde obtuvo eso?", preguntó él.

"De un comentario sobre Isaías 9:10".

"Muy bien, Nouriel. Así que ha estado investigando".

"Estados Unidos resistió una expresión", dije yo", "así que se encontró otra".

"La advertencia fue rechazada", dijo el profeta. "El tallo fue cortado, pero la raíz produjo otra. Así que la crisis económica que se tragó a Estados Unidos y al mundo fue, en esencia, la continuación del 11 de septiembre".

"O el 11 septiembre manifestándose en forma de desplome económico".

"O", dijo él, "lo que se manifestó primero como 11 de septiembre... manifestándose ahora en una forma alterna".

"Llega una segunda", dije yo.

"Y observe, Nouriel, que la dinámica sigue expandiéndose. Comienza con la declaración de la antigua promesa. Entonces se convierte en una dirección, después en la política de toda una nación, y después en un colapso que afecta el curso del mundo entero. Los presagios atraen todo hacia sí mismos, desde la Reserva Federal hasta la economía global...".

"Tocan el mundo entero, y nadie se da cuenta de que todo es parte del antiguo misterio".

Él no dijo nada como respuesta, sino que metió la mano en su abrigo, sacó un sello y me lo entregó. Yo lo reconocí inmediatamente. Era otro de los nueve presagios.

"¿Se da cuenta de que también me dio este anteriormente?", le pregunté.

"Sí".

"¿Así que usted recicla?".

Él tampoco respondió a eso, aunque yo no me sorprendí.

"Me está dando el sello del sexto presagio".

"Correcto".

"El sicómoro caído... el árbol del juicio de Israel".

"¿Y por qué se lo doy una segunda vez?", me preguntó.

"Porque tiene algo que ver con la segunda conmoción".

"Así es", dijo él. "Pero también por otra razón".

"¿Cuál?".

"En el sicómoro hay dos misterios: uno que regresa a los últimos tiempos de la antigua Israel, y otro que regresa a los primeros tiempos...".

"¿Los primeros tiempos de la antigua Israel?".

"Los primeros tiempos de Estados Unidos".

Capítulo 16
El desarraigo

א ה

"MIRE OTRA VEZ el sello", me dijo. "¿Qué ve?".
"El sicómoro", respondí yo.

"Mire más profundamente… no a la imagen principal. Mire a la izquierda. ¿Qué ve?".

"Algo que se parece a cierto tipo de muro".

"*Es* un muro".

"¿Y…?".

Él comenzó a caminar, indicándome que le siguiera. Continuamos con la conversación, caminando lentamente por la calle, deteniéndonos varias veces a lo largo del camino. "El Señor envió una palabra", dijo él, "por medio del profeta Ezequiel:

> "Así desbarataré la pared que vosotros recubristeis con lodo suelto, y la echaré a tierra, y será descubierto su cimiento, y caerá, y seréis consumidos en medio de ella; y sabréis que yo soy Jehová."[1]

"*Y será descubierto su cimiento.* ¿A qué cimientos cree usted que se refiere la profecía, Nouriel?".

"El cimiento de un muro, parecería".

"Un cimiento es aquello sobre lo cual descansa, se apoya o se construye algo. Por tanto, el cimiento de una nación es aquello sobre lo cual se apoya… o aquello sobre lo que fue fundada… o aquello en lo cual descansa o sitúa su verdad. Las naciones del mundo antiguo confiaban en sus ídolos y dioses. Las naciones modernas confían en sus poderes, sus ejércitos, sus economías y sus recursos. Pero lo que está diciendo aquí es que en los tiempos de juicio los cimientos de una nación quedan al descubierto. Sus ídolos caen y sus poderes fallan. Es una de las señales clave del juicio: los cimientos al descubierto. El Señor dijo esto por medio del profeta Jeremías:

"He aquí que yo destruiré lo que edifiqué, y arrancaré lo que planté."[2]

"Lo que está edificado se edifica *desde* el nacimiento; y lo que es destruido lo es *hasta* el cimiento. Por tanto, el Señor edificó Israel como alguien que edifica una casa, y la plantó como alguien que planta un árbol. Pero en los tiempos del juicio de Israel, aquello que fue edificado sería derribado y lo que fue plantado sería desarraigado. Dos imágenes de juicio nacional: *la destrucción y el desarraigo*".

"Repita eso", dije yo.

"¿Repetir qué?", preguntó él.

"La profecía de Jeremías".

"*He aquí que yo destruiré lo que edifiqué*".

"*Los ladrillos han caído*", respondí yo.

"*Y arrancaré lo que planté*".

"*Los sicómoros han sido derribados*", respondí yo.

"Sí, Nouriel, sigue el mismo patrón".

"Es el mismo patrón y el mismo orden de Isaías 9:10. Primero llega la destrucción: los ladrillos caídos. Después llega el desarraigo: el sicómoro. Y eso es lo que realmente sucedió el 11 de septiembre. Primero llegó la destrucción de los edificios, y después el desarraigo del sicómoro. Las dos imágenes de juicio nacional, y en el mismo orden".

"Sí", dijo el profeta, "y es aún más profundo. El World Trade Center era el principal símbolo del poder financiero estadounidense, un poder forjado durante siglos y por mucho tiempo relacionado con la isla de Manhattan, la isla que por tanto tiempo funcionó como el centro focal de la actividad económica y financiera de la nación. Por tanto tiempo como hasta principios del siglo XVII, la isla sirvió como lugar de mercado para los holandeses. Aquellos primeros comerciantes y colonos sintieron la necesidad de protegerse de los indios, los piratas y otros peligros percibidos, así que construyeron un muro. A lo largo del muro, los mercaderes abrieron tiendas y establecieron almacenes. Con el tiempo, el muro se convirtió en el punto central del mercado y el comercio de la isla. Los holandeses finalmente perdieron la isla contra los británicos. Los británicos derribaron el muro; sin embargo, la carretera siguió conservando el nombre…".

"…¡de Wall Street!", dije yo.

"Correcto".

"La calle sobre la que caminamos en este momento; es Wall Street".

"Sí. Y desde esta calle y desde aquellos comienzos fue donde surgió el poder financiero de Estados Unidos, y esta isla se convirtió en la capital económica de la nación. Wall Street se convirtió en un canal para la entrada y salida de dinero para financiar el ascenso de Estados Unidos como superpotencia económica, comercial e industrial. Aquí, en esta calle, las fortunas económicas de la nación se elevaron y cayeron, y principalmente se elevaron. Se convirtió en la personificación del poder financiero de Estados Unidos. Y en el siglo XX, cuando Estados Unidos emergió como el coloso económico del mundo, el poder y el alcance de Wall Street englobó al planeta entero para convertirse, en efecto, en la capital financiera del mundo".

"Bastante impresionante", dije yo, " para una calle que comenzó como un muro".

"Bastante impresionante", respondió él, "para cualquier calle. ¿Pero cómo sucedió todo eso? ¿Qué fue lo que transformó una carretera, tan sólo de unos bloques de longitud y que durante décadas ni siquiera estaba pavimentada con adoquines, para convertirla en la capital financiera de Estados Unidos y poner el cimiento del ascenso de Estados Unidos como principal superpotencia financiera del mundo?".

"Creo que usted me lo va a decir".

"En marzo de 1792 tuvo lugar una reunión secreta en un hotel de Manhattan, en la que participaron veinticuatro de los principales mercaderes de la ciudad. El propósito de la reunión era llevar orden al mercado de acciones y bonos a la vez que se protegía al mercado de esa competición. Dos meses después, el 17 de mayo de 1792, los mercaderes volvieron a reunirse, esta vez en el 68 de Wall Street para firmar un documento. El documento selló las metas establecidas en la primera reunión, y sería el fundamento de lo que finalmente sería conocido como el mercado de valores de Nueva York. El documento se llamó *Acuerdo Buttonwood*. La organización nacida del acuerdo llegaría a ser conocida como *Asociación Buttonwood*, y más adelante como la *Junta de Acciones e Intercambio de Nueva York*, y finalmente como *Bolsa de Nueva York*. Se convirtió en el principal mercado de acciones de la nación y después, en el siglo XX, de todo el mundo. Así, el 17 mayo de 1792, con la firma del *Acuerdo Buttonwood*, se estableció el cimiento para el ascenso de Estados Unidos como superpotencia financiera del mundo. ¿Sabe lo que significa *buttonwood*, Nouriel?".

"No".

"Es el nombre de un árbol", dijo él.

"¿Qué tiene que ver un árbol con la fundación de Wall Street?".

"Los veinticuatro mercaderes solían reunirse y realizar sus transacciones bajo un árbol buttonwood que crecía en Wall Street. Bajo aquel árbol fue donde firmaron el acuerdo que dio nacimiento a la Bolsa de Nueva York. Por tanto, tanto el documento de fundación como la asociación de la fundación recibieron el nombre del árbol bajo el cual comenzó todo. Wall Street, tal como lo conocemos, y el poder financiero estadounidense, también tal como lo conocemos, oficialmente comenzaron bajo un árbol buttonwood".

"¿Puedo hacer una pregunta?".

"Claro", dijo él.

"¿Qué tipo de árbol es un buttonwood?".

"Usted ya lo sabe".

"¿Qué tipo de árbol?".

"Un sicómoro".

"Un sicómoro".

"*Buttonwood*", dijo él, "es, en esencia, tan sólo otra manera de decir *sicómoro*".

"Entonces ese documento del que comenzó Wall Street fue, en esencia, el *Acuerdo Sicómoro*".

"Se podría decir eso".

"Y la Bolsa de Nueva York es, en esencia, la *Asociación Sicómoro*".

"También se podría decir eso", respondió él.

"Y todas las consecuencias del poder financiero estadounidense, todas sus repercusiones transformadoras en el mundo entero, todo ello comenzó bajo las ramas de un sicómoro".

"Sí", dijo él, "bajo las ramas de un sicómoro".

"Y el 11 de septiembre...".

"El World Trade Center era un imponente símbolo de aquello en lo que se había convertido el poder. Pero el sicómoro era el símbolo de su origen".

"*El cimiento*", dije yo, "el cimiento del poder de una nación...".

"Que queda al descubierto en los tiempos de juicio. '*Así desbarataré la pared que vosotros recubristeis con lodo suelto, y la echaré a tierra, y será descubierto su cimiento*'".

"Y en ese cimiento había un sicómoro... y creciendo a la sombra del World Trade Center estaba el sicómoro de la zona cero".

"Correcto", dijo él. "Y el 11 de septiembre, la caída de uno causó la caída del otro".

"La caída del símbolo que representa Wall Street".

"Sí", dijo el profeta, "así como el 11 de septiembre dio un golpe a Wall Street y la economía estadounidense, no sólo en aquellos primeros días después del ataque sino también en el daño económico a largo plazo que infligió, culminando con el desplome de Wall Street siete años después".

"Entonces el sicómoro no fue sólo una advertencia de juicio; fue, al mismo tiempo, un anuncio concreto de desplome económico".

"El derribo del sicómoro es una señal bíblica de juicio", dijo él. "Pero el mismo árbol es también un símbolo concreto del poder estadounidense".

"Entonces el desarraigo del sicómoro anunciaba...".

"Sí", dijo él, "anunciaba el desarraigo del poder económico y financiero de Estados Unidos".

Él se adelantó a mí, y después se detuvo cuando vio que yo no le seguía el paso.

"Venga, Nouriel, quiero mostrarle algo". Me condujo hasta el final de Wall Street y al patio de una vieja iglesia, donde descansaba una estructura de bronce de aspecto extraño.

"¿Sabe qué es esto?", me preguntó.

"No tengo ni idea".

"Estuvo entre los primeros memoriales permanentes para conmemorar el 11 de septiembre. Fue revelado el 11 de septiembre de 2005. Su creador quiso conmemorar uno de los detalles de la tragedia en el cual muchos encontraron cierta medida de inspiración".

"¿Pero significó más de lo que él tenía intención de que significase?", pregunté yo.

"Sí", respondió él. "¿Y sabe lo que es?".

"Se parece a algún tipo de raíces".

"*Son* raíces. Son las raíces de un árbol en particular... un sicómoro".

"¿Un sicómoro en particular?".

"Sí, son las raíces del sicómoro de la zona cero".

"¿Cómo?".

"Su creador lo formó según las raíces del árbol caído. Él tenía intención de que fuese un símbolo de esperanza".

"Pero un sicómoro derribado no es un símbolo de esperanza", dije yo.

"Es una señal de juicio…".

"Y una señal de desarraigo", añadió él. "Lo pusieron aquí al final de Wall Street, la misma calle simbolizada por el sicómoro… y que ahora lleva la imagen de un sicómoro desarraigado".

"El cimiento", dije yo, "el cimiento del poder financiero de Estados Unidos. Es dejar al descubierto el cimiento".

"Y un mensaje", respondió él, "un mensaje de los profetas:

"He aquí que yo destruiré lo que edifiqué, y arrancaré lo que planté.[3]

"Entonces, ¿qué significa?", pregunté yo. "¿Qué significa concretamente para Estados Unidos?".

"Si un sicómoro vivo significa el ascenso de Estados Unidos como principal potencia financiera del mundo, entonces ¿qué significa un sicómoro desarraigado?".

"Su caída", respondí yo. "Tendría que significar su caída".

"Dios había permitido que el poder de Estados Unidos fuese plantado aquí, echase raíces, creciese y extendiese sus ramas por todo el mundo. La nación ascendió a unas cumbres sin precedente de poder global y prosperidad económica. Pero al alejarse y rechazar los caminos de Él, se dio una señal. Si ahora se negaba a regresar, las bendiciones y la prosperidad simbolizadas por el sicómoro serían eliminadas; lo que había sido construido sería derribado, y lo que había sido plantado sería desarraigado".

Después de una ligera pausa, él me pidió el sello. Y después de ponerlo en su mano, recibí otro. "¿Recuerda también este?", me preguntó mientras yo lo miraba.

"Claro que sí. Es el árbol erez".

"El séptimo presagio".

"¿Pero ahora quiere que vea otra cosa?", le pregunté.

"¿Qué ve... en un segundo plano... alrededor del árbol?".

"Briznas de hierba".

"Mire con más atención".

"Grano... tallos de trigo".

"¿Cuántos?", preguntó él. ¿Cuántos tallos?".

"Seis", respondí yo. "Tres a cada lado del árbol".

"Seis tallos de trigo", dijo él, "y un séptimo que usted no ve".

"¿Cómo podría haber un séptimo si no puedo verlo?".

"Está ahí", dijo él. "Está ahí en su ausencia".

"Está ahí en su ausencia... ¿otro misterio?".

"Este siguiente sello, Nouriel, va a abrir todo otro ámbito completo de misterio".

"¿Y tiene que ver con la segunda conmoción?", pregunté yo.

"Con la segunda... y con la primera... y con aquello que une las dos".

"¿Como en el efecto Isaías 9:10?".

"Sí, pero en este misterio las relaciones están incluso más por encima del ámbito de lo natural".

"¿Son sobrenaturales?".

"Se podría decir eso".

"¿Y relacionan el 11 de septiembre con el desplome económico?".

"No sólo los relacionan... *los determinaron*... hasta el momento en que cada uno tendría lugar".

"¿Un antiguo ministerio?".

"Sí, un antiguo misterio sobre el cual fueron determinados la economía global y cada transacción dentro de ella, un misterio que comienza hace más de tres mil años en las arenas del desierto en Oriente Medio".

Capítulo 17
El misterio del *Shemitá*

ה א

"**Y**ENTONCES SE FUE".

"¿Y qué sucedió?".

"Yo intenté descubrir el misterio del sello…los seis tallos de trigo…y, en cierto modo, un séptimo…pero no allí…ausente. Seis de un tipo y un séptimo de otro. Resulta que es un patrón bíblico: los días de la semana, seis días de un tipo y un séptimo día, el *sabbath*, diferente al resto".

"¿Pero qué tienen que ver los días de la semana con el trigo?", preguntó ella.

"No tenía ni idea. Pero eso fue lo único que pude imaginar".

"¿Y entonces él reapareció…?".

"Seis semanas después. Yo iba conduciendo de regreso a casa de una conferencia fuera del estado, por el campo. Era un paisaje con campos del grano a ambos lados de la carretera. A mi izquierda, la cosecha ascendía un poco hasta una colina distante. El viento golpeaba los tallos, haciendo que parecieran olas por el campo. Yo no podía evitar mirarlo mientras intentaba mantener los ojos en la carretera; una danza de viento, trigo, luz del sol y sombras. Entonces observé algo fuera de lugar. Al principio pensé que era un espantapájaros, fue lo único que se me ocurrió…la figura de un hombre de pie en lo alto de la colina".

"¿Con un abrigo largo y oscuro?".

"Era él. No es que yo pudiera estar seguro desde tan lejos, pero sencillamente lo sabía. Así que me aparté a un lado de la carretera, salí del auto y me hice camino por el campo hasta la colina".

◆ ◆ ◆

"¡Nouriel!", dijo él, saludándome mientras me acercaba. "¿Qué le trae hasta estos lugares?".

"Ah…desde luego…¿qué me traería hasta estos lugares?", respondí yo. "¿Y serviría de algo si le preguntase qué hace usted de pie en medio de un campo de trigo?".

"Puedo decirle que no estoy aquí para hacer trabajo agrícola".

"Sabía que no serviría de nada preguntar", respondí yo.

"Estoy aquí por la misma razón que está usted".

Eché un vistazo a los alrededores. La colina no era en realidad parte del campo. El trigo llegaba justamente hasta antes. Y estábamos rodeados no por un solo campo sino por varios en todas direcciones, cada uno con un alcance hasta las colinas distantes.

"Entonces", dijo él rompiendo el silencio, "¿ha descubierto el misterio del sello?".

"Tiene algo que ver con los días de la semana".

"¿Por qué dice eso?", preguntó él.

"Había seis tallos de trigo, y un séptimo del que yo sólo sé porque usted me lo dijo. Los seis eran visibles; el séptimo no lo era. Un patrón de seis y siete…el mismo patrón de la semana bíblica".

"No lo entendió", dijo él, "pero estaba en la pista correcta".

"¿Cómo?".

"El patrón es correcto, seis de un tipo y después un séptimo. Y cada tallo de trigo representa una medida de tiempo. Eso lo descubrió, pero no es un patrón de días.

"¿Entonces de qué?".

"El mismo patrón, dado a Israel para marcar sus días, también fue dado para sus años. Durante seis años ellos debían trabajar, sembrando, cultivando sus campos, podando sus viñas y recogiendo sus cosechas. Pero el séptimo año debían descansar. Era el año sabático. La ley del séptimo año llegó a ellos en los desiertos del Sinaí por medio de Moisés. Se les había ordenado:

> "Cuando hayáis entrado en la tierra que yo os doy, la tierra guardará reposo para Jehová. Seis años sembrarás tu tierra, y seis años podarás tu viña y recogerás sus frutos. Pero el séptimo año la tierra tendrá descanso, reposo para Jehová; no sembrarás tu tierra, ni podarás tu viña".[1]

"Entonces cada tallo representa un año", dije yo. "Cada tallo representa una cosecha".

"Correcto. ¿Y el tallo que falta?".

"El tallo que falta representaría el séptimo año. No está ahí porque el séptimo año es el año sabático; por tanto, no hay cosecha".

"Bien hecho", dijo él. "El séptimo año tenía un nombre. Se llamaba el *Shemitá*. La palabra *Shemitá* significa *la liberación, la remisión, permitir descanso*. En el año del *Shemitá* todo el trabajo en la tierra debía descansar. No tenía que haber arado, ni siembra, ni poda, ni cosecha. Los frutos de la cosecha eran abandonados... soltados:

"Lo que de suyo naciere en tu tierra segada, no lo segarás,
y las uvas de tu viñedo no vendimiarás; año de reposo será
para la tierra.[2]

"Mire aquí, Nouriel. ¿Qué ve?".

"Un campo sin ninguna cosecha", respondí yo.

"Sólo los restos de una pasada cosecha. Es terreno en barbecho; la tierra está descansando. En el año del *Shemitá*, todos los campos de Israel eran así, en barbecho y reposo".

"¿Pero cómo vivían sin cosechas?".

"Comían todo lo que creciera por sí mismo:

"Seis años sembrarás tu tierra, y recogerás su cosecha; mas
el séptimo año la dejarás libre, para que coman los pobres de
tu pueblo.[3]

"En el séptimo año, cada dueño de tierras tenía que abrir su tierra para quienes tuvieran necesidad. Los pobres compartían igualmente los frutos de los ricos. La producción de la tierra se convertía, en un sentido muy real, en la posesión de todos".

El viento comenzaba a cobrar velocidad y fuerza, y se notaba más intensamente sobre los tallos de trigo. Las olas resultantes eran ahora más rápidas y dramáticas que antes. El profeta pausó durante unos momentos mientras yo lo asimilaba todo... entonces continuó".

"Pero el *Shemitá*", dijo él, "tocaba no sólo los campos sino también a las personas. La última remisión tuvo lugar en un ámbito totalmente diferente:

> "Cada siete años harás remisión. Y esta es la manera de la remisión: perdonará a su deudor todo aquel que hizo empréstito de su mano, con el cual obligó a su prójimo; no lo demandará más a su prójimo, o a su hermano, porque es pregonada la remisión de Jehová [*Shemitá*].[4]

"Así, la última remisión del *Shemitá* tocaba el ámbito económico y lo transformaba; por tanto, el séptimo año todas las deudas eran canceladas. Todo aquel que había hecho un préstamo tenía que anularlo; los que tenían deudas quedaban liberados; cualquiera que siguiera debiendo era perdonado. Todo el crédito se anulaba, y toda deuda se borraba".

"¿Y todo eso tenía lugar *al final* del séptimo año?", pregunté yo.

"Sí, al final de un día concreto: el día veintinueve del mes hebreo de Elúl, el último día del año civil, el final mismo del séptimo año. Por tanto, el veintinueve de Elúl era el clímax, el punto focal y el final del *Shemitá*, el día en que las cuentas financieras de la nación quedaban anuladas".

"Pero la cancelación de toda la deuda y la anulación de todo el crédito, ¿no causaba caos económico?".

"Podía", dijo él. "La mayoría de economías dependen de cierto tipo de sistemas de crédito y préstamos. Por tanto, las repercusiones económicas de un cambio tan abrupto serían inmensas, tan inmensas que, a lo largo de los siglos, los rabinos buscaron maneras de rodear esos requisitos por temor a que mantenerlos pudiera causar un desastre económico".

"Pero se suponía que era una bendición", respondí yo, "un año sabático".

"Sí, un año de liberación y libertad, un año de reposo del trabajo y de acercarse más a Dios. Y aún así, en su forma exterior, podría parecerse a un desplome económico".

"Pero si el año *Shemitá* tenía intención de ser una bendición, ¿qué tiene que ver con el juicio, o con Isaías 9:10 o con Estados Unidos?".

"El *Shemitá habría* sido una bendición si Israel lo hubiera observado y no se hubiera revelado contra Dios. Pero Israel se rebeló y no guardó el año sabático. Y el quebrantamiento del año sabático se convirtió en la señal de que una nación había descartado a Dios de su vida. La nación no tenía más tiempo para Él. Las personas servían a ídolos. Sus años sabáticos estaban llenos no de paz, sino de la implacable búsqueda de aumento y beneficio. El quebrantamiento del *Shemitá* fue la señal de que la nación había expulsado a Dios de sus campos, de sus trabajos, de su gobierno, de su cultura, de sus hogares, de su vida. El *Shemitá tenía intención* de ser una bendición, pero al quebrantarlo, su bendición se convierte en una maldición".

"¿Y qué significa eso?", pregunté yo.

"El *Shemitá* seguiría llegando", dijo el profeta, "pero no por elección, sino por juicio. Ejércitos extranjeros ocuparon la tierra, destruyeron ciudades, asolaron los campos y llevaron cautivas a las personas al exilio. Y la tierra descansó. Los campos quedaron en barbecho. La compra y venta de su producción y el flujo de comercio se detuvieron. La propiedad privada se convirtió prácticamente en nada. Y toda deuda, crédito y préstamo en un instante fueron eliminados. De un modo u otro, llegó el *Shemitá*".

"¿Relaciona la Biblia el *Shemitá* con el juicio… de modo explícito?".

"Sí", respondió él. "La relación fue anunciada desde el principio, desde el monte Sinaí:

> "Y vuestra tierra estará asolada, y desiertas vuestras ciudades. Entonces la tierra gozará sus días de reposo, todos los días que esté asolada, mientras vosotros estéis en la tierra de vuestros enemigos; la tierra descansará entonces y gozará sus días de reposo. Todo el tiempo que esté asolada, descansará por lo que no reposó en los días de reposo cuando habitabais en ella.[5]

"Y todo ello se cumplió siglos después cuando los ejércitos de Babilonia invadieron y asolaron la tierra y se llevaron a multitudes a la cautividad. El pueblo siguió en el exilio durante setenta años. ¿Por qué setenta? La respuesta estaba oculta en el misterio del *Shemitá*".

"¿Setenta era el número de años sabáticos que no se habían guardado?".

"Correcto".

"Pero ahora, con la tierra sin trabajar durante setenta años, la ley del *Shemitá* sería cumplida, aunque no fue por elección".

"Correcto otra vez".

"Es irónico. En la búsqueda de la prosperidad las personas sacaron de la tierra a Dios y el *Shemitá*; pero ahora fue el *Shemitá* el que sacó a las personas de la tierra... y de su prosperidad... anulando todos sus beneficios y ganancias".

"Y fue el *Shemitá*", dijo él, "donde estaba oculto el misterio del tiempo".

"¿El tiempo?".

"El tiempo de su juicio: setenta años por setenta *Shemitás*".

"Entonces el *Shemitá* tiene intención de ser una bendición, pero para la nación que una vez conoció a Dios pero le había apartado de su vida, el *Shemitá* se convierte en una señal de juicio".

"Correcto", dijo él. "Ahora reunamos el misterio. Para poder hacer eso, antes debemos identificar las piezas. Grabe esto".

"Lo he grabado todo", respondí yo. "La máquina está encendida".

"No me refiero a eso. ¿Tiene su cuaderno?".

"Sí".

"¿Y una pluma?".

"Sí".

"Usted es escritor, Nouriel... escriba".

Así que yo anoté la siguiente parte en taquigrafía mientras él dictaba.

El efecto y las repercusiones del *Shemitá* se extendieron hasta el ámbito financiero, el ámbito económico y los ámbitos del trabajo, el empleo, la producción, el consumo y el comercio.

En el curso del séptimo año:

La producción de la nación disminuye gravemente y sus campos y viñas quedan en barbecho.

El trabajo de la nación queda muy reducido o llega a su cese.

Sus campos se convierten, en parte, en posesión de todos.

La compra y venta de la producción de la tierra son restringidas.

Los frutos del trabajo son abandonados.

El crédito es cancelado y la deuda es anulada.

Para la nación que intenta eliminar a Dios de su existencia, el *Shemitá* cambia de ser un canal de bendición a ser un canal de juicio, el juicio de la prosperidad de una nación.

"¿Escribió todo eso?", me preguntó.

"Sí. ¿Pero qué tiene que ver con Estados Unidos? Estados Unidos nunca ha tenido un año sabático".

"Eso es. Sólo fue ordenado para una nación; pero el asunto aquí no es la observancia literal del *Shemitá* o de ningún requisito para guardarlo".

"Entonces, ¿cuál es el asunto aquí?", pregunté yo.

"El asunto aquí", respondió él, "es su dinámica, su efecto y su consecuencia".

"¿Y qué significa eso?".

"El asunto es el *Shemitá como una señal*".

"¿El *Shemitá* como una *señal*…?".

"La señal del *Shemitá*, dada a una nación que ha eliminado a Dios de su vida y le ha sustituido por ídolos y por la búsqueda de ganancias. El asunto es el *Shemitá* como una señal de juicio, la señal que toca concretamente los ámbitos económico y financiero de una nación".

"Sigo sin ver cómo se relaciona con Estados Unidos".

"Tras el desplome de Wall Street y la implosión de la economía estadounidense y mundial, detrás de todo ello yace el misterio del *Shemitá*".

"Dígamelo".

"El desplome económico de 2008 fue producido por una serie de acontecimientos desencadenantes a principios de septiembre. En aquella época, aproximadamente la mitad del mercado de las hipotecas estadounidenses lo poseían o respaldaban dos corporaciones: la Federal National Mortgage Association y la Federal Home Loan Mortgage Corporation".

"Fannie Mae y Freddie Mac".

"Correcto", dijo él, "y a primeros de septiembre las dos, juntamente con los mercados hipotecario e inmobiliario, se tambaleaban al borde del colapso. El 7 de septiembre, en una de las intervenciones económicas más dramáticas desde la Gran Depresión, el gobierno federal se hizo con el control de ambas corporaciones, situándolas bajo la tutela del gobierno".

"En efecto, las nacionalizaron".

"Eso causó una alarma global". Y entonces, justamente cuando el mercado hipotecario se estaba recuperando de su desplome, un colapso económico aún más cataclísmico económicamente hablando estaba a punto de tener lugar".

"La caída de Lehman Brothers".

"Al comienzo del siglo XX, Lehman Brothers estaba en la cúspide de las principales firmas financieras del mundo. Pero cuando el mercado de las hipotecas subprime comenzó a desintegrarse, el estatus y los bienes de Lehman comenzaron a derrumbarse. Cuando se difundió la noticia de que se había producido un acuerdo para rescatar a la debilitada firma, sus acciones se desplomaron juntamente con el mercado de valores. Al día siguiente, Lehman Brothers anunció una pérdida de casi cuatro mil millones de dólares. El día después de aquello, las acciones de la firma se desplomaron otro 40 por ciento, y corrió la noticia de que estaba buscando un comprador. En los días siguientes, tuvo lugar una serie de reuniones de emergencia entre la Reserva Federal y los líderes de Wall Street en un frenético esfuerzo por evitar el final de Lehman. Pero el esfuerzo fracasó, y la mañana del lunes, día 15 de septiembre de 2008, una semana después del primer desplome, vino el segundo, y esta vez sin red de seguridad para amortiguar la caída. Lehman Brothers se declaró en bancarrota, la mayor bancarrota en la historia estadounidense hasta esa fecha. Llegaría a denominarse el desplome *que se oyó en el mundo entero*. La caída de Lehman Brothers desencadenó, a su vez, el desplome de Wall Street y la implosión financiera global".

"La peor crisis económica desde la Gran Depresión", dije yo. "¿Pero qué tiene que ver eso con el misterio del *Shemitá*?".

"En tiempos del profeta Jeremías, con Jerusalén en ruinas y el pueblo llevado en cautiividad, la clave del tiempo del juicio de la nación estaba oculta en el misterio del *Shemitá*".

"Entonces, ¿hay algo en el tiempo del desplome económico que sea significativo?".

"El desplome de Lehman Brothers y de la economía estadounidense tuvo lugar durante el curso de una semana. Era la semana del aniversario de otra calamidad estadounidense…".

"El 11 de septiembre".

"Sí, el 11 de septiembre", dijo él. "El desplome de Fannie Mae y Freddie Mac se produjo el día 7 de septiembre. El desplome de Lehman

Brothers comenzó dos días después, el 9 de septiembre, cuando perdió el 45 por ciento de su valor. El 10 de septiembre fue cuando anunció su pérdida de casi cuatro mil millones de dólares. Al día siguiente sus acciones volvieron a desplomarse".

"El 11 de septiembre".

"Fue en ese segundo desplome el día 11 de septiembre cuando esa sentencia de muerte de Lehman resonó por todo Wall Street y Washington DC. Fue entonces cuando la Reserva Federal puso en movimiento una serie de acciones y de reuniones de emergencia que darían como resultado la caída de Lehman Brothers, desencadenando la implosión de la economía estadounidense y global. También fue aquel día 11 de septiembre cuando una segunda caída llegó a su punto crítico, y se hizo sonar una segunda alarma cuando el jefe ejecutivo del AIG alertó a la Reserva Federal de Nueva York de que la compañía estaba, de igual manera, en peligro crítico de derrumbarse. Dos alarmas del próximo derrumbe, las dos sonando el día 11 de septiembre. Por tanto, mientras la nación conmemoraba la calamidad del 11 de septiembre, una segunda calamidad, una que asolaría el ámbito económico, estaba comenzando".

"Y el tiempo que separaba los dos acontecimientos…".

"Siete años", dijo el profeta. "Hubo siete años entre los dos".

"Siete años, el periodo de tiempo bíblico que concierne los ámbitos *económico* y *financiero* de una nación".

"Sí", respondió él, "y que concierne al juicio de esos dos ámbitos. Siete años entre la primera y la segunda conmoción. ¿Y qué sucede, Nouriel, al final de los siete años?".

"Al final de los siete años llega la remisión".

"'Al final de cada siete años, habrá una liberación, una remisión, una cancelación de deudas'. Así que fue una remisión ¿de qué exactamente?", preguntó él.

"De crédito y deuda", respondí yo.

"¿Y con qué tenían que ver todos esos desplomes?".

"Con el crédito y la deuda", respondí.

"Por tanto, no sólo el derrumbe de 2008 tuvo lugar en la marca del séptimo año desde el 11 de septiembre, sino que también concernía concretamente al principio del *Shemitá*. El desplome de Fannie Mae, Freddie Mac y Lehman Brothers concernía al asunto del crédito y la deuda. En el caso de los dos primeros, el gobierno intervino. Fue un rescate. Las dos corporaciones fueron aliviadas de sus deudas en más de tres billones de dólares".

"Una remisión de deuda".

"La remisión de deuda", dijo el profeta, "ya sea temporal o permanente: una forma de *Shemitá*".

"¿Y en el caso de Lehman Brothers…?".

"En el caso de Lehman Brothers la remisión adoptó una forma distinta. El gobierno se negó a un rescate y la corporación quedó en bancarrota. Y al declarar bancarrota…".

"Sus deudas fueron eliminadas y sus préstamos fueron cancelados".

"Otra forma de *Shemitá*", dijo él, "otra remisión de deuda".

"Entonces el desplome financiero estadounidense y global fue desencadenado por la dinámica del *Shemitá*…".

"Sí, y no sólo desencadenado por ella".

"¿Qué quiere decir?", pregunté yo.

"Los mercados de acciones están construidos sobre la inversión. El dinero se presta sobre la suposición de que la inversión generará un beneficio. En ese sentido, sigue la forma externa de crédito y deuda. Por encima de esto, las inversiones no llegan sólo de los individuos sino también de las instituciones bancarias, los fondos de los cuales representan préstamos, crédito y deuda".

"Pero en el año del *Shemitá* el crédito y la deuda son anulados".

"Exactamente. La caída de Lehman Brothers produjo una avalancha de desplomes económicos desde Wall Street hasta Asia. Siguió causando la convulsión de los mercados de valores en todo el mundo durante varios meses, haciendo que se desplomasen hasta niveles nunca conocidos. Masivas fortunas quedaron eliminadas de la noche a la mañana. El desplome de los mercados de valores por todo el mundo significó que los fondos invertidos se habían evaporado y no serían devueltos, al menos no durante el futuro previsible. Tanto el crédito como la deuda, billones de dólares en crédito y deuda habían sido, en efecto, cancelados. 'Todo acreedor que haya hecho un préstamo a su hermano lo perdonará, lo cancelará' … un *Shemitá*".

"¿Hasta dónde se remontaba la cancelación de la deuda en el *Shemitá*?", pregunté.

"Hasta el final del último *Shemitá*", respondió él, "hasta la última remisión de deuda".

"Entonces ¿el *Shemitá* eliminaba todas las deudas de los anteriores siete años?".

"Sí".

"Y cuando el mercado de valores se derrumbó en septiembre de 2008, ¿cuánto fue eliminado?".

"Todas las ganancias de los siete años anteriores, y más".

"Y tocó al mundo entero".

"Tocó toda la economía global en forma de mercados derrumbados, inversiones que se esfumaron, rescates de gobiernos, bancarrotas empresariales y personales y ejecuciones hipotecarias... cada uno de lo cual fue, en efecto, una anulación financiera".

"Entonces, en cada caso, ya fuese por bancarrota, por ayuda o por cuentas que se desvanecieron, la carga fue remitida... levantada... cada una se convierte en una forma de *Shemitá*".

"No sólo cada una", dijo él, "sino todas... el todo. El colapso de la economía global fue, en sí mismo, un *Shemitá* colosal... formado por incontables más pequeños".

"¿Hasta dónde llega el ciclo cada séptimo año en el pasado... y hasta el futuro?", pregunté yo.

"Ese tema es para otro momento", dijo él. "El punto ahora es el *Shemitá* como una *señal* de juicio".

"Usted habló de un día muy concreto en el que todas las cuentas financieras tenían que ser eliminadas, en el que el crédito y la deuda tenían que ser anulados".

"El día veintinueve de Elúl, 'el final de cada siete años', el día último y climático del *Shemitá*, en el que todos los préstamos, créditos y deudas tenían que ser anulados".

"Entonces ¿el veintinueve de Elúl juega un papel en el misterio?", pregunté.

"Con la caída de Lehman Brothers, el mercado de valores se desplomó en más de 499 puntos. A lo largo de las siguientes semanas, los mercados financieros mundiales se tambalearon debido al impacto. Como respuesta, el Congreso de los Estados Unidos trabajó frenéticamente para pensar en un plan para revertir la implosión, y el resultado fue una ley que proponía el mayor rescate gubernamental en la historia estadounidense. En un sorprendente giro de los acontecimientos que asombró a la mayoría de observadores, la ley no fue aprobada. Aquella mañana, el 29 de septiembre, la Bolsa de Nueva York comenzó su sesión con lo que muchos consideraron un presagio: la campana de apertura no sonó. Cuando llegó la noticia al mercado de valores de que el plan de rescate no había salido adelante, Wall Street se derrumbó. En un único día se hundió en más de setecientos puntos. Fue el día supremo en la primera etapa del desplome global y, en términos de velocidad de puntos, el peor día en la historia de Wall Street. Un analista financiero resumió lo que sucedió el día 29 de septiembre de la siguiente manera:

> "Fue este acontecimiento más que ningún otro el que conmovió la confianza en el mercado. Durante las dos siguientes semanas, el Dow cayó hasta cerca de los 2.700 puntos, un declive de casi un 25 por ciento... el daño ya había sido hecho.[6]

"Fue el momento supremo de la implosión global y el día del mayor desplome del mercado en la historia de Wall Street. ¿Por qué sucedió?", preguntó. "¿Por qué sucedió justamente cuando lo hizo?".

Yo no respondí. Él hizo una pausa antes de revelar la respuesta.

"El mayor desplome del mercado en la historia de Wall Street tuvo lugar *el día veintinueve de Elúl*: el día crítico y supremo del *Shemitá* hebreo".

"¡Dios mío!", exclamé. Fue la única cosa que podría haber salido de mi boca en aquel momento.

"El día en que las cuentas financieras debían ser eliminadas", dijo él.

"Cuando el crédito y la deuda son anulados... y todo sucedió el día bíblico *exacto* en el cual estaba ordenado que sucediera".

"El día bíblico exacto ordenado concretamente para tocar el ámbito financiero de una nación".

"Y el tiempo... usted dijo que el *Shemitá* tiene la clave del misterio del tiempo del juicio".

◆ ◆ ◆

"¿Verificó usted todo lo que el profeta le dijo... los hechos?", preguntó Ana. Para entonces había cierta inquietud en su voz.

"Lo hice", respondió él.

"¿Y era todo cierto?", preguntó ella.

"Era todo cierto".

"Es increíble", dijo ella. "El mayor desplome en la historia de Wall Street y el colapso de la economía global; todo ello la manifestación de un antiguo misterio. Es increíble".

"Le dije que lo era".

"Así es".

"Y hay más".

"Continúe", dijo ella.

El profeta habló del siete. "El *Shemitá*", dijo él, "gira en torno al número siete; es el *séptimo* año. Comienza y termina en el mes de *tishri*, el *séptimo* mes del año bíblico. Es un misterio de sietes. Por tanto, ¿podría haber una marca dejada por el *Shemitá*... una señal del misterio en el número siete?".

"No lo estoy entendiendo", respondí yo.

"El punto del mayor desplome en el mercado de valores en la historia de Wall Street tuvo lugar en el último y culminante día del *Shemitá*. Esa tarde, cuando el sol se ponía, era el comienzo de *tishri*, el *séptimo* mes del año hebreo. Lo que desencadenó el desplome fue el rechazo del mayor rescate del gobierno en la historia estadounidense... una suma de...".

"...*setecientos* mil millones de dólares", dije yo.

"¿Y cuánto del mercado de valores fue eliminado aquel día?".

"Dígame".

"Lo que fue eliminado llegó hasta el 7 por ciento. ¿Cuántos puntos suponía ese 7 por ciento? ¿Cuántos puntos fueron eliminados en ese mayor desplome en la historia de Wall Street?".

"No lo sé", respondí.

"*Setecientos setenta y siete* puntos fueron eliminados aquel día".[7]

"*Siete, siete, siete*".

"El último día del séptimo año".

"¿Entiende cuántas cosas habrían tenido que estar en su lugar para que todo eso sucediera... para que resultase así?", pregunté yo. "Todo Wall Street, toda la economía estadounidense, toda la economía mundial, cada transacción, cada acción comprada y vendida, todo... todo tenía que estar en su posición exacta para que todo eso sucediera exactamente como sucedió, en el momento exacto, y hasta ese número exacto. ¿Quién podría haber orquestado todo eso?".

"Dios", respondió él.

"Supongo que Él es el único que podría haberlo hecho".

"Todo lo que le he dicho hasta aquí, Nouriel, concierne al final del año sabático. ¿Pero qué del *comienzo*? ¿Sucedió algo para dar señal al comienzo del *Shemitá*?".

"Buena pregunta", dije yo. Era una extraña oportunidad para decir tal cosa al profeta.

"Los años que condujeron hasta el *Shemitá* fueron buenos y prósperos. Comprar, vender, invertir, el mercado de valores, el mercado inmobiliario, los mercados de crédito: todo estaba desarrollándose. Pero a medida que se acercaba el año del *Shemitá*, comenzaron a surgir cada vez más señales de peligro económico. El índice de préstamos fallidos y de ejecuciones hipotecarias comenzó a aumentar. Las instituciones financieras que respaldaban esos créditos e hipotecas se encontraron ellas mismas en crisis. Pero la primera señal definitiva de lo que estaba aún por llegar tuvo lugar un año antes del derrumbe económico global. Sucedió en Gran Bretaña, pero como repercusión del fallido mercado inmobiliario y de crédito estadounidense. A principios de septiembre de 2007, Northern Rock, el quinto principal prestamista de hipotecas de Gran Bretaña, se derrumbó. Fue la primera institución británica en sufrir su última actividad en más de un siglo. Al final de la crisis, Northern Rock fue nacionalizado".

"La remisión de deuda".

"Fue el primero de tales desplomes en la creciente crisis crediticia y un anuncio de las caídas, los derrumbes y las intervenciones que pronto se apoderarían de la economía estadounidense y global".

"Un primer *Shemitá*".

"La caída de Northern Rock se produjo el día 13 de septiembre de 2007. El 13 de septiembre de 2007, en el calendario hebreo, era el primer día del mes de *tishri*. El primer día de *tishri* es el día que *da comienzo al año Shemitá*. Por tanto, la primera señal importante del *Shemitá* tuvo lugar el día exacto en el cual comienza el *Shemitá*".

"Entonces, el día de la caída de Northern Rock hasta el día del mayor derrumbe del mercado de valores en la historia debería marcar el comienzo y el final del *Shemitá* bíblico".

"Así es", dijo el profeta.

"¿El comienzo y el fin exactos?".

"El comienzo y el fin exactos".

"¿Y qué sucedió entre medias?".

"En menos de un mes desde el comienzo del *Shemitá*, el mercado de valores, que durante los años anteriores había ido aumentando, revierte su impulso. A principios de octubre, su largo ascenso llega a su fin y comienza a caer. A medida que progresa el año *Shemitá*, el mercado de valores continúa su descenso, un derrumbe en cámara lenta. Miles de millones de dólares son eliminados".

"La remisión de crédito y deuda".

"Con el ajuste de los mercados de crédito y la caída en picado de los precios de las casas, mayores números de propietarios se encuentran incapaces de realizar los pagos de su hipoteca. Cada vez más comienzan a no poder pagar sus hipotecas, entrando en ejecución hipotecaria".

"La cancelación de préstamos, otra eliminación del crédito y la deuda".

"Y a medida que se retrasan, las firmas que respaldan esas hipotecas se encuentran ahora absorbiendo cada vez mayores pérdidas".

"Todo acreedor debe liberar su deuda".

"Y así, la economía sigue deteriorándose a medida que la absorción de pérdidas produce aún más crisis. Oleadas de asombro resuenan por todo el mundo financiero a medida que algunas de las instituciones de préstamo más poderosas de la nación comienzan a caer. Algunas son rescatadas o compradas mediante la intervención del gobierno; otras se declararon en bancarrota. Cada fracaso, cada remisión, cada *Shemitá* desencadena el siguiente y después el siguiente, a medida que la economía global sigue desintegrándose. Entonces, a finales de agosto, a principios de septiembre, cuando el año del *Shemitá* entra en su fase climática y final, así también lo hace la crisis financiera".

"Con el desplome de Fannie Mae y Freddie Mac".

"Sí", dijo él, "y después de Lehman Brothers, y después de la economía global: todo llegando al clímax el 29 septiembre de 2008, el día climático y último del *Shemitá*".

"Todo siguiendo el antiguo patrón".

"Hablando del antiguo patrón, Nouriel, vuelva a leerme lo que usted anotó".

Así que saqué mi cuaderno y comencé a leer de nuevo las palabras de su dictado:

El efecto y las repercusiones del Shemitá se extienden al ámbito financiero, el ámbito económico y los ámbitos del trabajo, el empleo, la producción, el consumo y el mercado.

"Así", dijo el profeta, "la crisis global comenzó en el ámbito financiero, pero no se detuvo ahí. Poco después, prácticamente todos los indicadores económicos y todos los sectores importantes de la economía se vieron afectados. La crisis se extendió rápidamente a los ámbitos del trabajo, el comercio, la producción y el consumo. Continúe".

Durante el curso del séptimo año, la producción de la nación disminuye gravemente a medida que sus campos y sus viñas quedan en barbecho.

"Por tanto, la crisis", dijo él, "causa que la producción industrial disminuya y, en algunos casos cese por completo a medida que la demanda cesa. Empresas se reducen, fábricas hacen recortes de producción, negocios cierran sus puertas".

El trabajo de la nación se ve grandemente reducido o llega al cese.

"Así que la crisis golpea la fuerza laboral, hay despidos de trabajadores y el desempleo sube como la espuma".

Sus campos se convierten, en parte, en posesión de todos.

"De modo que corporaciones privadas son cada vez más rescatadas, compradas y nacionalizadas, o si no se vuelven cada vez más sujetas al ámbito público".

La compra y la venta de la producción de la tierra se ven restringidas.

"Así, el comercio y el consumo sufren un declive masivo. Los consumidores hacen recortes en el gasto y los vendedores se desesperan cada vez más por encontrar maneras de avivar sus ventas".

Los frutos del trabajo son abandonados.

"La producción se queda en los almacenes y se apila en las tiendas. Las naciones que se apoyan más en el mercado de exportación ahora sufren un inmenso daño económico".

El crédito es cancelado y la deuda es eliminada.

"Y así", dijo él, "todo el desplome global es una manifestación del antiguo misterio del *Shemitá*".

"Tengo una pregunta".

"Hágala".

"El desplome del mercado de valores se produjo el día veintinueve de Elúl, el último día del séptimo año. Por tanto, aquel día fue el *final* de un ciclo de siete años hebreos".

"Correcto", dijo él.

"Entonces, tiene que haber otra parte del misterio. Aquello que tiene lugar el veintinueve de Elúl sería la *conclusión* de algo que comenzó siete años antes".

"¿Y …?".

"Y por tanto, debería haber algo que tuvo lugar siete años antes del desplome, algo relacionado con él … algo que lo condujo a él … algo que inauguró el ciclo de siete años".

"Por tanto, Nouriel, ¿cómo descubriría usted si tal cosa existe?".

"Habría que contar siete años hacia atrás desde el desplome".

"Lo cual nos llevaría, ¿a qué?".

"El año 2001 … a septiembre … de 2001 … el mes de … ".

"El mes del 11 de septiembre", dijo él terminando mi idea.

"Entonces, el ciclo de siete años que llega a su conclusión en el desplome global tendría que haber comenzado en algún momento alrededor de la época del 11 de septiembre. Iría juntamente con el efecto Isaías 9:10. Fue el 11 de septiembre y la respuesta de la nación al 11 de septiembre lo que condujo al desplome económico siete años después".

"Bien, Nouriel...pero usted estaba buscando un acontecimiento del *Shemitá*. Tendría que ser un acontecimiento importante en el ámbito *económico*".

"Y...¿hubo tal acontecimiento?", pregunté yo.

"Lo hubo", respondió él.

"¿Cuál fue?".

"Sucedió el lunes, 17 de septiembre de 2001. Tuvo lugar en el ámbito económico, y encajaba...y anunciaba lo que sucedería siete años después".

"Y fue...".

"Fue el mayor punto de desplome del mercado de valores en la historia de Wall Street hasta aquel día. Ese récord permanecería intacto durante siete años, siete años hasta el desplome de 2008.[8] Tome nota, Nouriel, de lo que tenemos".

"¿Qué tenemos?", pregunté yo.

"Un período de siete años que comienza con un desplome del mercado de valores y termina con un segundo desplome del mercado de valores. Tenemos un período de siete años enmarcado por los dos principales derrumbes del mercado de valores en la historia de Wall Street hasta ese momento".

"Un ciclo de siete años que comienza y concluye con dos inmensas remisiones de crédito y de deuda".

"¿Y qué es?".

"El *Shemitá*", respondí yo.

"Correcto".

"Sucede al mismo tiempo que la primera y la segunda conmoción".

"Y el misterio es aún más profundo", dijo él. "¿Qué cree usted que fue, Nouriel, lo que causó el derrumbe del mercado de valores el 17 de septiembre de 2001?".

"¿Qué?", pregunté yo.

"Fue el 11 de septiembre. Fue el 11 de septiembre lo que causó que la Bolsa de Nueva York cerrase durante seis días y entonces, cuando volvió a abrir al lunes siguiente, sufriera la mayor pérdida en su historia hasta aquel momento. El derrumbe del 17 de septiembre de 2001 fue la réplica del 11 de septiembre...".

"Al igual que el desplome de 2008 fue también la réplica del 11 de septiembre...la réplica ampliada...el efecto Isaías 9:10. Por tanto, cada una fue una réplica del 11 de septiembre, dos conmociones, y '*llega una segunda*'".

"Y los dos acontecimientos estaban intrínsecamente ligados, apartados por siete años. Esto también llega más profundo. El año bíblico no se basa en el calendario gregoriano occidental, sino en el calendario lunar hebreo. Por tanto, el ciclo de siete años del *Shemitá* tiene que estar basado, no en el año occidental, sino en el año hebreo bíblico. Por tanto, independientemente de qué fecha sea en el calendario occidental, el *Shemitá* siempre terminará el día veintinueve de Elúl en el calendario hebreo, lo cual, en el año 2008 cayó en el 29 de septiembre, el día del desplome. Pero en otros años, ese mismo día en el calendario bíblico cayó en una fecha diferente en el calendario occidental".

"¿Y....?".

"Y por eso, ¿qué sucede si regresamos siete años desde el mayor derrumbe del mercado de valores en la Historia, hasta el otro mayor derrumbe del mercado de valores en la Historia, el derrumbe de 2001, el que desencadenó directamente el 11 de septiembre? ¿En qué día cayó *en el calendario hebreo bíblico?*".

"Dígame...".

"*El día veintinueve de Elúl.* Todo sucedió el día veintinueve de Elúl... *el mismo día exacto*... el día del calendario bíblico ordenado desde tiempos antiguos para causar la eliminación del crédito y de la deuda".

"Dios mío", dije yo, "¿los dos?".

"Los dos", respondió él.

Ana parecía estar notablemente conmovida, visiblemente pálida. Nouriel hizo una pausa en el relato para ocuparse de su respuesta. "¿Qué?", le preguntó.

"Es sorprendente", respondió ella. "Los dos mayores derrumbes del mercado de valores que Estados Unidos haya conocido jamás, los dos tuvieron lugar el mismo día bíblico exacto, separados por el período exacto de tiempo ordenado en la Biblia, siete años hasta ese día, y los dos produciéndose en el día bíblico señalado para la eliminación del crédito y de la deuda. ¡Totalmente sorprendente!". Hizo una pausa para ordenar sus pensamientos.

"¿Y nadie lo vio?", preguntó ella.

"Aparentemente no".

"Tenía usted razón, Nouriel".

"¿A qué se refiere?".

"Cuando entró por primera vez a mi oficina y comenzó a hablarme de este antiguo misterio que se suponía que lo explicaba todo desde el 9 de septiembre hasta Wall Street... la economía global... mi cuenta bancaria... realmente pensé que usted estaba loco".

"Lo sé".

"No, me refiero al loco *de verdad... clínicamente* loco".

"Era demasiado. Uno oiría algo como esto en las películas... o en novelas sobre lo sobrenatural, pero no en la vida real. Pero yo nunca... nunca podría haberme imaginado... esto".

"¿Cómo *podría* haberlo hecho?".

"Acepte mis disculpas, Nouriel".

"No es necesario. Si yo estuviera en su lugar, habría pensado lo mismo".

"Es sencillamente asombroso".

"Lo sé".

"El 17 de septiembre...".

"¿Qué de esa fecha?".

"Llegó antes", dijo ella, "¿verdad?".

"Lo hizo".

"¿Por qué llegó antes?".

"El efecto Isaías 9:10".

"Eso fue... las tasas de interés... el 17 de septiembre fue el día en que la Reserva Federal disminuyó en picado los tipos de interés de la nación".

"Correcto. Fue el comienzo del recorte extremo de los tipos de interés después del 11 de septiembre... el primer acto concreto de desafío ante el 11 de septiembre... y lo que conduciría al derrumbe económico siete años después".

"Entonces", dijo ella, "eso querría decir que el efecto Isaías 9:10 comenzó el día del *Shemitá*".

"Querría decir eso, ¿no?", respondió él.

"Y por tanto", dijo ella, "querría decir que fue el día del primer desplome del mercado de valores en 2001 cuando fueron sembradas las semillas para el segundo".

"Y eso tendría sentido", dijo él.

"¿Por qué tendría sentido?".

"Porque un *Shemitá* conduce al siguiente, y la primera calamidad conduce a la segunda".

"Ahora *yo* tengo una pregunta para *usted*, Nouriel".

"Hágala".

"El veintinueve de Elúl llega más o menos una vez al año, ¿correcto?".

"Sí".

"Pero hay solamente *un* 29 de Elúl que puede estar cerca del ciclo de siete años. Solamente *uno* podría ser el día real de remisión, el que llega aproximadamente una vez cada *siete años*. Por tanto, ¿en qué día 29 de Elúl tuvo lugar el desplome del mercado de valores de 2008?".

"Yo le pregunté lo mismo al profeta".

"¿Y qué le dijo él?".

"Sí".

"¿Sí?".

"Fue *ese*. El desplome de 2008 tuvo lugar en ese preciso veintinueve de Elúl que llega aproximadamente una vez cada siete años, el único día que llega aproximadamente cada siete años".

"¡Increíble!".

"¿Y entiende lo que eso significa?".

"¿Qué?", preguntó ella.

"Significa que el otro desplome, el que sucedió siete años antes, el desencadenado por el 11 de septiembre, el otro mayor derrumbe en el mercado de valores en la Historia, también tuvo lugar ese exacto veintinueve de Elúl... que llega aproximadamente una vez cada siete años".

"Entonces, los dos mayores derrumbes del mercado de valores de Wall Street no sólo sucedieron el mismo día en el calendario bíblico, y el mismo día del año bíblico designado para eliminar el crédito y la deuda, sino que cada uno de ellos estaba separado por siete años el mismo día exacto cada siete años en que caía ese día hebreo. Es aún más que sorprendente...".

"Y sin embargo real".

"¿Y qué más le dijo el profeta?".

◆ ◆ ◆

Le pregunté si el *Shemitá* bíblico aún se seguía observando.

"Sí", dijo él, "en forma de ritual".

"Entonces, ¿tenía lugar el ritual del *Shemitá* el día del desplome?", pregunté.

"Así era", respondió él. "Cuando los judíos religiosos estaban observando la conclusión del *Shemitá*, cerrando el séptimo año en actos rituales, eliminando simbólicamente sus créditos y deudas, el mismo día la fuerza de un *Shemitá* más misterioso está cooperando, causando que Wall Street se derrumbase y sumas astronómicas de crédito y de deuda fuesen eliminadas... no en un símbolo... sino en la realidad".

"Pero el misterio del *Shemitá* no podría haberse manifestado si el 11 de septiembre no hubiera sucedido nunca... y justamente cuando lo hizo... en ese momento exacto. Sin el 11 de septiembre, el mercado de valores nunca se habría derrumbado el día veintinueve de Elúl. Por tanto, el 11 de septiembre tenía que ser entrelazado en el misterio del *Shemitá*".

"Tenía que serlo", respondió él, "y lo fue".

"Y para que el desplome de 2008 se produjese siete años después, exactamente siete años bíblicos después... hasta ese día, todos los acontecimientos clave, desde la caída de Lehman Brothers, la promesa en El Capitolio, las acciones de la Reserva Federal, hasta toda la crisis global, y todos los demás acontecimientos que afectaron el ámbito de la economía, desde la política, la guerra, hasta la cultura; cada acontecimiento también tenía que ser parte del mismo antiguo misterio".

"Tenían que ser parte", respondió él, "tal como lo fueron".

"Es...", no pude terminar el pensamiento. No podía pensar en ninguna palabra para describir lo que era. Justamente en ese momento, el viento comenzó a recobrar intensidad, barriendo con rapidez los campos y extendiendo la pausa en nuestra conversación.

"Y una cosa más... una cosa más a observar", dijo él girándose para mirarme directamente a los ojos. "La palabra hebrea *Shemitá* tiene otro significado".

"Que es...".

"*La caída* o *permitir caer*".

"¿Como en desplome?".

"Como en desplome. Por tanto, se podría traducir *Shemitá* como *el año de la caída o el año de permitir caer*".

"Y ese es el misterio de lo que sucedió, ¿verdad?".

"Sí…detrás de todo…la caída del mercado de valores…la caída del mercado inmobiliario y del mercado del crédito…la caída del comercio, los negocios y el mercado: todo cayó. Cada bancarrota, cada ejecución hipotecaria, cada fracaso financiero, cada desplome de todos los indicadores económicos importantes, el desplome global mismo: todo ello fue una caída. Y todo el desplome global comenzó con la caída de Lehman Brothers".

"Lo cual no fue solamente una caída", dije yo, "fue *permitir* caer. La Reserva Federal decidió *permitir que cayese*".

"Sí".

"Así que todo el desplome global comenzó cuando el gobierno estadounidense realizó un acto del *Shemitá*".

"Y llega aún más profundo".

"¿Cómo?".

"Ninguna mano humana podría haber orquestado las incontables acciones, reacciones y transacciones necesarias para causar el colapso de Wall Street y de la economía global, y para que todo sucediera justamente como lo hizo, en los momentos exactos ordenados en el antiguo misterio".

"Entonces por la mano de…".

"…Dios", dijo el profeta. "Fue su *Shemitá*. Fue su *dejar caer*".

"Su dejar caer de…".

"Todo el orden mundial económico estadounidense. Con el desplome de la economía global se desataron nuevos desafíos para el poder y el liderazgo estadounidense: un anuncio del fin definitivo del orden global dirigido por Estados Unidos".

"Y todo ello desencadenado por el 11 de septiembre", dije yo.

"Y todo ello un mensaje profético", respondió él, "al igual que fue en tiempos del profeta Jeremías cuando él vio una tierra devastada, vacía de sus frutos y sus cosechas, cuando él imaginó la señal del *Shemitá*, la señal dada a la nación que ha olvidado sus fundamentos, que ha puesto su confianza en sus capacidades y prosperidad, y que ha eliminado a Dios de su vida".

"Y ahora aparece de nuevo".

"Como una señal a otra nación que de igual manera ha descartado a Dios de su vida, una señal para dar advertencia a esa nación de que, aparte de la presencia de Él, sus bendiciones deben convertirse en maldiciones y su prosperidad debe convertirse en su juicio".

Dejamos de hablar y nos quedamos allí... mirando al viento soplar sobre los campos. Bien pasaron dos minutos antes de que el silencio quedase roto... por el profeta... con una pregunta. "¿Está usted preparado, Nouriel?".

"¿Preparado?".

"¿Para el siguiente misterio?".

"No lo sé. Sigo intentando absorber este. Hay mucho que asimilar".

"¿Tiene el sello?".

"Sí". Entonces se lo entregué y él, a su vez, entonces me entregó otro.

"¿Está seguro de que quería darme este?", pregunté yo.

"¿Por qué?".

"Es el rollo".

"Lo es".

"Ya me lo ha dado... dos veces anteriormente".

"Y ahora una tercera".

"Es la profecía... Isaías 9:10", dije yo. "Entonces, ¿qué se supone que debo ver en él que no haya visto antes?".

"Nada", dijo él.

"¿Qué quiere decir?".

"No está en el sello; está en la entrega".

"No entiendo".

"¿Cuántas veces se lo he entregado ahora?".

"Tres veces".

"Entonces llega un tercero".

"¿Un tercer qué?".

"Un tercer testigo".

Capítulo 18
El tercer testigo

ה א

"**E**L TERCER TESTIGO... eso es lo único que me dijo".

"Entonces, ¿no hubo otra pista?", preguntó ella.

"No".

"¿Y aquel fue el final del encuentro?".

"Sí. Yo me dirigí atravesando los tallos de trigo hacia mi auto. El profeta se quedó... en medio de los campos. Cuando llevaba recorrido medio camino me di la vuelta. Él seguía estando allí en la distancia... como cuando le vi por primera vez".

"'¿Necesita que le lleve?'", le grité.

"'¿A dónde?'", respondió él.

"'No lo sé... quizá al lugar de nuestra siguiente reunión'".

"Llegué al alto y volví a darme la vuelta. Él seguía estando allí. Comencé a alejarme y miré una última vez... sólo llevaba conduciendo unos segundos... y él se había ido".

"Entonces realmente no tenía mucho con lo que trabajar esa vez".

"No, la más mínima pista y un sello que ya me habían entregado dos veces anteriormente. Y yo no pensaba en ninguna de las dos cosas, al principio. Seguía estando enredado en el misterio que me acababan de mostrar, intentando digerirlo todo. Llevaba aproximadamente una hora conduciendo antes de comenzar a meditar en el siguiente y en el significado del sello".

"Pero no lo entiendo", dijo ella. "¿Cómo pudo encontrar algo más? Ya se le había revelado dos veces. ¿Qué más podría significar? ¿Y cómo iba usted a descubrirlo?".

"Esa fue la parte difícil. El sello era el del noveno presagio, el rollo que representaba la profecía... la promesa... como fue proclamada desde el Capitolio. La segunda vez que me lo entregó, seguía teniendo que ver con la promesa, pero ahora con las repercusiones de esa promesa: el efecto Isaías 9:10".

"Entonces, ¿qué significaría entregado una tercera vez?", preguntó ella.

"Aparte del sello mismo, solo tenía una pista".

"El tercer testigo"

"Sí, pero eso era todo lo que necesitaba".

"¿Cómo?".

"Los dos primeros testigos ya habían sido revelados".

"¿Y eso fue suficiente para que usted supiera dónde ir?".

"El sello estaba relacionado con un lugar. ¿Dónde recitó la promesa cada testigo?".

"En la capital".

"Exactamente… y justamente cuando lo entendí, pasé al lado de un cartel".

"¿Para Washington?".

"Sí".

"¿Y tomó el cartel… como una *señal*?".

"¿Cómo podría no tomarlo como una señal?".

"Ahora se está pareciendo usted al profeta".

"Mi viaje cambió. Tome la salida y me dirigí a Washington, concretamente al Capitolio. Era un viaje de unas dos horas. Cuando llegué, era avanzada la tarde, el principio de la noche. Me dirigí hacia el edificio del Capitolio, a los mismos escalones en los cuales el profeta reveló el noveno presagio".

"¿Y qué sucedió?".

"¿Qué sucedió? ¡Lo que sucedió es que él estaba allí! ¡Él ya estaba allí!".

"Pero cuando usted se fue, él seguía estando en el campo".

"Sí, y no había ningún vehículo a la vista, aparte de mi propio auto; sin embargo, él estaba allí antes que yo… esperando".

"¿Le preguntó alguna vez como lo hizo?", preguntó ella.

"No. Ya era suficiente para mí intentar descubrir los misterios. Intentar entender al profeta aparte de todo aquello habría sido demasiado. Así que él estaba allí de pie en medio de los escalones mirando hacia el Paseo Nacional. El sol acababa de ponerse o estaba a punto de hacerlo. El viento era tan fuerte allí como lo había sido anteriormente ese día. Yo llegué hasta los escalones y me uní a él en la terraza".

◆ ◆ ◆

"Usted lo hizo bien para llegar aquí tan rápidamente", dijo mientras me acercaba.

"Pero usted ya estaba aquí antes que yo".

"¿Recuerda cuando vinimos por primera vez aquí?".

"Claro", respondí. "Fue cuando usted me habló del noveno presagio".

"El noveno presagio: Isaías 9:10 en forma de profecía. Aquí se proclamó la profecía el día después del 11 de septiembre. Aquí la nación hizo la promesa de emerger más fuerte que antes. Siete años después, la promesa quedaría deshecha".

"Con el desplome de la economía".

"Sí", dijo él. "¿Y qué acontecimiento, más que cualquier otro, produjo ese desplome?".

"La caída de Lehman Brothers".

"¿Y qué decisión fue más crítica para producir esa caída?".

"La decisión del gobierno estadounidense de permitir caer a Lehman Brothers".

"¿Y cuándo se anunció esa decisión?".

"No lo sé".

"Sucedió el primer día de las reuniones de emergencia en la ciudad de Nueva York, cuando el secretario del Tesoro informó a los líderes de Wall Street de que el gobierno había decidido no rescatar a la empresa con problemas. Dejaría caer a Lehman Brothers. Fue la más fatídica de todas las decisiones para desencadenar el desplome de la economía estadounidense y global. La decisión fue anunciada y sellada el viernes antes del desplome... el 12 de septiembre".

"El 12 de septiembre", dije yo. "Ese fue el mismo día que...".

"El mismo día que se proclamó la profecía en esta colina. Pasaron siete años desde la proclamación de la promesa hasta el anuncio de la decisión que causó el desplome de su economía; exactamente".

"Entonces el derrumbe económico fue desencadenado en el séptimo aniversario de la proclamación de la antigua promesa".

"Igual que en tiempos antiguos, la misma promesa finalmente condujo al desplome de la antigua Israel".

"Una promesa muy peligrosa".

"Nouriel, ¿recuerda el requisito bíblico de los testigos?", preguntó él.

"Para qué una verdad sea establecida", respondí yo, "o un juicio pronunciado, debe haber dos testigos".

"Sí, pero también se menciona otro número en la Escritura:

"Sólo por el testimonio de dos o *tres* testigos se mantendrá la acusación.[1]

"Por boca de dos o de *tres* testigos se decidirá todo asunto.[2]

"Así también en el asunto del juicio de una nación. El primer testigo aparece el día después de la calamidad para proclamar la antigua profecía desde esta colina. El segundo testigo aparece tres años después para dar un discurso centrado totalmente en torno a la misma profecía antigua. Cada uno relacionó el 11 de septiembre con Isaías 9:10, a Estados Unidos con la antigua Israel. Y ambos prometieron: 'Reconstruiremos'".

"Cada uno pronuncia inconscientemente juicio sobre Estados Unidos. Por tanto, dos testigos habían hablado".

"Pero las Escrituras hablan de un tercero…".

"Entonces ¿podría haber un tercer testigo…un tercer testigo para confirmar la relación de la antigua profecía con el 11 de septiembre…pero ahora también con el desplome económico…un tercer testigo como una señal de que el curso subyacente de juicio no se había detenido sino que había progresado hasta una etapa más avanzada? ¿Podría haber un tercer testigo que hable desde un nivel incluso más alto y a escala aún mayor?".

"¿Más alto que el líder de la mayoría del Senado?", pregunté yo.

"¿Sabe dónde estamos?".

"En el Capitolio".

"No, justamente aquí…en esta terraza".

"No", respondí yo.

"Este es el lugar donde los presidentes juran su cargo".

"¿Este es el lugar de la toma de posesión?".

"La toma de posesión, un acontecimiento lleno de esperanza y expectación. Pero en el caso de una nación que se aparta de Dios y se dirige al juicio, la esperanza sólo puede llegar en forma de arrepentimiento. Sin un cambio de curso, el fin debe seguir siendo el mismo, y todas las demás esperanzas deben fallar".

"El tercer testigo es…".

"El tercer testigo es el presidente de los Estados Unidos".

"¿Cómo?", pregunté yo.

"Es por la tarde", dijo él. "El 24 febrero de 2009 el nuevo presidente llega a esta colina un mes después de su toma de posesión. Entra en la Cámara de los Representantes, se encamina por el pasillo hasta el podio, y es recibido con un clamoroso aplauso. La economía de la nación sigue estando en estado de caída libre, y un tangible sentimiento de presagio se cierne sobre el futuro. Incluso antes de que él pronuncie su primera palabra, el discurso está siendo celebrado como el discurso más importante de los primeros tiempos de su presidencia. Será la primera vez que él esté en pie como presidente para dirigirse a una sesión conjunta del Congreso y a la nación… y su momento para dar a Estados Unidos una respuesta a su mayor crisis desde el 11 de septiembre. La Cámara está en silencio… él comienza:

"Señora presidenta, señor vicepresidente, miembros del Congreso, y la primera dama de los Estados Unidos: he venido aquí esta noche no sólo para dirigirme a los distinguidos hombres y mujeres en esta gran Cámara, sino también para hablar de manera franca y directa a los hombres y mujeres que nos enviaron aquí. Sé que para muchos estadounidenses que ahora mismo nos están viendo, el estado de nuestra economía es una preocupación que se destaca por encima de todas las demás.[3]

"Después de preparar la escena y enmarcar la magnitud de la crisis, el discurso dice:

"Pero aunque nuestra economía pueda ser debilitada y nuestra confianza conmovida; aunque estamos atravesando tiempos difíciles e inciertos, *esta noche quiero que todos los estadounidenses sepan esto: RECONSTRUIREMOS*".[4]

"Es la promesa", dije yo. "¡Es Isaías 9:10!".

"Y observe lo extraño de todo ello, Nouriel, la peculiaridad de su aspecto en un contexto así. *Reconstruiremos* fue lo que se declaró después del 11 de septiembre. Pero en medio de una crisis económica, difícilmente es lo más natural o lo más adecuado que decir, a excepción de que encaje en el misterio más profundo… en el cual las dos calamidades están unidas".

"¿Y el Presidente no tenía idea de que estaba pronunciando la declaración central de Isaías 9:10?".

"¿Tenían idea el primero y el segundo testigos de lo que estaban diciendo?".

"No", dije yo, "pero ellos sabían que estaban citando la Escritura".

"Aun así, no tenían idea alguna de lo que significaba. En el caso del Presidente, él no tenía idea de que estuviera citando nada. Y no lo estaba… él buscaba inspirar a la nación. Sin embargo, de su boca salió la declaración central de la antigua promesa. Que él proclamase las mismas palabras sin ni siquiera tener una cita que citar es todavía mucho más asombroso".

"Resultó que sucedió", respondí yo, "como todo lo demás".

"Sucedió porque tenía que suceder… de un modo u otro. Las palabras tenían que manifestarse, un eslabón más en el misterio, dando testimonio de que lo que comenzó con el 11 de septiembre no había terminado, sino que seguía estando en efecto… y progresando".

Ya estaba oscuro mientras hablábamos en la terraza. Los monumentos del Paseo Nacional resplandecían con luces blancas, amarillas y naranjas, al igual que el edificio del Capitolio.

El profeta continuó. "La palabra 'reconstruiremos' también se había manifestado en el discurso que lanzó la guerra contra el terror, el discurso dado por el anterior presidente. Pero en ese caso, la frase estaba calificada y se refería concretamente a la reconstrucción de Nueva York. Ahora, las palabras se pronunciaban sin nada que las calificase ni limitase; simplemente 'RECONSTRUIREMOS'. Ahora, un presidente estadounidense proclamaba la declaración central de la fatídica promesa de Israel como la declaración central de todo su discurso".

"Pero sin nada para cualificarla", pregunté yo, "¿cómo podría esa palabra estar específicamente relacionada con Isaías 9:10?".

"Buena pregunta", respondió él. "Imagine este experimento: antes del discurso del Presidente, usted escribe esa palabra en casi todos los motores de búsqueda importantes en la Internet… *Reconstruiremos*… solamente esa palabra y nada más. ¿Qué sucedería? El motor de búsqueda le llevaría a la antigua profecía. Ese versículo concreto es más probable que apareciese no en las primeras páginas de resultados, sino en la primera de ellas. Es así la concreción con que esa palabra se une a la antigua profecía. Pero ahora es la noche del discurso. Usted repite el experimento y escribe esa misma palabra, pero ahora, en lugar de llevarle a la antigua promesa, le lleva a las palabras del presidente estadounidense. A medida que avanza la noche, repite usted el experimento. Cada vez que lo hace, es testigo de que la promesa del Presidente progresivamente lleva cada vez más lejos la antigua promesa alejándola de lo alto de la lista o, para expresarlo con otras palabras, la promesa del Presidente estadounidense ahora ocupa el lugar de la antigua promesa".

"Entonces el misterio ahora se estaba llevando a cabo en la Red".

"Delante de una audiencia global; a través de la televisión, la radio, la prensa y la Internet; a través del presidente de los Estados Unidos ante los oídos de una nación y de gran parte del mundo. Y al igual que fue con los dos primeros testigos, la promesa una vez más se manifestó como el clímax y la cumbre del discurso en el cual apareció".

"¿Cómo, sin llegar al final del discurso?", pregunté yo.

"Donde apareciera en el discurso era irrelevante. El discurso del Presidente fue recogido por las noticias en todo el mundo. Cada uno tenía que escoger una frase para servir como resumen y como titular. De las miles de palabras contenidas en ese discurso, la que más veces se escogió para resumirlo y representarlo fue la de la antigua promesa:

- "CBS News: Obama: '*Reconstruiremos*'.
- "CNN: Obama: '*Reconstruiremos*'.
- "MSNBC: Obama: '*Reconstruiremos*'.
- "*The Guardian*: Obama: '*Reconstruiremos*'.
- "Radio pública nacional: Obama promete: '*Reconstruiremos*'.
- "*Times Online*: Obama le dice a Estados Unidos: '*Reconstruiremos*'.
- "*Fox News*: Obama dice: 'País: *Reconstruiremos*'.
- "*Al Jazeera*: Obama promete a E. U.: '*Reconstruiremos*'.
- "Drudge Report: Obama dice que la nación '*reconstruirá*'.
- "Associated Press: Obama: '*Reconstruiremos*'.
- "*New York Times*: Obama promete: '*Reconstruiremos*'.
- "Isaías 9:10: '*Reconstruiremos*'".

"Desde el *New York Times* hasta *Al Jazeera*", dije yo, "todos escogieron la declaración central de Isaías 9:10 ... sin que nadie tuviese idea alguna".

"No más que quien la proclamó tenía idea alguna. El mismo principio que hizo que los presagios se manifestasen en primer lugar ahora operaba por los medios de comunicación globales. Y observe algo más, Nouriel. El Presidente no sólo dijo: 'Reconstruiremos'. Como prefacio dijo:

"*Quiero que todos los estadounidenses sepan lo siguiente: Reconstruiremos*".[5]

"¿Le resulta familiar?".

"Es el discurso profético, lo que llega antes de una proclamación profética, para identificar a la persona o personas a quienes es enviado. Por tanto, la palabra ahora estaba siendo enviada a *todos los estadounidenses*".

"Correcto", respondió él. "La antigua profecía fue dirigida al pueblo de Israel:

"… y todo el pueblo lo sabrá.[6]

"Por tanto, ahora el Presidente de Estados Unidos la redirige. Ahora es dada para que *todos los estadounidenses lo sepan*. Y al igual que los otros testigos, también él identifica claramente quiénes son los 'nosotros' del 'reconstruiremos'. El Presidente está recitando la promesa en nombre de *todos los estadounidenses*".

"Y al hacer eso, el Presidente está, en efecto, identificando Estados Unidos como una nación separada de Dios, desafiante de su voluntad y dirigiéndose hacia el juicio".

"Sí", dijo el profeta, "al igual que hicieron los dos primeros testigos. Para que una verdad o un juicio sean establecidos, debe haber dos o tres testigos, y el testimonio de cada uno debe ser coherente con el de los otros. Hacia ese fin, el Presidente añadió una segunda frase a su promesa:

"*Reconstruiremos, nos recuperaremos*".[7]

"¿Por qué resulta familiar?", pregunté yo.

"El día después del 11 de septiembre, cuando se proclamó por primera vez la antigua promesa desde el Capitolio, el líder de la mayoría del Senado selló la promesa y su discurso con las siguientes palabras:

"Por tanto, el Presidente estaba repitiendo las palabras pronunciadas en el Capitolio", dije, "el día después del 11 de septiembre. Pero no pudo haberlo hecho a propósito".

"No", dijo el profeta, "no a propósito ... pero inconscientemente, como todo lo demás. Y observe ... cuando el líder de la mayoría del Senado proclamó esas dos declaraciones, las palabras no sólo estaban siendo unidas al ataque sino también claramente a Isaías 9:10. Y ahora el Presidente pronuncia las mismas palabras, pero para hablar del derrumbe económico. Por tanto, la misma declaración pronunciada sobre la primera conmoción ahora es pronunciada sobre la segunda. Los dos acontecimientos son unidos, y quedan todos ellos unidos por Isaías 9:10".

"Y ambos hicieron sus proclamaciones en el mismo lugar".

"Sí", dijo él, "los testigos están unidos no sólo por su testimonio sino también por el lugar en el cual dan su testimonio. Cada uno de los tres testigos proclama la promesa, en la capital. El primero y tercer testigo proclaman la promesa, no sólo en la misma ciudad sino también exactamente en la misma colina".

"Exactamente en el mismo edificio".

"Y cada uno antes de la misma asamblea, una sesión conjunta del congreso".

"¿Y dijo algo más el Presidente que se relacionase con Isaías 9:10?".

"Sí, con Isaías 9:10 y con los comentarios. Cuando los líderes de la antigua Israel declararon: '*Los ladrillos han caído, pero nosotros reconstruiremos*', ¿qué estaban diciendo?".

"Dígame".

"Estaban diciendo que los ladrillos caídos no decidirían su futuro, la crisis no determinaría el destino de su nación; ellos mismos lo harían. De los comentarios:

"La arrogante respuesta demuestra lo terco y confiado en sí mismo que era el pueblo de Israel. *Pensaban que podían determinar su propio destino.*[9]

"Por tanto, después de declarar: '*Reconstruiremos*', el Presidente dio expresión a otra declaración:

"El peso de esta crisis *no determinará el destino de esta nación*.[10]

"Es *los ladrillos han caído, pero nosotros reconstruiremos*, traducido a terminología política moderna".

"¿Y qué dijeron que *determinaría* el destino de la nación?", pregunté.

"Estados Unidos sería su propia respuesta:

"Las respuestas a nuestros problemas no están por encima de nuestro alcance. Existen en nuestros laboratorios y universidades; en nuestros campos y nuestras fábricas; en la imaginación de nuestros empresarios y en el orgullo del pueblo más trabajador de la tierra.[11]

"En otras palabras: '*Emergeremos de esta crisis apoyándonos en la grandeza de nuestras capacidades y recursos...*'".

"*Reconstruiremos... con piedras labradas*", dije yo, "*y cedros*".

"Exactamente", respondió él. "*Nosotros determinaremos nuestro propio destino*. Y sin embargo, la antigua promesa presumía de algo más que eso... más que reconstruir y más que recuperarse".

"Trataba de salir de la crisis más fuerte que antes".

"Eso es. Y así, el Presidente añadió una declaración más a su promesa. Escuche las palabras:

"Reconstruiremos, nos recuperaremos, *y los Estados Unidos de América emergerán más fuertes que antes*.[12]

"Un resumen perfecto de la antigua profecía. Ahora veamos lo que sucede si tomamos las palabras del Presidente y las situamos al lado de las palabras de un comentario sobre Isaías 9:10:

- "Del comentario: 'Ellos presumían de que reconstruirían su país devastado'.[13]
- "Del presidente: '*Reconstruiremos, nos recuperaremos*'.[14]
- "El comentario: '...y saldremos más fuertes y más gloriosos que nunca antes'.[15]

- "El Presidente: 'Y los Estados Unidos de América *emergerán más fuertes que antes*'".[16]

"Da miedo", dije yo, "lo bien que encaja".

"Da mucho más miedo", dijo el profeta, "hacia dónde condujo todo… en el caso antiguo".

"¿Y en el caso moderno?" pregunté yo.

"La respuesta a los problemas de la nación", dijo él, "*no* yace en sus poderes, sino en un Poder mucho más elevado que todos esos. Y hasta que, y a menos que, esa respuesta y esa esperanza se encuentren, todas las demás respuestas y esperanzas deben fracasar al final, y la profecía debe continuar en efecto, junto con la progresión del juicio".

"La progresión del juicio… entonces ¿las cosas empeoran?".

"En el ámbito de lo externo, no siempre. Lo que siguió al 11 de septiembre pareció ser una era de resurgencia y expansión económica; pero en realidad era un castillo de naipes. Una dinámica muy distinta estaba en acción por debajo de la superficie… y progresando… hasta que los naipes cayeron".

"El efecto, Isaías 9:10".

"La progresión del juicio avanza en momentos de calamidad y de crisis, pero igualmente en momentos de aparente recuperación, aparente normalidad e incluso aparente resurgimiento, economías en desarrollo y prosperidad. Nada de eso obstaculiza ni pone fin a la progresión. Ya sea por encima o por debajo de la superficie, la progresión continúa".

"Entonces, ¿qué pone fin a la progresión?", pregunté yo.

"O bien el juicio… o la respuesta".

"¿Y hacía que se está dirigiendo?".

"¿Hacia qué fin cree usted, Nouriel?".

"Se está dirigiendo lejos de Dios".

"La progresión del juicio es sólo una reacción a la progresión de la apostasía de una nación, su progresiva eliminación de su relación con Dios y del fundamento bíblico sobre el cual se estableció. Si la primera progresión no le pone fin, entonces tampoco puede hacerlo la segunda".

◆ ◆ ◆

"Entonces la respuesta es…".

"El sello", respondió él.

"¿La respuesta es el sello?".

"¿Puedo tener el sello?", preguntó. Así que se lo entregué a la vez que él ponía otro en mi mano derecha.

"Este", dijo él", "es el que le entregué al comienzo, el sello del primer presagio. Ahora dejamos los misterios de la segunda conmoción y avanzamos hacia la respuesta. Y como este fue el sello que abrió los cinco primeros misterios de los presagios, será también el que cierre el último… y la respuesta".

"Y este es como todas las otras revelaciones… ¿o no?".

"Este", dijo él", "es *distinto* a todas las otras revelaciones… y sin embargo todas ellas están unidas a él".

"¿Y dónde hay que ir para encontrar su significado?", pregunté yo.

"Su significado está oculto… en el fundamento".

¿El fundamento de qué?".

"Estados Unidos".

"¿Dónde?".

"En la tierra del misterio".

Capítulo 19
La tierra del misterio

ה א

"EL SELLO DEL primer presagio", dijo Ana, "era de… ¿qué, otra vez?".
"La brecha", respondió él. "La apertura en el muro… la eliminación del vallado de protección".
"Pero tenía que haber algo más al respecto… algo que usted no observó en el principio".
"Exactamente".
"¿Y lo encontró?".
"Sí, después de examinarlo atentamente, sí. En realidad, fue necesario una lupa para aclarar los detalles".
"¿Y qué era?".
"Una imagen muy, muy diminuta en la esquina superior derecha del muro, un rectángulo… un rectángulo vertical… con una serie de aristas que recorrían la parte de arriba como si fuese cierto tipo de corona".
"¿Y qué significado le dio?", preguntó ella.
"Al principio, nada más que eso: una corona en una caja".
"¿Y qué significaba una corona en una caja?".
"No tenía idea alguna", dijo él. "Así que investigué en incontables libros, colecciones y compilaciones de símbolos e imágenes. Pero nada parecía encajar, nada que tuviera ningún sentido. Y entonces lo encontré, por accidente… no por accidente, sino por lo que pareció ser un accidente en aquel momento. Ya hace mucho que perdí mi fe en los accidentes".
"Entonces ¿qué sucedió?".
"Yo estaba en casa, viendo un documental sobre antiguos misterios en la televisión. Y entonces apareció en la pantalla".
"¿La corona en la caja?".
"Sí".
"¿Y qué era?".

"El templo de Jerusalén. Si uno se acerca por el área frontal, así es como se vería... un rectángulo vertical con una línea de aristas de oro arriba".

"¿Y qué sentido le dio?".

"Estaba el templo, y estaba la brecha. Así que al unir las dos cosas... una brecha... en el templo".

"¿Una brecha en el templo de Jerusalén?".

"No podía haber sido el templo de Jerusalén", respondió él, "no literalmente. El misterio concernía a Estados Unidos. Así que tomé el templo como una representación de un lugar santo... una iglesia... una sinagoga... un altar... algún lugar santo".

"¿Una brecha en un lugar santo?".

"Sí. Así que comencé a investigar cualquier cosa que tuviese que ver con una brecha en un lugar de adoración... y con significado para Estados Unidos".

"¿Y?".

"Y después de mucha investigación... nada. Así que regresé al Battery Park".

"¿Por qué?", preguntó ella.

"Porque fue allí donde el profeta reveló por primera vez el significado de ese primer sello".

"¿Y...?".

"Y nada. Pasó el tiempo. Yo me iba desalentando. Y entonces sucedió algo... me llegó una pista... de una manera como jamás me había llegado antes".

"¿A qué se refiere?".

"Un sueño. Me llegó en un sueño".

"Interesante".

"Fue un sueño del templo de Jerusalén. El día era soleado. Los atrios del templo estaban llenos de personas, multitudes... miles y miles de personas vestidas con túnicas, reunidas todas ellas para algún tipo de acontecimiento... alguna celebración. Había un desfile, y en el desfile había un objeto dorado. Tenía que ser el arca del pacto.".

"¿Cómo sabía usted que era el arca del pacto?", preguntó ella.

"He visto las películas", respondió él. "Había músicos tocando trompetas, arpas y címbalos mientras el pueblo cantaba en adoración. Una nube llenó el templo... no era una nube normal... sino cierto tipo de nube sobrenatural de irradiación. Había un hombre de pie en cierto tipo de plataforma cerca del templo. Se giró para situarse frente a las multitudes y comenzó a hablarles. Era el rey: el rey Salomón".

"¿Y cómo supo que era el rey Salomón?".

"Llevaba una corona y lo que parecía ser un manto real dorado. Sencillamente lo supe, del modo en que sencillamente se saben las cosas en un sueño... intuitivamente".

"Entonces el rey Salomón estaba hablando a la multitud... ¿Y qué decía?".

"No podía entenderlo. Pero cuando él término de hablar, se giró hacia el templo, se arrodilló, cubrió su cabeza con el manto dorado y levantó sus manos al cielo. Estaba orando. Estaba dirigiendo al pueblo en oración. Y mientras ellos oraban, yo iba caminando en medio... entre las multitudes... hacia la plataforma donde el rey estaba arrodillado. Me acerqué a él; ahora estaba a muy poca distancia de mí. Pero yo sólo podía verle desde la espalda, ya que él estaba mirando en dirección opuesta. Él se puso de pie, aún de cara al templo y con el manto dorado cubriendo todavía su cabeza. Y después se giró, yo vi su cara... y no era él".

"¿Qué quiere decir con que *no era él*?", preguntó ella.

"Ya no era el rey Salomón", respondió él.

"Entonces, ¿quién era?".

"Era Washington".

"Washington... ¿el Presidente?".

"Washington", dijo Nouriel, "en George. Él dejó caer la túnica a su lado. Y se quedó de pie en la plataforma con un aspecto exactamente como se lo imaginaría: una blanca peluca empolvada, un chaleco marrón oscuro y pantalones bombachos, calcetines de seda blancos y zapatos oscuros con hebillas plateadas. Levantó sus dos manos a los cielos al igual que había hecho Salomón, cerró sus ojos y comenzó a orar. Cuando terminó de orar, abrió sus ojos y bajó su mano derecha como si estuviese agarrando algo que tenían delante, pero no había nada allí. Entonces una hoja de papel descendió del cielo y cayó sobre su mano izquierda, que seguía estando levantada. Justamente en ese momento bajó la vista y pareció estar mirándome directamente a los ojos. Entonces bajó los escalones de la plataforma y caminó hacia el templo, aún con el papel en su mano. Cuando llegó a la esquina del edificio, se inclinó y deslizó el papel en una de las grietas que había entre dos inmensas piedras, donde desapareció. Cuando desapareció, él se desvaneció. Yo miré alrededor hacia la multitud, pero ya no había nadie".

"¿Y entonces qué?".

"Entonces yo estaba solo... en los atrios del templo. El cielo comenzó a oscurecerse. Los vientos comenzaron a soplar cada vez con mayor fuerza. Parecía como si el tiempo mismo se estuviese acelerando cada vez más hasta que todo lo que me rodeaba era un torbellino de acción, acontecimientos y sonidos... una intensa mezcla de vista y sonido... a medida que el cielo seguía oscureciéndose cada vez más hasta que quedó tan oscuro como si fuese de noche. Cualquier cosa que estuviera sucediendo no parecía ser nada bueno. Y entonces terminó, como si una violenta tormenta acabase de pasar. La oscuridad comenzó a abrirse y todo fue haciéndose cada vez más brillante. Pero cuando me giré para ver el templo, ya no estaba. Todo estaba en ruinas... sus inmensas piedras estaban dispersas sobre la colina. Todo estaba destruido. Fue entonces cuando observé a un hombre... lejos de mí... un hombre con una túnica dorada".

"¿La túnica dorada del rey Salomón?".

"Sí. Estaba de pie en el mismo lugar donde había estado Washington antes de desaparecer... en la esquina del templo, excepto que ya no había ninguna esquina y ningún templo... solamente ruinas, pero era el mismo lugar. A los pies del hombre había una hoja de papel, el papel que había estado oculto dentro de las piedras. Pero la destrucción había hecho que quedase al descubierto. Él se inclinó para recogerlo. Yo sentí que tenía que acercarme a él y, a medida que lo hacía, él se giró; ¡y era él!".

"¿Salomón?".

"No".

"¿Washington?".

"No".

"¿Entonces quién?".

"Era el profeta".

"El profeta...".

"La túnica dorada cayó a su lado, revelando su largo abrigo oscuro. Él me miró a los ojos y entonces me entregó el papel. Yo lo tomé en mis manos y miré para ver lo que decía".

"¿Y qué decía?", preguntó ella.

"No lo sé".

"¿Por qué no?".

"¡Porque me desperté!".

"Mal momento", respondió ella.

"No sé", dijo él. "Creo que tenía que suceder tal como sucedió".

"El misterio que usted buscaba... el profeta le dijo que estaba oculto en el fundamento. Entonces el papel en el sueño, estaba oculto en el mundo de un edificio".

"Eso también me sorprendió", respondió él.

"Entonces creyó que el sueño era significativo... ¿una señal?".

"Sí".

"¿Y qué sentido le dio?".

"Todo estaba centrado en el templo. El templo estaba en el sello. El sello hablaba de una brecha, la eliminación de la protección... destrucción. El sueño hablaba de la destrucción del templo".

"¿Pero qué de George Washington?", preguntó ella. "¿Cuál sería el significado de su aparición?".

"Salomón era el rey de Israel. Washington fue el primer presidente de los Estados Unidos. Había algo en el vínculo de la antigua Israel y Estados Unidos, al igual que en todos los otros misterios".

"¿Y el papel?".

"Como usted dijo: el misterio oculto en el fundamento, un mensaje con respecto a Estados Unidos, esperando ser descubierto".

"Entonces, ¿dónde le condujo todo eso?".

"Yo no tenía idea alguna de hacia dónde me conducía. Y entonces lo entendí... ¡Washington! Washington ocultaba el misterio. Así que el misterio estaba oculto en Washington... la ciudad... el fundamento de la nación. Y el templo estaba en Jerusalén, que era la capital. El misterio de nuevo señalaba a la capital, así que regresé a Washington DC".

"Pero ¿qué buscaba esa vez?".

"Cualquier relación con el templo o el rey Salomón. Pero la investigación no descubrió nada, así que la extendí para incluir cualquier lugar de adoración de importancia. Pero de nuevo, nada. Así que la extendí otra vez para incluir ahora cualquier lugar que tuviera una conexión concreta con George Washington: el monumento a Washington, la estatua en medio de la rotonda del Capitolio".

"¿Y...?".

"De nuevo, nada. Así que finalmente estuve buscando en cualquier lugar: el Smithsonian, el Jefferson Memorial, la Corte Suprema… en todas partes".

"¿Y…?".

"De nuevo… nada".

"¿Y cuánto tiempo estuvo usted en Washington?".

"Varias semanas. Y entonces me di por vencido, y regresé a casa desalentado. El sueño parecía estar lleno de pistas, pero no había nada que conectase ninguna de ellas ni nada que significase algo. Así que regresé otra vez al único lugar con una relación definida con el sello".

"¿El Battery Park?".

"Sí. Y allí estaba yo, de pie… al borde del agua, observando a una gaviota en el cielo cuando volví a escuchar la voz a mis espaldas".

"¿El profeta?".

"El profeta".

"No se ha dado por vencido", dijo él, "¿verdad, Nouriel?".

"¿Por qué parece que así ha sido?", pregunté yo.

"Yo no he dicho eso", contestó él.

"Mire, hay una línea muy fina", dije yo, "entre darse por vencido y no tener absolutamente nada para continuar".

"Entonces ¿cree que no tiene absolutamente nada para continuar?".

"No es que yo crea que no tengo absolutamente nada para continuar… sino que lo que tengo para continuar no lleva a ninguna parte".

"Entonces dígame lo que tiene".

"El templo de Jerusalén… la capital… una brecha… lugar santo… destrucción… Washington DC".

"¿Y nada más?".

"Eso es todo".

"¿Por qué no damos un paseo?". Así que comenzamos a caminar, primero por el Battery Park y después por las calles del bajo Manhattan.

"El templo de Jerusalén era la casa de la gloria de Dios", dijo el profeta. "Pero en el año 586 a. C., después de siglos de apostasía y sin esperanza alguna de regresar, el Señor finalmente permitió que su casa fuese tocada por el juicio y destruida".

"El templo y la brecha, la destrucción del templo, hasta ahí yo iba bien".

"El templo era el punto focal de la vida de la nación. Por tanto, el punto focal del juicio de la nación...".

"...Sería la destrucción del templo".

"Exactamente".

"Y como fue el templo, así fue la nación".

"Para bien o para mal. Cuando la construcción del templo fue terminada por el rey Salomón, el reino mismo quedó completado".

"Salomón...".

"Y cuando él lo dedicó a Dios, la nación fue también dedicada".

"¡Yo lo vi!", dije yo con el tono de mi voz más elevado.

"¿A qué se refiere?", preguntó él.

"Así fue en el sueño: la dedicación del templo. Tuve un sueño, y comenzaba con Salomón dirigiendo a una reunión de multitudes en el templo".

"Interesante", dijo el profeta.

"Dígame, ¿qué hizo Salomón exactamente el día en que dedicó el templo?".

"Reunió a la nación y a sus líderes en Jerusalén. Habló a la multitud, recordándoles lo fiel que había sido Dios con la nación. Después ofreció oraciones, oraciones por las futuras generaciones. Salomón estaba mirando al futuro de la nación, previendo su separación de Dios y sus consecuencias".

"Siendo las consecuencias...".

"La eliminación del favor de Dios de la tierra", dijo el profeta, "la retirada de sus bendiciones... del vallado de protección de la nación... calamidad nacional".

"¿Y todo eso sucedió?", pregunté yo.

"Sí. Las oraciones del rey Salomón fueron proféticas. Pero él no sólo estaba anunciando lo que sucedería a aquellas futuras generaciones; también estaba orando por ellas, a la luz de lo que sucedería, por la misericordia de Dios y por restauración".

"Entonces, ¿estaba orando a la vista de calamidades que aún no habían sucedido?".

"Ese era el punto. No era solamente el templo lo que se dedicaba aquel día, sino el futuro de la nación, sus generaciones aún no nacidas. El monte del templo era la tierra de dedicación de la nación".

"Lo vi todo en mi sueño…y después de la dedicación, el cielo se puso oscuro y se acercaba algo como una tormenta. Y al final de la tormenta, el templo estaba destruido. No quedaba otra cosa sino ruinas". "Lo cual exactamente sucedió. Una oscuridad espiritual se tragó la tierra, y la nación se apartó de Dios. Y entonces, después de años y años de misericordia, cayó el juicio. Y ese juicio solamente se completó cuando tocó el monte del templo, el mismo lugar donde el futuro de la nación había sido consagrado a Dios, el mismo lugar donde se había anunciado su apostasía. El Señor había permitido que el juicio golpease el terreno más sagrado de la nación, la tierra de su consagración. Este, Nouriel, es un principio crítico. Tome nota de ello. Cuando el juicio llega a una nación que una vez estuvo comprometida con Dios y una vez estuvo consagrada a sus propósitos, pero ahora se ha apartado de sus caminos, el juicio regresará a su tierra de consagración, o para decirlo de modo más conciso:

"La tierra de consagración de una nación se convertirá en la tierra de su juicio".

"¿Por qué?", pregunté.

"El monte del templo representaba el pacto de la nación con Dios. Por tanto, su destrucción fue la señal definitiva de que el pacto estaba roto; sin embargo, incluso en eso hubo misericordia. Era una señal de que Dios estaba llamando a regresar a la nación, a recordar la tierra de su dedicación y consagración a Él…el fundamento sobre el cual descansaban todas sus bendiciones".

"Entonces, fue a la vez una señal de juicio", dije yo, "y un mensaje profético llamando a la nación a regresar…a regresar al fundamento".

"Correcto".

Saqué el sello para mirarlo una vez más. "¿Pero qué tiene todo eso que ver con Estados Unidos?", pregunté.

"El día después del 11 de septiembre", dijo él, "el líder de la mayoría del Senado recitó las palabras de la antigua profecía al *final* de su discurso. Pero al *comienzo* de ese discurso, citó un número. Dijo:

"Con dolor, tristeza, enojo y resolución estoy delante de este Senado, un símbolo de 212 años de fortaleza de nuestra democracia.[1]

"Observe el número, Nouriel".

"Doscientos doce".

"Dos mil uno menos 212 años: llegamos a 1789".

"Correcto. 1789".

"Pero yo creí que Estados Unidos fue fundada en 1776".

"El año 1776 fue el año en que Estados Unidos declaró su independencia. Pasaron varios años antes de que esa independencia se convirtiese en realidad, y varios años más antes de que hubiese una Constitución sobre la cual sería establecida la nación. Estados Unidos, tal como la conocemos, con un Presidente, un Senado y una Cámara de Representantes, existió solamente en 1789. Más concretamente, llegó a existir el día 30 de abril de 1789, el día en que, por primera vez, todas esas instituciones estuvieron en su lugar, el primer día de Estados Unidos como nación plenamente constituida".

"¿Qué sucedió el día 30 de abril?".

"Fue el día en que el gobierno de la nación quedó completado tal como se establecía en la Constitución, el día en que el primer presidente de Estados Unidos tomó posesión".

"¡George Washington!".

"Sí".

"Él también fue parte", dije yo. "Él estaba en el sueño… en la dedicación del templo. Primero fue el rey Salomón, y luego fue Washington".

"¿A qué cree que se debía, Nouriel?".

"¿Por qué estaba Washington en mi sueño?".

"Sí".

"Dígamelo".

"No fue *mi* sueño".

"No lo sé", dije yo. "Una señal de que tenía algo que ver con Estados Unidos".

"¿Qué estaba haciendo él en su sueño?".

"Dirigiendo al pueblo en oración, como Salomón. Y entonces extendió sus manos como si fuese a agarrar algo".

"¿Así?". El profeta estiró su mano derecha con su palma hacia abajo.

"Sí, exactamente así. ¿Cómo supo…?".

"Pero no es que él quisiera agarrar algo; su palma estaba hacia abajo".

"Entonces, ¿qué estaba haciendo?", pregunté.

"Estaba poniendo su mano sobre una Biblia", dijo el profeta, "para jurar. Estaba prestando el juramento de la presidencia.

Era la toma de posesión, el día 30 de abril de 1789, el comienzo de Estados Unidos como nación constituida: el fundamento, 212 años antes del 11 de septiembre".

"¿La toma de posesión de George Washington en el monte del templo?".

"En su sueño los dos acontecimientos estaban unidos: la dedicación de Israel y la toma de posesión de Estados Unidos, el uno solapado sobre el otro".

"¿Por qué?".

"Fue *su* sueño… dígamelo usted".

"¿Porque en cierto modo los dos días están relacionados?".

"¿Pero, cómo?", preguntó el profeta. "¿Qué tendrían en común?".

"La dedicación del templo también fue una toma de posesión", dije yo, "y la toma de posesión del gobierno estadounidense también fue un tipo de dedicación. Cada uno fue un día inaugural y un día de terminación. Cada uno representaba la terminación de una estructura… la estructura de una nación. Y cada uno implicaba la reunión de la nación".

"La reunión, ¿dónde?".

"¿En la capital de la nación?".

"¿Y quién presidía cada reunión?".

"El líder de la nación… el rey… el Presidente".

"Y en su sueño, ¿habló el rey Salomón?".

"Sí".

"¿Qué decía?".

"No lo sé".

"El rey Salomón comenzó su discurso reconociendo la mano y la fidelidad de Dios en la historia de la nación. Así, el día de la toma de posesión de Estados Unidos, el primer presidente de la nación hizo lo mismo. En el primer discurso presidencial, esto es lo que él dijo:

> "Ningún pueblo puede sentirse obligado a reconocer y adorar la Mano Invisible que conduce los asuntos de los hombres más que el pueblo de Estados Unidos. Cada paso mediante el que ha avanzado hasta el carácter de una nación independiente parece haber estado distinguido por alguna señal de un agente providencial.[2]

"Cuando se dirigió al pueblo en los días de la dedicación, el rey Salomón ofreció oraciones y súplicas al Todopoderoso, intercediendo por la bendición del Señor sobre el futuro de la nación. Ahora escuche las palabras del primer discurso presidencial de Washington:

"Sería peculiarmente inadecuado omitir en este primer acto oficial mis fervientes súplicas al Ser Todopoderoso que gobierna el universo, que preside los consejos de las naciones y cuya ayuda providencial puede suplir todo defecto humano, que su bendición pueda consagrarse a las libertades y la felicidad del pueblo de los Estados Unidos como Gobierno instituido por sí mismo para esos propósitos esenciales".[3]

"En mi sueño, Salomón estaba orando, entonces Washington ocupó su lugar pero siguió orando. Los dos líderes… los dos acontecimientos estaban solapados. Por eso era".

"Y no sólo Salomón estaba orando por el futuro de la nación", dijo él, "sino también todos los líderes y las multitudes que estaban reunidos en el monte del templo, todos. Así fue también en la toma de posesión de Estados Unidos. Fue designado como día de oración y dedicación. Se pronunció la siguiente proclamación:

"La mañana del día en el cual nuestro ilustre Presidente será investido en su puesto, las campanas sonarán a las nueve en punto, cuando la gente puede acudir a la casa de Dios y de manera solemne entregar al nuevo gobierno, con su importante serie de consecuencias, a la santa protección y bendición del Altísimo. Una hora temprana queda prudentemente fijada para este peculiar acto de devoción, y está pensada únicamente para la oración.[4]

"Entonces, la mañana del día 30 de abril de 1789, los sonidos de las campanas llenaron la capital de la nación durante treinta minutos, llamando al pueblo a *acudir a la casa de Dios, para entregar al nuevo gobierno a la santa protección y la bendición del Altísimo.* En cuanto a la primera presidencia y gobierno de la nación, más adelante sería ese mismo día cuando se reunirían para orar y entregar el futuro en las manos de Dios, en un lugar especialmente escogido para ese propósito. Así, después de que el nuevo Presidente terminase de dar el primer discurso presidencial, condujo al Senado y a la Cámara de Representantes a pie en un desfile por las calles de la capital desde Federal Hall, el lugar de la toma de posesión, hasta el lugar designado para sus oraciones".

"¿Y cuál era el lugar designado?", pregunté yo.

"Una pequeña iglesia de piedra".

"Entonces, el primer acto oficial del gobierno recién formado tuvo lugar dentro de las paredes de una iglesia".

"Correcto", respondió él. "El primer Presidente de la nación, el Senado y la Cámara de Representantes estuvieron todos ellos en el interior de aquel pequeño santuario de piedra. La reunión quedó registrada en los Anales del Congreso como parte de la primera sesión conjunta del Congreso con un Presidente en su cargo. La inauguración de los Estados Unidos, tal como lo conocemos, comenzó con una reunión sagrada delante de Dios".

"Entonces, el primer acto colectivo del gobierno estadounidense recién formado fue reunirse para orar".

"Reunirse para orar, sin duda para dar gracias, y concretamente para entregar el futuro a *la santa protección y la bendición del Altísimo*".

Justamente entonces llegamos a una parada en la esquina de una calle. "Es el momento", dijo él. "Es momento de desvelar la última pieza del misterio. Para hacerlo, debemos identificar la tierra".

"¿La tierra?".

"La tierra sobre la cual Estados Unidos fue entregado en oración a Dios aquel primer día".

"Pero hay algo que no estoy entendiendo", dije yo. "Todo eso sucedió en la capital. ¿Correcto?".

"Correcto", respondió él.

"Entonces, ¿qué estamos haciendo *aquí*?", pregunté yo. "Estuvimos en Washington DC, en el Capitolio, incluso en la terraza donde los presidentes toman posesión. ¿Por qué no me mostró esto cuando estuvimos allí? E incluso después de aquello, cuando yo regresé a Washington, estuve allí durante semanas y usted nunca apareció. Pero aparece *ahora*... no lo entiendo".

"Tenía usted razón, Nouriel", dijo él. "El misterio *está* relacionado con la capital. Sólo que usted pensó en la equivocada".

"¿Qué quiere decir con la equivocada?".

"Cuando la nación comenzó, su capital no era Washington DC. El 30 de abril de 1789 la ciudad de Washington no existía".

"Entonces, ¿cuál era la capital original de Estados Unidos?", pregunté yo.

"Está usted de pie en ella", respondió él.

"¿Nueva York? ¿La ciudad de Nueva York?".

"La primera capital de Estados Unidos fue la ciudad de Nueva York. Fue donde sucedió todo".

"¿Washington hizo el juramento como presidente en la ciudad de Nueva York?".

"Sí", respondió él. "Ahora tengo alguien a quien mostrarle".

"¿Alguien?".

Él me llevó por la esquina y por aquella calle. Había una estatua en la distancia. "¿Lo reconoce?", me preguntó.

"¿Washington?".

"Correcto".

Era la estatua de bronce oscura de George Washington que está en Wall Street de frente a la Bolsa de Nueva York. Nos acercamos más, y nos detuvimos justamente antes de la plataforma sobre la cual descansaba. Desde allí miramos la oscura figura estoica.

"¡Mi sueño!", dije yo. "Así es exactamente como se veía en mi sueño. Él no era tan alto, pero miraba hacia arriba de la misma manera… desde el mismo ángulo. Y su mano derecha estaba extendida así".

"Y hacia abajo como está aquí", dijo él, "para apoyarla en la Biblia".

"Yo recorrí todo Washington DC buscando cualquier cosa relacionada con él, una estatua, un monumento, una pista, y esto ni siquiera se me ocurrió".

"¿Y por qué se le debería haber ocurrido?", contestó él. "Usted es de Nueva York. Sólo porque algo esté justamente delante de sus ojos no significa que tenga que verlo. Washington nunca puso sus pies en Washington DC, pero puso sus pies aquí. Aquí fue donde todo comenzó. Es aquí donde los Estados Unidos de América, tal como lo conocemos, comenzó su existencia".

"En la ciudad de Nueva York".

"En la ciudad de Nueva York… y aquí".

"¿Aquí?".

"Aquí", respondió él, "*justamente* aquí. Hay una inscripción en el pedestal. Léala, Nouriel. Léala en voz alta".

Lo hice.

En este lugar, en Federal Hall, el 30 de abril de 1789, George Washington tomó el juramento como primer Presidente de los Estados Unidos de América.[5]

"*En este lugar*…He visto esta estatua muchas veces y nunca me detuve a pensar por qué estaba aquí".

"Aquí fue donde todo sucedió: el 30 de abril de 1789, las calles y los tejados estaban rebosantes de personas. Washington pone su mano sobre la Biblia y hace el juramento. La multitud irrumpe en aplausos, cañonazos, y suenan las campanas por toda la ciudad. Entonces él se retira a Federal Hall donde da el primer discurso presidencial delante del Congreso. Después de aquello, dirige a pie al primer gobierno de la nación en un desfile hasta el pequeño santuario de piedra para entregar el futuro de la nación en oración a Dios".

"¿Dónde?", pregunté yo.

"Esa es la clave", respondió él.

"¿La clave del misterio?", pregunté.

"Sí".

"Sería la tierra sobre la cual la nación fue entregada a Dios, la tierra de consagración de la nación".

"Correcto".

"Entonces tendría que estar en algún lugar en la ciudad de Nueva York".

"Una suposición segura".

"Y si estamos en el lugar donde tuvo lugar la toma de posesión…y ellos fueron a pie hasta el lugar designado…entonces no puede estar muy lejos de aquí".

"No, no puede estar", respondió él.

Y fue entonces donde me detuve, en lugar de seguirlo hasta su conclusión lógica.

◆ ◆ ◆

"¿Por qué?", preguntó Ana. "¿Por qué se detuvo justamente entonces?".

"Porque no estaba seguro de estar preparado para verlo o para saber cuál era la respuesta".

"Pero usted ya estaba buscando todo el tiempo", dijo ella.

"Sí", respondió él, "pero nunca estuvo a mi alcance antes de aquel momento. ¿Estuvo alguna vez tan cerca de algo que estaba buscando, y cuando sabe que está a punto de encontrarlo… cuando está a su alcance, no está segura de estar lista para descubrirlo?".

"Creo que le entiendo", dijo ella.

"Eso fue… yo sabía que era algo muy grande, muy central y muy importante… pero no estaba seguro de que estuviera preparado para descubrirlo".

"Entonces, ¿qué sucedió?", preguntó ella.

"El profeta no me dio opción".

"Venga, Nouriel", me dijo. "Es momento de ver el lugar donde todo sucedió… la tierra de la consagración de Estados Unidos. Sigamos sus pasos cuando el Presidente les condujo por las calles de la ciudad a pie hasta el lugar designado. Vamos".

Así que recorrimos Wall Street y después otra calle. Yo podía imaginarlo todo tal como había sucedido dos siglos antes: Washington, los primeros senadores, los primeros representantes, el primer gabinete, el primer gobierno de Estados Unidos, todos ellos dirigiéndose a la reunión sagrada. Pero éramos solamente el profeta y yo quienes volvíamos a hacer el viaje. No es que no hubiese otras personas en esas mismas calles; desde luego que las había, pero no con el mismo propósito. Yo estaba en silencio durante todo el tiempo, y él también. Y entonces se detuvo y se giró hacia mí. "Aquí está, Nouriel", dijo señalando un edificio al otro lado de la calle. "Aquí está. El lugar donde Estados Unidos fue dedicada a Dios".

El lugar estaba rodeado por una oscura valla de hierro.

"¿Es esta la misma pequeña iglesia de piedra?".

"Sí", respondió él.

El edificio tenía un aspecto muy distintivo y a la vez, al mismo tiempo, a la vista de lo que representaba, pasaba desapercibido. Por delante tenía una fachada con columnas, de aspecto clásico. Atrás había una aguja, alta, estrecha y más de lo que uno esperaría encontrar en una vieja iglesia.

"Podría pasar desapercibida", dije yo.

"Lo que está usted mirando, Nouriel, es la capilla de St. Paul. Sigue siendo como era el día 30 abril de 1789, cuando el primer gobierno de Estados Unidos entró por sus puertas. Fue aquí donde el primer Presidente de la nación, el Senado y la Cámara de Representantes se inclinaron juntos en oración para consagrar el futuro de la nueva nación en manos de Dios. Este es el lugar donde la nueva nación fue entregada al Todopoderoso; esta es la tierra de consagración de Estados Unidos".

Entonces se quedó en silencio, permitiendo que yo lo asimilase. Pero yo sabía que aquello no era el final de todo. Sabía que faltaba algo por ser revelado, algo que él no me decía. "Originalmente, estaba situada al contrario", dijo él. "Su frente estaba en la parte trasera. Su entrada principal estaba al otro lado. Sigamos nuestro paseo".

Cruzamos la calle y seguimos caminando por la acera que recorría la valla de hierro de la iglesia a nuestra derecha. Dentro de la valla de hierro había un viejo patio. Mientras caminábamos, me vi incapaz de dejar de mirar entre las barras a los árboles, la hierba y las lápidas de aspecto antiguo que había en el interior, buscando algo significativo en cuanto al misterio. Yo seguía mirando el patio a medida que nos acercábamos a la parte trasera de la propiedad.

"En los primeros tiempos", dijo el profeta, "se pasaba por aquí para entrar en el santuario".

Él me permitió tan sólo unos momentos antes de volver a hablar.

"Dese la vuelta, Nouriel", me dijo.

"Deje que...". Yo estaba tan enfocado en lo que había en el interior de la valla que no observé lo que la rodeaba.

"No lo está viendo", dijo él con un tono más sombrío. "Está justamente aquí y usted no lo está viendo. Dese la vuelta".

Así que me di la vuelta.

"Mire", dijo él.

Cuando lo vi, quedé conmocionado hasta el punto de casi perder el equilibrio.

"¿Sabe lo que está mirando?".

"No es...".

"¿No es *qué*?".

"No es…".

"¿Qué hay que no es?".

"La zona cero".

"Pero es la zona cero".

"La zona cero…la última pieza del misterio".

"La tierra de consagración de Estados Unidos", dijo él.

"La zona cero", repetí yo, incapaz, en aquel momento, de decir ninguna otra cosa.

"Estados Unidos", dijo él, "fue entregada a Dios en la esquina de lo que se convertiría en la zona cero. Fue aquí, en la zona cero, donde todos se reunieron: George Washington, John Adams, los Padres Fundadores de Estados Unidos. Todos vinieron aquí a la esquina de la zona cero para orar el día en que se estableció el fundamento de Estados Unidos…como el acto de consagración de aquella fundación. Fue aquí donde ellos llegaron para entregar el futuro de la nación a la *santa protección* de Dios. Y fue aquí donde esa santa protección sería retirada".

Yo saqué el sello del bolsillo de mi abrigo para examinar una vez más su imagen. Fue entonces cuando entendí su significado con una nueva claridad. "La tierra sagrada…el vallado de protección de la nación roto…y el antiguo principio…*la tierra de la dedicación se convierte en la tierra de la calamidad…el juicio regresa a la tierra de la consagración*".

"Y literalmente", dijo el profeta, "cuando la inmensa nube blanca nacida de la destrucción literalmente se tragó la pequeña capilla y los escombros y las cenizas de las torres que se desplomaron cubrieron su tierra".

"Así que en esta tierra está oculto un misterio nacional. Este es el misterio del que usted hablaba, y en mi sueño…oculto en la fundación de Estados Unidos".

El profeta señaló a la distancia. "Si hubiéramos estado aquí aquel día de la toma de posesión, todo aquí, todo lo que está más allá de ese punto habría sido agua. Pero entre donde estamos y el agua había una tierra…ahora conocida como zona cero…una tierra poseída por una iglesia. La zona cero era originalmente terreno de la iglesia".

"¿*Qué* iglesia la poseía?", pregunté yo.

"La misma que operaba desde la capilla de St. Paul".

"Entonces, era, en esencia, una propiedad…¿como si fuera un solo terreno?".

"Como un solo terreno", respondió él. "Como una tierra el día en que Estados Unidos fue consagrada aquí. Así, no es solamente que la tierra de consagración de Estados Unidos *esté* en la zona cero; la tierra de consagración de Estados Unidos es la zona cero".

"La tierra del misterio", dijo Ana, en voz baja y con una mirada distante en sus ojos mientras pensaba en las implicaciones de lo que estaba escuchando.

"La tierra del misterio es la zona cero".

"Ana, usted no ha dicho nada hasta ahora".

"Porque me he quedado sin habla", respondió ella. "Es tan... ni siquiera puedo decir lo que es... no puedo expresarlo con palabras. Estoy más que sin palabras".

"Así es como yo me sentí cuando él me dijo todo esto".

"¿Usted no había ido antes", preguntó ella, "a la zona cero?".

"No. No después de que comenzasen mis encuentros con el profeta".

"¿Por qué no?".

"Creo que lo estaba evitando".

"¿Por qué?".

"Creo que porque era demasiado intenso... demasiado crudo... demasiado el centro de todo. Lo evitaba".

"Entonces, ¿qué sucedió después de que el profeta revelase el misterio de la zona cero?".

"Él me condujo por la esquina a lo largo del lado de la valla de metal oscuro que anteriormente daba a la torre norte. Había una puerta que conducía al patio detrás de la capilla. Él me dio entrada por la puerta y me condujo por el patio, que estaba cubierto de hierba y de lápidas, hasta un objeto que se mostraba allí".

"¿Sabe lo que es esto, Nouriel?", me preguntó.

"¿El tronco de un árbol?", respondí yo.

"Es el sicómoro".

"¿*El sicómoro de la zona cero?*".

"Es lo que queda de él. Es aquí donde lo situaron, en exposición para que el público lo vea, sin tener idea de su antiguo significado".

"Los sicómoros han sido derribados".

"El sexto presagio".

"¿Y dónde estaba el 11 de septiembre? ¿Dónde fue derribado?".

Me condujo de nuevo hacia la puerta que bordeaba la zona cero, y después a la derecha hacia una de las esquinas del patio, hasta que estuvimos bajo las ramas de un árbol de hoja perenne.

"Aquí", dijo él. "Es aquí donde estaba y aquí donde fue derribado".

"¿Fue derribado dentro del patio de la capilla de St. Paul?".

"Sí".

"¿En la misma tierra donde Estados Unidos fue entregada a Dios?".

"Sí, en la misma tierra".

"Entonces el presagio se manifestó en la tierra de consagración de la nación".

"Sí".

"Y significaría eso que este árbol…"

"…sí, lo que usted está viendo es el árbol que fue plantado en su lugar".

"¿Este es el árbol erez?".

"Sí".

"*Pero plantaremos cedros en su lugar*".

"Fue justamente aquí", dijo el profeta, "por encima de esta valla donde lo bajaron hasta la tierra en la que había estado el sicómoro hasta ser derribado el 11 de septiembre. Y fue aquí donde se reunieron para consagrarlo".

"Y para ponerle el nombre de *árbol de la esperanza*".

"Sí".

"No queda mucho de un árbol de la esperanza".

"No".

"Y así, el derribo del sicómoro y la plantación del árbol erez, el sexto y el séptimo presagios, ¿fueron manifestados en la tierra de consagración de Estados Unidos?".

"El antiguo principio: *la tierra de la consagración se convierte en la tierra del juicio*".

Después de decir eso, él hizo una pausa, permitiéndome de nuevo algún tiempo para asimilar todo lo que estaba viendo.

"Había algo más en mi sueño", dije yo, "algo que no ha sido explicado".

"¿Qué es?", preguntó él.

"Una hoja de papel que bajó del cielo hasta la mano de Washington.

Al recibirla, él fue hasta una de las esquinas, una de las esquinas del templo, y la situó en una grieta en el muro donde desapareció. Y entonces, después de la destrucción, el papel reapareció. Y era *usted*".

"¿Era *yo*?".

"Era *usted* quien sostenía el papel. Y entonces me lo entregó".

"¿Y qué decía?".

"No lo sé", respondí yo. "Me desperté".

"Mal momento", dijo el profeta.

"¿El profeta utilizó esas palabras?", preguntó ella. "¿Él dijo realmente '*mal momento*'?".

"Sí".

"Esas fueron las mismas palabras que yo usé cuando usted me dijo eso mismo".

"Sí, pero él las dijo *antes* que usted".

"Entonces, ¿le dijo el significado del papel?".

"Me dijo que era un mensaje, y el hecho de que descendiera del cielo significaba que era un mensaje de Dios, un mensaje profético".

"¿Y qué significaba", preguntó ella, "que estuviera situado dentro del muro?".

"Significaba que el mensaje estaba oculto en el fundamento, el fundamento de Estados Unidos, el *día* de la fundación de la nación…".

"El 30 de abril de 1789. Y quien lo ocultó era…".

"Washington… como en mi sueño".

"Hay un mensaje profético oculto en la fundación de Estados Unidos, ¿y fue situado allí por George Washington?", preguntó ella.

"Sí", contestó él.

"Y el mensaje fue revelado al final de su sueño. Entonces, ¿el mensaje ha de ser revelado?".

"Sí".

"¿Cuándo?", preguntó ella.

"En el sueño, fue revelado después de una calamidad que tocó la tierra de consagración de la nación. La destrucción lo reveló".

"El 11 de septiembre fue la calamidad que tocó la tierra de consagración de la nación".

"Sí".

"Entonces, ¿el 11 de septiembre de algún modo está ligado a un mensaje profético oculto en la fundación de Estados Unidos?".

"El 11 de septiembre golpeó la tierra donde Estados Unidos fue consagrada a Dios. Señalaba al día de la consagración, el 30 de abril de 1789. Pero el 30 de abril de 1789 fue también un día de profecía, el día en que un mensaje profético fue entregado a la nación recién formada".

"¿Qué mensaje profético?", preguntó ella.

"Fue el profeta, en mi sueño, quien me entregó el papel que Washington había escondido. Así que sería el profeta quien me revelaría el contenido de ese mensaje, pero no antes de revelar otra cosa que sucedió el 11 de septiembre".

"Estados Unidos", dijo el profeta, "fue dedicada como nación en esta tierra a Dios. Pero fue en Federal Hall donde Estados Unidos, como nación, fue fundada. El 30 de abril de 1789 los dos lugares quedaron unidos, y una vez más el 11 de septiembre de 2001".

"¿Cómo?".

"Cuando las torres cayeron, una oleada fue enviada desde la zona cero hasta Federal Hall. El impacto fue tan grande que abrió grietas en el cimiento".

"¿Grietas en el cimiento? ¿En el cimiento de la fundación de la nación?".

"Como si el 11 de septiembre estuviese señalando todo hasta aquel primer día, hasta aquel primer día de la fundación…a lo que sucedió en la capilla de St. Paul y lo que sucedió aquí en Federal Hall. ¿Y qué era Federal Hall?".

"El lugar de la toma de posesión de Washington y de la fundación de la nación".

"¿Y dónde estaba ese mensaje oculto en su sueño?".

"En el cimiento".

"Y también fue allí, en Federal Hall, donde fue pronunciada la palabra profética".

"¿Por Washington?", pregunté yo.

"Sí, en las primeras palabras que un Presidente dirigió jamás a la nación, en el primer discurso presidencial".

"Igual que el rey Salomón, el día de la dedicación, dio un mensaje profético con respecto al futuro de su nación".

"Así también Washington dio un mensaje profético con respecto al futuro de Estados Unidos, que esperaba una futura generación y señalaba el día de la calamidad, esperando ser revelado; un mensaje de menos de treinta palabras de longitud, y sin embargo uno de los mensajes más importantes jamás dado a la nación".

"Y el mensaje...".

"El mensaje es este:

"Las sonrisas propicias del Cielo nunca pueden esperarse sobre una nación que descarte las normas eternas de orden y justicia que el Cielo mismo ha ordenado.[6]

"*Las sonrisas propicias del Cielo.* ¿Qué cree que significaría eso, Nouriel?".

"El cielo", respondí yo, "sería una manera de referirse a Dios".

"Sí. ¿Y las *sonrisas propicias del Cielo?*".

"...significaría la bendición y el favor de Dios".

"Correcto. ¿Y las *normas eternas de orden y justicia que el cielo mismo ha ordenado?*".

"Significaría las inmutables normas de moralidad de Dios... lo que está bien y mal".

"Bien, Nouriel. Ahora unamos todo. ¿Qué está diciendo?".

"Si Estados Unidos sostiene las normas eternas de Dios y sigue sus inmutables caminos, entonces será bendecida con su favor... su protección... su prosperidad... Pero si Estados Unidos se aparta de los caminos de Dios, si descarta sus normas eternas, entonces las sonrisas del cielo, las bendiciones de Dios serán retiradas; su prosperidad, su protección y sus poderes le serán arrebatados. Él está dando una advertencia a la nación: el día en que Estados Unidos se aleje de Dios será el día que comience la eliminación de sus bendiciones".

"Correcto", dijo él. "Y sus palabras fueron proféticas en varios puntos. Estados Unidos fue bendecida con el favor de Dios como ninguna otra nación había sido nunca bendecida. Pero llegaría el día en que la nación haría exactamente lo que se le había advertido que no hiciera nunca".

"Descartaría *las normas eternas de orden y justicia que el cielo mismo ha ordenado*".

"Sí", dijo el profeta. "Declaró que esas normas eternas eran una ofensa y las derribó. Y las palabras de la advertencia se hicieron realidad. Las sonrisas del cielo comenzaron a desvanecerse... las bendiciones de Dios serían retiradas".

"El 11 de septiembre: la retirada de la protección de Estados Unidos, el colapso económico, la caída de la prosperidad estadounidense".

"Y cada bendición fue eliminada en un lugar relacionado con aquel primer día de la toma de posesión, el día de la advertencia, la zona cero en St. Paul (la tierra de consagración de la nación) y el desplome de la Bolsa de Nueva York en Federal Hall (en lugar de la fundación de Estados Unidos) donde fue dada a la advertencia".

"Esa estatua de Washington", dije yo, "que está justamente delante de la Bolsa de Nueva York es un memorial, un testimonio del día en que se dio la advertencia, justamente delante de la Bolsa de Nueva York, el símbolo de la prosperidad de Estados Unidos... cuando se desplomó".

"Un testigo silencioso de que las *sonrisas del cielo* estaban siendo retiradas".

Salimos del patio y nos quedamos al lado de la puerta.

"Mire alrededor, Nouriel", dijo el profeta mientras señalaba a la zona cero. "Cuando golpeó la calamidad, todos estos edificios, todos los edificios que rodean la zona cero, quedaron destruidos o muy dañados, todos los edificios a excepción de uno. Solamente un edificio escapó a la calamidad prácticamente sin ser tocado. Se llamó el *milagro del 11 de septiembre*".

"Y ese edificio...".

"Fue el santuario de piedra donde Estados Unidos había sido entregada a Dios: la capilla de St. Paul. Fue otro testigo silencioso que señalaba a la nación de nuevo a su fundamento".

"¿Cómo sucedió que no fue dañado?", pregunté yo.

"Fue un único objeto", dijo él, "un árbol".

"No el...".

"El sicómoro... el sicómoro de la zona cero".

"El presagio".

"El sicómoro recibió el mérito de haber servido de escudo a la capilla tanto de la fuerza de la implosión como de los escombros que volaban desde las torres que se desplomaban".

"¿Entonces la capilla fue salvada de la destrucción por el presagio?".

"¿Parece eso extraño?", preguntó él.

"No lo sé".

"El propósito de los presagios no es condenar a Estados Unidos al juicio sino salvarla, darle una advertencia, despertarla y hacerla regresar de la destrucción. El sexto presagio salvó la capilla. Así también la redención no llega sólo aparte de la calamidad... sino también por medio de ella".

Seguimos caminando a lo largo de la valla de hierro y alrededor del patio.

"En los días posteriores al 11 de septiembre sucedió algo extraño. Personas de toda la ciudad y de toda la nación fueron atraídas hasta aquí. Primero fueron los trabajadores de ayuda que utilizaron la capilla como centro de operaciones de emergencia; pero después llegaron los demás: los que lamentaban, los que sufrían, los curiosos, quienes buscaban una respuesta. La capilla y la tierra sobre la cual estaba se convirtieron en el punto focal espiritual de la calamidad. Algunos recorrían el patio buscando consuelo; otros entraban en el santuario. Esta valla de hierro quedó cubierta de dibujos, mensajes y objetos de fe. Y no fue que alguien supiera plenamente qué era lo que les atraía hasta aquí. No tenía nada que ver con algo que estuviese teniendo lugar dentro de sus paredes ni con quienes ahora supervisaban u oficiaban sus funciones. Tenía que ver con el lugar mismo; había algo en este lugar. Así que regresaban, inconscientemente para orar sobre la misma tierra sobre la cual los primeros líderes de la nación también habían orado el día de la advertencia profética, que ahora había sucedido".

"Es como si... como si detrás de todo, detrás de la zona cero, detrás de Federal Hall, detrás de la capilla, detrás de los presagios, ¡detrás de todo estuviese la palabra *regresen*!".

"No *como si*, Nouriel; es la palabra que está detrás de todo. Es la palabra de los profetas. Detrás de cada misterio y presagio una voz estaba llamando, llamando a la nación a regresar a Dios, y clamando: '*Regresen*'".

Capítulo 20
Cosas por llegar

ת א

M E CONDUJO AL otro lado de la calle al corazón de la zona cero. Estaba rodeada por tabiques y barreras, pero desde varias posiciones se podía ver el interior.

"Todo esto, Nouriel", dijo el profeta, "estaba cubierto de ruinas y ladrillos caídos".

"*Los ladrillos han caído …*".

"¿Y ve eso?".

"¿El edificio?", pregunté.

"Sí".

"¿Es esa la torre?".

"El comienzo de la torre", respondió él. "*Pero nosotros reconstruiremos con piedra gazit*".

"¿Y dónde estaba la piedra *gazit*?".

"Allí", dijo él. "Allí fue donde la pusieron. Allí fue donde se reunieron, y allí fue donde proclamaron sus promesas".

"¿Y qué sucede después?", pregunté. "Si las primeras etapas siguieron el antiguo patrón, y de modo tan preciso, ¿qué de las últimas?".

"Mientras Israel siguió separándose de Dios, la progresión tenía que continuar, y así también con Estados Unidos".

"La progresión del juicio".

"La progresión de advertencias y juicio".

"Entonces eso es lo que queda por delante", pregunté yo, "¿advertencias y juicio?".

"Y períodos de gracia y ayuda".

"Como en los años después del 11 de septiembre".

"Sí, y justamente en ese período la progresión continúa, visible o invisible, por encima de la superficie o por debajo. Y la voz de Dios sigue llamando".

"¿Y si la nación no escucha?", pregunté yo.

"Entonces llega la calamidad. De los comentarios sobre Isaías 9:

211

"Aquello que Dios quiere, al golpearnos, es hacernos regresar a Él mismo y situarnos para que le busquemos; *y, si este punto no se obtiene mediante juicios menores, pueden esperarse otros mayores…*".[1]

"Calamidades", dije yo, "¿adoptando qué forma?".

"Pueden adoptar la forma de desintegración económica o derrota militar, desorden y división, el desplome de la infraestructura, calamidades causadas por el hombre, calamidades de la naturaleza, declive y caída. Y en el caso de una nación que ha sido tan bendecida por el favor de Dios, la retirada de todas esas bendiciones".

"Prosperidad, protección, paz".

"Sí. Y en el caso de una nación destacada entre las naciones, significa el final de esa preeminencia… el colapso del imperio… la eliminación de su corona".

"¿Fue el 11 de septiembre una sombra, entonces?", pregunté yo.

"El 11 de septiembre fue un día de símbolo. El World Trade Center era un símbolo, ¿de qué?".

"Del poder financiero de Estados Unidos, de la preeminencia económica global de Estados Unidos".

"Sí, dijo el profeta, "la caída del imperio estadounidense, el final de la era estadounidense, anunciada y presagiada por el 11 de septiembre, y según su patrón… al igual que la promesa de Isaías 9:10 da su fruto como en el versículo siguiente".

"Isaías 9:11".

"¿Recuerda lo que decía?".

"Tendrá que refrescarme la memoria".

"Decía esto:

"Pero Jehová levantará los enemigos de Rezín contra él, y juntará a sus enemigos.[2]

"Es el comienzo de la destrucción. Y continúa:

"Y a boca llena devorarán a Israel. Ni con todo eso ha cesado su furor, sino que todavía su mano está extendida… y será el pueblo como pasto del fuego… ¿Y qué haréis en el día del castigo? ¿A quién os acogeréis para que os ayude, cuando venga de lejos el asolamiento?[3]

"Entonces, ¿qué está diciendo?", preguntó el profeta.

"Es una profecía de destrucción nacional", respondí yo. "Isaías 9:10 conduce a una profecía de destrucción nacional".

"Porque las palabras de la promesa de Isaías 9:10 realmente darían entrada a esa destrucción".

"¿Cómo?".

"El mismo espíritu de desafío, declarado por primera vez en esa promesa, finalmente condujo a la nación a un error fatal. Se levantó desafiando al imperio asirio. Ese desafío, a su vez, condujo a los asirios a invadir la tierra una vez más, pero esta vez no como advertencia".

"Sino para destruirla".

"Ellos estuvieron bajo asedio tres años. Entonces, en el año 722 a. C., sus defensas se derrumbaron, y el reino de Israel se desvaneció de las páginas de la Historia".

"Entonces todo ese primer ataque de ladrillos y sicómoros caídos terminó siendo un presagio de un juicio aún mayor".

"Una advertencia y un presagio".

"¿Pero ¿*tiene* que llegar aquello que *había* de llegar?", pregunté yo.

"Una paradoja", respondió él.

"¿Era irrevocable? ¿Es posible que Dios pudiera haber tenido misericordia, en cambio?".

"¿Misericordia, en cambio? Nouriel, ¿sigue sin entenderle a Él? La voluntad de Dios es que nadie perezca. El juicio no es su deseo… sino su necesidad. El bien debe llevar al mal a su fin, o si no dejaría de ser bien. Y sin embargo, su misericordia sigue siendo mayor que el juicio. Su corazón siempre desea la redención. Y ahí yace la esperanza".

"¿La esperanza para Estados Unidos?", pregunté yo.

"Sodoma era una ciudad de corrupción y violencia, inmoralidad y depravación; sin embargo, seguía habiendo esperanza. Dios habría salvado a toda la ciudad si sólo pudiera haber encontrado a diez personas justas en ella".

"Pero Sodoma fue destruida".

"Porque", dijo él, "ni siquiera tenía diez. Después estuvo el reino de Judá, un reino que antes había conocido a Dios y sin embargo había caído tan bajo que la tierra estaba llena de altares a dioses ajenos, cubierta con la sangre de sus hijos. Su juicio fue decretado; pero entonces un hombre justo llamado Josías ascendió al trono. El rey Josías intentó revertir el descenso espiritual de Israel. Prohibió las prácticas paganas, destruyó los ídolos, derribó los altares y buscó hacer regresar a la nación de nuevo a Dios".

"Entonces, ¿*no* llegó el juicio?", pregunté.

"No", respondió él, "el juicio *sí* llegó".

"Pero creía…".

"Llegó porque la nación nunca cambió totalmente de curso y, después de la muerte de Josías, regresó a su descenso espiritual. Pero mientras Josías vivió, el juicio fue detenido".

"Entonces el juicio puede ser retrasado".

"Sí, incluso por causa de un solo hombre. Y también estaba Nínive, la gran ciudad asiria".

"¿En el imperio asirio?".

"En el cruel, arrogante, brutal y despiadado imperio asirio. Su juicio fue también decretado. Dios llamó al profeta Jonás a ir allí y proclamar la inminente destrucción. Pero Jonás hizo todo lo que pudo para evitar responder a su llamado".

"¿Por qué no quería proclamar su juicio?".

"No", dijo el profeta, "porque no quería que fueran salvados. Él sabía que la voluntad de Dios no era el juicio sino la misericordia".

"Pero terminó yendo allí".

"Después de la necesaria persuasión".

"Y…".

"El pueblo de Nínive recibió la advertencia profética que se les dio. Los líderes proclamaron el llamado a todos los habitantes de la ciudad a arrepentirse, orar y buscar la misericordia de Dios".

"Y…".

"Y Dios escuchó sus oraciones. Y el juicio no fue ejecutado".

"Pero si su juicio fue decretado y proclamado", pregunté yo, "¿cómo no se ejecutó?".

"¿Qué debería preocuparnos más, Nouriel, que el juicio no sucediese tal como se proclamó o que miles de vidas fueron salvadas? Mire, quien desea el juicio es el hombre, no Dios. El corazón de Dios desea la salvación. Mayores que sus juicios son sus misericordias".

"¿Cuánto tiempo pasó", pregunté yo, "desde Isaías 9:10 hasta el juicio de la nación, o desde la época de la primera invasión asiria hasta la destrucción de Israel?".

"Unos diez años", respondió él.

"Y en cuanto al reino del sur, Judá, ¿siguió el mismo patrón: un ataque inicial, un presagio y después la destrucción?".

"Sí, el mismo patrón. Primero llegó la invasión inicial en el año 605 a. C., esta vez por parte de los babilonios. Más adelante, ese mismo ejército regresó para destruir la tierra, la ciudad y el templo".

"¿Cuándo?", pregunté.

"En el 586 a. C.".

"Entonces, desde la época de la primera incursión hasta el momento de la destrucción... unos veinte años".

"Sí. Pero no hay ninguna fórmula", respondió él. "Cada caso es diferente".

"Pero hay un patrón".

"Un patrón sí, pero cada caso es diferente".

"Entonces Israel es advertida pero no regresa y es destruida. Sodoma podría haber sido salvada a causa de diez personas justas, pero ni siquiera había diez, y la ciudad fue destruida. El juicio de Judá es decretado pero retenido, evitado durante un período de tiempo establecido a causa de un rey justo. Y un profeta le habla a Nínive de su juicio, un profeta que ni siquiera quiere que la ciudad se arrepienta, pero ellos de todos modos se arrepienten y su juicio es evitado".

"Correcto".

"¿Y cuál de esos casos es Estados Unidos?".

"Estados Unidos es su *propio* caso", dijo él. "Mientras estemos respirando y mientras Dios sea misericordioso, hay esperanza. Pero la esperanza de la nación es dependiente".

"De...".

"De su respuesta al llamado de Dios".

"¿Y Dios sigue llamando a Estados Unidos?".

"Sí".

"Y el mensaje es...".

"Usted ya conoce el mensaje".

"Las sonrisas del cielo no pueden permanecer sobre una nación que descarta los caminos de Dios". Si Estados Unidos se aparta de Dios, sus bendiciones de igual manera serán eliminadas y sustituidas por juicio".

"No *si*", dijo el profeta.

"¿No si?", pregunté yo.

"No *si* Estados Unidos se aparta de Dios", dijo él. "Ya se está apartando. ¿Cuál es entonces el mensaje?".

"¿Regresar?".

"Sí", dijo el profeta. "El mensaje es *regresar*".

"¿Pero cómo regresa una nación a Dios?".

"Usted nunca leyó el mensaje que había en el papel".

"¿En mi sueño?".

"En su sueño".

"No. Me desperté. Pero era el mensaje de Washington, la advertencia para una nación que descarta las normas eternas del cielo".

"Sí", respondió él, "eso es parte del mensaje. Pero en su sueño, no fue solamente Washington. Washington y el rey Salomón estaban unidos".

"¿Y?".

"Entonces el mensaje es doble. Hay otra parte en él, otra palabra profética, y esta vez de parte del rey Salomón".

"¿Del rey Salomón a Estados Unidos?".

"Para la nación que se ha apartado de Dios, para la nación de la que se han retirado las sonrisas del cielo".

"¿Y esa palabra llegó durante la dedicación del templo?", pregunté yo.

"Llegó cuando terminó la dedicación del templo", contestó él. "Dios se apareció a Salomón en la noche para darle una palabra, una respuesta a las oraciones que él había hecho en el monte del templo".

"Las oraciones que él hizo por el futuro de la nación... por el día de su caída y la calamidad que sufriría como resultado".

"Sí. Y ahora Dios le estaba dando a Salomón la respuesta a su oración y la respuesta para una nación que se encuentra bajo la sombra del juicio. Este es el mensaje *ahora para Estados Unidos*".

El profeta entonces me entregó una Biblia, una pequeña Biblia negra, lo bastante pequeña para caber en el bolsillo de la camisa de alguien".

"Ábrala", me dijo, "en el libro de 2 Crónicas, capítulo 7 y versículo 14. Y léalo".

Así que la abrí y leí las palabras en voz alta:

Si se humillare mi pueblo, sobre el cual mi nombre es invocado, y oraren, y buscaren mi rostro, y se convirtieren de sus malos caminos; entonces yo oiré desde los cielos, y perdonaré sus pecados, y sanaré su tierra.[4]

"Esa es la palabra, Nouriel. Esa es la palabra designada para Estados Unidos".

"*Si mi pueblo*", dije yo. "¿Y quiénes son '*mi pueblo*'?".

"Cuando fue dada a Salomón, *mi pueblo* se refería a la nación en general, y más concretamente, a aquellos dentro de la nación que genuinamente pudieran ser llamados el pueblo de Dios, aquellos que seguían sus caminos".

"¿Y qué significaría aplicado ahora a Estados Unidos?".

"Es el llamado de Dios a una nación anteriormente dedicada a sus propósitos, pero que ahora se está apartando de su voluntad. Es el llamado de Dios a regresar".

"Y un llamado a quienes siguen sus caminos… ¿A los creyentes?".

"Exactamente".

"¿Pero por qué tendrían que regresar los creyentes?", pregunté.

"El llamado al arrepentimiento es para los justos y los injustos, los piadosos y los impíos igualmente. Si los justos hubieran sido las luces que fueron llamados a ser, la nación nunca habría caído como lo hizo".

"¿En Israel o Estados Unidos?".

"En ambos".

"*Se humillare*… ¿Toda una nación humillándose?".

"Como hizo Nínive, y fue salvada".

"*Y oraren y buscaren mi rostro*".

"Estados Unidos fue fundada sobre la oración; por tanto, la eliminación de la oración de su vida pública fue una parte central de su caída lejos de Dios. Una nación que elimina la oración finalmente se encontrará con una desesperada necesidad de ella. La calamidad regresó a Estados Unidos en la tierra de su consagración; la nación estaba siendo llamada a regresar a Dios en oración".

"¿Pero no sucedió eso ya en cierto sentido? Después del 11 de septiembre, los lugares de adoración de la nación se llenaron de personas".

"Una búsqueda momentánea de consuelo ante la calamidad no tiene nada que ver con la oración y el cambio necesario para apartar el juicio de una nación; igual que decir *Dios bendiga a Estados Unidos* no tiene nada que ver con buscar su rostro".

"¿Y cómo busca alguien su rostro?", pregunté yo.

"En primer lugar, tomándose en serio lo suficiente alejarse de todo lo demás, de todas las otras búsquedas".

"*Y se convirtieren de sus malos caminos*".

"Sí", dijo el profeta, "el quid de la cuestión: arrepentimiento. Con toda la conversación sobre que Dios bendiga a Estados Unidos después del 11 de septiembre, el gran factor que faltaba fue el arrepentimiento. Sin eso, todo lo demás es nulo y vacío. Estados Unidos debe enfrentarse a la magnitud de su descenso moral y espiritual, la degradación de su cultura... a la multitud de sus ídolos... a su caída en inmoralidades aún más profundas".

"Los ídolos de...".

"Carnalidad, impureza, avaricia, materialismo, vanidad, egoísmo... y los altares cubiertos de sangre de sus inocentes. Sin un cambio de curso, no puede haber cambio de destino. Solamente en el arrepentimiento puede evitarse el juicio, y solamente en un verdadero alejamiento de la oscuridad para ir hacia la luz".

"¿Y qué de los que invocan su nombre", pregunté yo, "los creyentes? ¿También ellos necesitan arrepentimiento?".

"Ellos necesitan ser *los primeros* en arrepentirse".

"¿De qué?".

"De su apatía, de su complacencia... de sus concesiones a la oscuridad... de sus omisiones... de su servicio a otros dioses... de sus pecados cometidos en secreto... de arrebatar la vida... y de no cumplir con su llamado".

"¿Su llamado?".

"A ser la luz del mundo".

"¿Y si *hay* un regreso?", pregunté yo.

"Entonces Él *oirá* desde los cielos y perdonará sus pecados y sanará su tierra".

"¿Y eso es una certeza?".

"La parte de Él es una certeza. Su amor es una certeza. Su misericordia es una certeza. Sus brazos están abiertos. Su misericordia no tiene fin. Y no hay pecado tan profundo para el que su amor no sea más profundo aún".

"Entonces, ¿qué será para Estados Unidos: juicio o redención?", pregunté yo.

"El asunto del final…", dijo él.

"¿Cuál será el final?", pregunté de nuevo. "¿Juicio o redención?".

"O redención nacida en el juicio", respondió él. "¿Qué hay en el futuro? ¿Qué le espera a Estados Unidos? Tres palabras, Nouriel… todo descansa en tres palabras: ¡*Si mi pueblo!*".

"El futuro de una nación descansando en tres palabras".

"Incluso solamente una", dijo el profeta.

"El futuro de una nación descansando en una palabra…".

"*Si*".

"Nuestro tiempo casi se ha acabado", dijo él.

"¿El tiempo de nuestro encuentro?".

"Nuestro tiempo juntos, el tiempo de la impartición. Hemos llegado al final del asunto".

"¿El asunto?".

"El asunto del final".

"Entonces, ¿qué queda?", pregunté.

"Lo que llega después".

"¿Después del final?".

"Después del final".

"¿Cómo podría llegar algo después del final?", pregunté yo. "Si pudiera ser así, el final no sería el final".

"Entonces quizá no lo sea".

"Pero entonces…".

"Venga".

Capítulo 21

La eternidad

ה א

ME LLEVÓ DESDE la zona cero hasta el borde del agua, que estaba a poca distancia.

"Entonces estaban en el lado occidental", dijo Ana, "al lado del río Hudson, en el mismo sitio donde estuvieron la primera vez que usted le vio".

"Al lado del río Hudson", respondió él, "excepto que cuando le vi por primera vez, estábamos mucho más arriba".

"Y aquella era la parte más baja, desde luego. ¿Había algo significativo que él quería que usted viese?".

"No. Creo que solamente quería apartarme de todo lo demás, de cualquier distracción. Ya era muy avanzada la tarde. El agua resplandecía con una luz dorada. A la vista de aquel escenario, su pregunta no parecía encajar".

"¿Y qué hará usted el día del juicio?", me preguntó.

"Usted sin duda sabe cómo arruinar un momento", respondí yo. "¿Qué haré yo?".

"'¿Qué hará el día del juicio...el día del castigo?'. Las palabras son de la profecía. Es a lo que conduce Isaías 9:10. Es lo que el Señor preguntó al pueblo de Israel antes de la calamidad final".

"Es una pregunta inquietante, y una situación aterradora en la cual vivir...a la vista de todo lo que iba a llegar".

"¿Y si *fuese* usted, Nouriel, quien estuviera viviendo en aquella época, caminando en las sandalias de ellos? ¿Y si fuera usted quien oyó la voz de los profetas, y entendió los presagios, y supiera que el juicio iba a llegar? Todos los demás que le rodeaban no eran conscientes de eso. Todos los demás sencillamente seguirían adelante con sus vidas sin tener idea alguna de lo que iba a llegar. ¿Qué haría usted?".

"Querría que lo supieran. Querría que fueran salvados. Se lo diría".

"¿Pero quién le escucharía? ¿Quién se tomaría en serio su advertencia? ¿Y qué de su propia situación? Una nación que se dirige al juicio, pero usted es parte de ello. ¿Cómo se salvaría a usted mismo? ¿Qué haría *usted* el día del juicio? ¿Dónde acudiría para encontrar seguridad?".

"Fuera del país, supongo".

"El juicio no es un asunto de geografía. No importa dónde esté usted. Ningún lugar está lo bastante lejos ni ningún refugio es lo bastante fuerte".

"Entonces, ¿qué haría yo?".

"La razón de que le pregunte es porque usted vive en ese tiempo y ese lugar, y usted *ha* oído la voz de los profetas, y usted *entiende* los presagios y sabe lo que conllevan. Por tanto, la pregunta no es hipotética. Y ni siquiera es: '¿Qué *haría* usted?'. ¿Qué *hará* usted? ¿Qué hará usted, Nouriel, el día del juicio?".

"¿El día del juicio de una nación?".

"El día de *su* juicio", dijo el profeta. "¿Y si usted fuese uno de ellos, en aquel entonces, y su vida terminase antes de que llegase el juicio de la nación? ¿Entonces qué?".

"¿Entonces qué?".

"¿Habría escapado usted entonces al juicio?".

"Sí", respondí yo.

"No. No lo habría hecho. El juicio no se trata finalmente de naciones sino de personas. Como está escrito: '*Está destinado que el hombre muera una sola vez y después el juicio*'. Después del final llega el día del juicio, a la luz de lo cual todos los demás juicios son solamente anuncios. Y nadie está exento. Cada uno debe presentarse delante de Él".

"¿Por qué?".

"¿Por qué el juicio?".

"Sí".

"Así debe ser. Mientras haya maldad, tiene que haber juicio. Todo pecado, toda ofensa, toda maldad tiene que ser llevada a su fin. Sin eso, no habría esperanza alguna".

"¿Sin juicio no habría esperanza alguna?", pregunté yo.

"Sin juicio, no habría fin a la maldad en el universo... o en el corazón del hombre. No habría cielo".

"¿Por qué no habría cielo?".

Él apartó la vista de mí y la dirigió hacia la luz del sol que se ponía antes de volver a hablar. "Porque el cielo entonces estaría lleno de cerrojos y cárceles, odio, violencia, temor y destrucción. El cielo dejaría de ser cielo… y en cambio se convertiría en infierno. Pero *hay* un cielo, y hay un tiempo y un lugar donde no hay más tristeza… no más odio… no más llanto ni lágrimas… y no más dolor. Debe haber un juicio. El mal debe terminar… más allá de eso está el cielo".

"Entonces, en otras palabras, si la maldad entrase en el cielo, el cielo dejaría de ser cielo porque tendría maldad en él".

"Sí", respondió él. "¿Y quién es malo?".

"Quienes matan, quienes engañan, quienes roban, quienes hacen daño y abusan de otros…".

"¿Y eso es todo?", preguntó él.

"Estoy seguro de que hay otras categorías".

"¿Y qué de usted, Nouriel? ¿Encaja usted en alguna de esas categorías?".

"No".

"No", respondió él, "no lo haría. Pero recuerde: '*Todos los caminos del hombre son rectos ante sus propios ojos*'. Es del libro de Proverbios. Esa es la naturaleza humana. Por tanto, tenga cuidado con la imagen que aparece delante de sus propios ojos. Guárdese del nazi bueno".

"¿El nazi bueno? ¿Y qué se supone que significa eso?".

"Los nazis enviaron a millones de personas a la muerte por puro odio y maldad. ¿Puede pensar en algún pueblo más malvado que ese? Y sin embargo, ¿cree usted que la mayoría de ellos se consideraban malvados?".

"No".

"¿Y por qué no?", preguntó él. "Porque se comparaban a sí mismos y se medían a sí mismos según las normas que ellos mismos habían creado. Cada uno, ante sus propios ojos, era un buen nazi, un nazi moral, un nazi decente, un nazi religioso y un nazi que no era peor que quien tenía al lado. Porque al verse a ellos mismos con sus propios ojos, se cegaron. Pero su juicio llegó en forma de destrucción, y sus pecados quedaron al descubierto delante del mundo".

"Pero hay una gran diferencia entre los nazis y la mayoría de personas".

"El principio es el mismo. Usted nunca puede juzgarse según sus propias normas y su propia justicia, sino solamente a la luz de la justicia *de Él*".

"¿Y cómo nos sostenemos a la luz de su justicia?".

"¿Qué cree usted que es mayor", preguntó él, "la distancia moral que nos separa del más monstruoso de los nazis, o la que nos separa de Dios?".

"Supongo que la que nos separa de Dios".

"Eso es correcto, porque la primera separación es finita; pero la segunda es infinita. Por tanto, lo que nosotros consideramos el menor de los pecados en nosotros mismos aparece, ante los ojos de Aquel que es bondad absoluta, incluso más horriblemente malvado que como los crímenes de los nazis nos parecen a nosotros. A la luz de la Bondad absoluta, nuestra lujuria se convierte en adulterio y nuestro odio en asesinato".

"Pero entonces, ¿quién podría mantenerse?", pregunté yo. "¿Quién podría llegar al cielo?".

"Nadie podría mantenerse, y nadie podría llegar al cielo. ¿Cuán lejos le llevaría un solo pecado de la infinita justicia de Dios?".

"¿Una distancia infinita?".

"Sí. Por tanto, ¿cuán lejos estamos del cielo?".

"A una distancia infinita".

"¿Y cuán grande es el juicio?".

"Infinitamente grande".

"¿Y cuánto tiempo nos llevaría cerrar la brecha, ser reconciliados con Dios, entrar en el cielo?".

"Una infinidad de tiempo".

"La eternidad", dijo él.

"Entonces, nunca podríamos llegar allí, ¿verdad?".

"Y estar infinitamente separados de Dios y del cielo... ¿qué es?", preguntó él.

"¿El infierno?".

"El infierno: infinita separación de Dios y de todo lo bueno; juicio total, infinito y eterno".

"¿No sólo morimos?".

"El alma es eterna", dijo él. "De un modo u otro, al final de miles de épocas seguirá usted existiendo. La pregunta es *dónde*. Y si el gozo y la gloria de estar en la presencia de Dios en el cielo están por encima de nuestra imaginación, entonces también lo está la oscuridad y el horror de estar en su ausencia... sin Él para siempre... el infierno".

"Entonces nuestra situación es incluso más grave que la de una nación en su momento de juicio".

"La perspectiva de entrar en la eternidad sin Dios, del lado malo de un juicio infinito, es mucho más grave que el juicio de cualquier nación; infinitamente más. Las naciones son temporales; el alma es eterna. Por tanto, Nouriel, le pregunto otra vez: ¿qué hará usted el día del juicio?".

"Dígamelo".

"Si tiene usted una brecha infinita y un problema infinito, ¿qué necesita?".

"¿Una respuesta infinita?".

"Lo cual significa que la respuesta no podría provenir de usted mismo o de este mundo. Solo podría provenir del infinito, del cielo... de Dios, lo cual significa que cualquier respuesta dada, cualquier ideología dada, y cualquier sistema dado basados en los esfuerzos del hombre queda descartado".

"Lo cual descarta la mayoría de las respuestas", dije yo.

"Lo cual descarta *cada* respuesta", respondió él, "cada respuesta basada en el intento del hombre por llegar a Dios, una mano extendida hacia el cielo. La respuesta solamente puede provenir del otro lado, del infinito hasta el finito, del cielo a la tierra... de Dios al hombre".

"¿Una mano que desciende del cielo?".

"Exactamente. ¿Y cuál podría ser la única respuesta a un juicio infinito?".

"¿Una misericordia infinita?".

"Sí, la infinita misericordia de un amor infinito. ¿Y qué es lo único que podría llenar una ausencia infinita?".

"Una presencia infinita".

"La infinita presencia del amor infinito".

Hizo una pausa después de decir eso, y después apartó su vista del sol y del agua de modo que me miraba directamente a los ojos cuando habló de nuevo.

"Nouriel, ¿sabía que hay una parte del World Trade Center que aún se mantiene en pie?".

"No, nunca lo había oído".

"Una parte del World Trade Center sigue en pie hasta la fecha, en esta ciudad".

"Está en pie, ¿de qué manera?", pregunté yo.

"Como una señal", respondió él, "literalmente".

"No entiendo".

"El tercer día después de la calamidad, un obrero de la construcción estaba ante las ruinas de uno de los edificios destruidos. Cuando levantó su vista, lo vio".

"La señal...".

"La señal... inconfundible... resplandeciente... forjada no por manos humanas sino por la fuerza de la calamidad... una cruz... una cruz perfectamente formada... veinte pies de altura... de barras de hierro de las torres caídas en pie en medio de un paisaje de devastación... como si se levantase de entre las ruinas. Cuando la vio, no pudo evitar llorar. En los días y semanas siguientes, llegaría a conocerse como la *Cruz de la zona cero*, una señal de fe y de esperanza en medio de la calamidad, una señal que de nuevo llamaba a una nación a regresar. Pero no sólo a una nación... una señal llamando a cada uno a regresar".

"¿Es esa la respuesta de la que usted hablaba?".

"La respuesta al juicio. Porque, ¿qué hay solamente que pueda responder a un juicio infinito y rellenar un abismo infinito?".

"Un amor infinito", dije yo. "La presencia infinita de un amor infinito".

"De Aquel que es infinito", dijo él.

"Se refiere a Dios".

"Dios".

"Pero usted no ha mencionado la palabra *religión* ni una sola vez".

"Porque no se trata de religión; se trata de amor. Ese es el significado de la señal, vencer el juicio infinito por el amor infinito".

"El amor de Dios".

"El amor de Dios. Porque Dios es amor, ¿y cuál es la naturaleza del amor?".

"¿Dar?", respondí yo.

"Sí, darse a sí mismo, ponerse a sí mismo en el lugar del otro aunque eso signifique que al hacerlo deba sacrificarse. Por tanto, si Dios es amor, ¿entonces cuál sería la manifestación definitiva del amor?"

"No lo sé".

"La entrega de Él mismo... Dios entregándose a sí mismo para llevar el juicio de quienes están bajo ese juicio si, al hacerlo, los salvase. El amor se pone en el lugar del otro. Por tanto, entonces la manifestación definitiva del amor sería...".

"Dios poniéndose Él mismo en nuestro lugar".

"En nuestra vida, en nuestra muerte, en nuestro juicio... el sacrificio".

"Como en Jesús...".

"El sacrificio infinito", dijo el profeta, "para llevar un juicio infinito, en el cual todos los pecados son anulados y todos los que toman parte son liberados... perdonados... salvados. Una redención infinita en la cual el juicio y la muerte son vencidos y es dada una nueva vida... un nuevo comienzo... un nuevo nacimiento. El amor de Dios es mayor que el juicio... Recuerde... no hay pecado tan profundo para el que su amor no sea aún más profundo... y no hay vida tan desesperanzada... no hay alma tan alejada... y no hay oscuridad tan oscura para los que su amor no sea aún mayor".

"Pero todo eso... Yo nací con ello, o fui educado en ello, y yo no soy religioso".

"Ser religioso no tiene nada que ver con ello", dijo él. "No hay religión en el cielo, solamente amor. Es el corazón, Nouriel. Y usted no podría haber nacido en ello en un principio, sólo nacido *de nuevo* en ello. Y no puede suceder sin que usted lo escoja".

"¿Ser nacido de nuevo".

"Sí. ¿Conoce usted el nombre verdadero de Él?".

"¿De Jesús?".

"Sí".

"Pensé que ese *era* su verdadero nombre".

"Su verdadero nombre es *Yeshua*. Es hebreo. Él era hebreo, como todos sus discípulos, y el mensaje que ellos proclamaron se trataba todo del Mesías judío, el cumplimiento de las Escrituras hebreas, la Esperanza de Israel. *Yeshua* es hebreo para *Dios es salvación*, o *Dios es liberación...protección...rescate...libertad...refugio...* y *seguridad*. En el día del juicio, no hay terreno seguro... no hay salvación, excepto en Él que *es* salvación".

"Entonces, ¿cómo se llega a ser salvo?".

"'*Si no naces de nuevo no puedes ver el Reino de Dios*'. Esas son palabras de Él".

"¿Y cómo se nace de nuevo?".

"Recibiendo... soltando... al dejar que la vieja vida termine y comience una nueva. Al escoger... al abrir su corazón para recibir aquello que no se puede contener: la presencia... la misericordia... el perdón... la limpieza... el amor interminable de Dios".

"Al recibir, ¿qué exactamente?".

"El regalo, entregado gratuitamente y recibido gratuitamente, y aun así un regalo tan grande que usted lo atesora por encima de la vida misma... un regalo tan grande que cambia todo lo demás".

"Y el regalo es...".

"Si Dios es amor, y el amor es un regalo, entonces el Dador y el Regalo son uno".

"¿Entonces el regalo es Dios?".

"La salvación viene en *la entrega* de su vida y es completa *al recibir* su vida. Piense en una novia y un novio".

"¿Una novia y un novio?".

"El novio da todo lo que tiene por la novia, incluso su vida. La novia debe hacer lo mismo. Él la llama. Si ella dice sí, todo lo que él tiene es también de ella, y todo lo que ella tiene es también de él. Las cargas de ella se convierten en las cargas de él, los pecados de ella se convierten en los pecados de él. Él se hace de ella, y ella se hace de él. Ella deja atrás su vieja vida a cambio de una nueva, para ir con su amado. Dondequiera que él vaya, ella va con él, y dondequiera que ella habite, él nunca la abandona. Él la ama con todo su ser, y ella le ama a él. Uno vive para el otro, y viceversa. Los dos se vuelven como uno".

"Entonces el novio es...".

"Dios".

"Y la novia es...".

"Aquel que le recibe".

"Suena hermoso", dije yo.

"*Es* hermoso... lo más hermoso que posiblemente podría usted descubrir, o saber, o incluso tener en sus días en la tierra".

"Es una historia de amor".

"Después de todo, eso es lo que siempre tuvo intención de ser... una historia de amor".

"Un matrimonio".

"Sí, un matrimonio eterno para el cual nacimos todos, y del cual nadie debía quedar fuera, para que nadie entrase en la eternidad él solo".

"Y comienza...".

"Comienza con recibir... con la apertura del corazón... con alejarse de la oscuridad e ir a la luz... con el darse uno mismo... la entrega de la vida; una promesa de amor... una oración... una decisión... y un *sí* incondicional".

"Y tiene lugar…".

"En cualquier momento, en cualquier sitio, solo o en compañía, dondequiera que esté. Tiene lugar donde sea, porque sucede en el corazón".

"¿Y en todo momento?".

"No, Nouriel", dijo él. "No tiene lugar en todo momento. Sólo tiene lugar una vez".

"¿Qué vez?".

"*Ahora…*", dijo el profeta. "Ahora es el único momento en que puede suceder. Como está escrito: '*Ahora es el tiempo de salvación*', nunca mañana, solamente ahora.

"Pero si estuviéramos hablando mañana, aún podría suceder entonces".

"Sí, pero solamente cuando se haya convertido en el ahora, y mañana sea hoy. Pero cuando eso ocurra, puede que no esté usted ahí".

"¿Y por qué no estaría?".

"¿A qué distancia de la eternidad cree usted que está, Nouriel?".

"¿Cómo es posible que yo pudiera saber eso?".

"Pero puede saberlo", respondió él.

"Entonces, ¿cuál es la respuesta?", pregunté. "¿A qué distancia estoy de la eternidad?".

"Solamente a un latido", respondió él, "un latido del corazón. Eso es. Eso es todo. Usted está solamente a un latido de distancia de la eternidad. Todo lo que tiene: su vida, su respiración, este momento, es todo prestado, es todo un regalo. Y en cualquier momento termina con un latido… tan solo un latido, y no hay más tiempo. Un latido y la oportunidad de ser salvo se ha ido. Una latido y ya no hay más decisión; está todo sellado para la vida eterna o la muerte eterna".

"Pero si yo no escogí…".

"Entonces ya lo ha hecho. Si usted no escoge ser salvo, entonces ha escogido no ser salvo. Su vida y su eternidad… todo descansa en un solo latido. *¿Y qué hará usted el día del juicio?* Recuerde la pregunta, Nouriel… porque al final es la única pregunta. Recuerde la pregunta… porque nadie sabe cuándo llegará ese día. Lo único de lo que puede estar seguro es de que *llegará*, y el único momento en que puede estar seguro es ahora. El ahora es lo único que usted tiene. Y ahora es el tiempo de salvación".

"Es una decisión demasiado grande para tomarla simplemente así".

"Es una decisión demasiado grande para *no* tomarla", dijo él.

"Yo tendría que ver para creer".

"No, Nouriel, usted tiene que *creer* para ver y para encontrar lo que está buscando".

"¿Y qué es lo que estoy buscando?".

"El significado, el propósito de su vida, la razón de que usted naciera. Es la única manera de poder encontrarlo… Solamente en Él que le dio la vida puede usted encontrar su significado".

"Necesito tiempo".

"Y lo tiene, Nouriel… hasta el último latido".

Él concedió unos momentos de silencio para dejar que sus palabras calasen mientras yo miraba a las aguas distantes.

"El sello", dijo él. "¿Puedo tenerlo?".

Así que se lo devolví.

"Y con esto", dijo el profeta, "ha terminado. El tiempo de la revelación de los misterios está completo".

"Entonces, ¿no tiene nada más que darme?", pregunté yo.

Él hizo una pausa y me miró con la mirada de un vendedor cuando le piden un artículo que ya no tiene en el almacén. Pero entonces su expresión cambió. "Piense en ello", me dijo. "Lo tengo".

"¿Hay otro sello?".

"Sí, piense en ello". Metió su mano en el bolsillo de su abrigo, lo sacó y me lo entregó.

"¿Qué era?", preguntó ella.

"Era el primero, el primer sello".

"Espere, pensé que él le había dado el primer sello, el sello del primer presagio, y que usted se lo devolvió".

"No. Había otro. Había otro antes de ese sello. El sello que yo le entregué *a él* al principio".

"¿El que llegó en el correo?", preguntó ella.

"Sí, el que dio comienzo a todo. Yo no lo había visto desde el día en que se lo di, años antes, cuando todo comenzó".

◆ ◆ ◆

"Es lo correcto que sea devuelto a su dueño", dijo él. "Es *su* sello, su depósito de seguridad. ¿Lo ve? Le di mi palabra de que lo recuperaría".

"Usted me dijo que lo recuperaría cuando hubiéramos terminado con los presagios".

"Y así es".

"¿Y no hay nada más?".

"¿Más?".

"¿No más misterios, no más revelaciones?".

"Usted tiene ahora todo lo que necesita".

"Y entonces…".

"Y entonces", dijo él, "esto es todo".

"Entonces…".

"Entonces es momento de que nos separemos".

"¿Eso es?".

"Adiós, Nouriel".

Pero esa vez él no se fue. Se quedó al lado de las aguas como si estuviese esperando a que yo me fuese primero. Así que comencé a alejarme, y me resultaba difícil aceptar el final de todo aquello. Habían pasado diez segundos desde que me alejé cuando oí su voz.

"Oh", me dijo, "*hay* algo".

Me detuve en seco donde estaba y, sin mirar atrás sino mirando hacia adelante, respondí.

"¿Qué?", le pregunté.

"Usted nunca respondió a mi pregunta".

"¿Yo nunca respondí a su pregunta? ¿Y qué pregunta era?".

"*¿Por qué se le entregó el sello?* Le pregunté eso al principio, pero usted nunca me dio una respuesta".

"¿Y por qué necesitaría usted saber la respuesta a eso?".

"No lo sé".

"Entonces, ¿por qué hace la pregunta?".

"Porque *usted* lo necesita".

"¿*Yo* lo necesito?".

"Sí. Usted es quien necesita saber la respuesta a la pregunta".

"Entonces, ¿por qué no hago la pregunta?".

"Esa es una buena pregunta".

"¿Es una buena pregunta el porqué no estoy haciendo la pregunta?".

"Sí", dijo él. "Es un misterio".

"¿Un misterio para *usted*?".

"Sí".

"Eso es un cambio".

"¿Por qué se le entregó el sello?".

"¿Es eso otro misterio?", pregunté yo. "¿Es ese el último misterio?".

"Responda a la pregunta, Nouriel… y lo sabrá".

Capítulo 22

El último sello

ה א

"¿**Y**QUÉ SUCEDIÓ?", PREGUNTÓ ella. "Al principio nada, nada que revelase por qué se me entregó el sello. Había otro asunto, más acuciante, que yo tenía que tratar".

"¿Más acuciante?".

"El asunto de la eternidad. Perseguía mis pensamientos. Era lo único sobre lo cual todo lo demás permanecía o caía. Si yo no entendía bien esa parte, el resto no importaría: mi vida, todo. Todo llegaría a su fin, y entonces... la eternidad. Todo terminaba con la eternidad, lo único que no terminaría, lo único que quedaría cuando todo lo demás ya no estuviera... y, por tanto, lo único que importaba. Yo tenía que resolver esa parte. Tenía que poner mi vida a cuentas con Dios".

"¿Y lo hizo?".

"Sí".

"¿Cómo?".

"Siguiendo sus palabras".

"¿Y qué sucedió?".

"Todo comenzó a cambiar, no tanto alrededor de mí, no mis circunstancias sino mi interior. Hubo una liberación, un término y, por primera vez en mi vida, tuve verdadera paz".

"¿Y qué sucedió después de eso?".

"Después de eso intenté darle sentido a todo lo que había sucedido hasta ese momento: mis encuentros con el profeta, todo lo que se me mostró, todas las revelaciones de los misterios. No tenía idea alguna de lo que debía hacer con todo eso. ¿Y por qué yo? Intenté seguir con mi vida con normalidad, como había sido antes del profeta, antes de los presagios, antes de recibir ese sobre. Lo intenté... pero fue imposible. Yo era escritor de artículos, siendo su propósito entretener a mis lectores o, cuando mucho, provocarles. Pero a la luz de las revelaciones, todo lo que estaba haciendo me parecía irremediablemente vacío y trivial, y sin consecuencia alguna. Y entonces estaba la carga".

"¿La carga?".

"De lo que yo sabía".

"¿Se sentía cargado acerca del futuro?".

"No por mí mismo", dijo él. "No tenía miedo por mí mismo, sino por los demás. El velo había sido quitado de modo que yo pude ver, de modo que yo pude ser advertido. ¿Pero qué de todos los demás? Ellos no sabían nada. No tenían idea de lo que estaba sucediendo o de hacia dónde se dirigía todo".

"Suena a lo que los profetas debieron de haber sentido", dijo ella.

"No podía escapar a ello. Y sin embargo, no había nada que yo pudiera hacer al respecto... una carga sin ninguna dirección. Saqué el sello".

"El último sello".

"Y el primero... para examinarlo con detalle".

"¿Nunca hizo eso antes?", preguntó ella.

"No en serio... no tan seriamente como lo había hecho con los demás. Cuando lo recibí por primera vez, no tenía seguridad alguna de que tuviera ningún significado. Y cuando él me lo devolvió, al final, no parecía haber razón alguna para ello. Los misterios habían terminado a excepción del porqué me fueron entregados a mí en un principio. Y no era como los otros sellos. No tenía una imagen, tan sólo inscripciones de aspecto antiguo. Su propósito, supuse yo, era el de comenzar la búsqueda, y después ponerle fin. No pensé que quedase mucho por descubrir ahora que todo había terminado".

"¿Y quedaba?".

"La escritura en el sello estaba en un idioma que yo no había visto nunca. Pero recordé las palabras del profeta aquel día cuando nos encontramos por primera vez en el banco, cuando él tomó el sello para examinarlo. Él dijo que era hebreo, pero una forma diferente de hebreo: paleohebreo, una versión más antigua".

"¿Y conocía usted a alguien que pudiese leer paleohebreo?".

"No. Pero conocía a alguien que estudiaba hebreo de escritos bíblicos y rabínicos. Busqué en el alfabeto paleohebreo, y después transcribí cada una de las letras a su equivalente hebreo moderno. Entonces hice un viaje a Brooklyn, pues allí era donde estaba mi amigo, un hombre judío ortodoxo que dirigía una pequeña librería, y en la parte trasera tenía un estudio, una biblioteca de todo tipo de escritos hebreos místicos. Esa era su pasión: encontrar significado en la literatura hebrea mística. Supuse que él sería la persona correcta. Cuando le hablé del propósito de mi visita, él cerró la tienda y me condujo a la habitación trasera. Nos sentamos en una tosca mesa de madera rodeada de estanterías. Él se puso sus lentes de lectura y comenzó a examinar la transcripción. Después de unos momentos de silencio, comenzó a descifrarla:

"'*Baruc*', dijo. 'Significa *bendito*. Es la palabra que da comienzo a la mayoría de oraciones hebreas.

"'*Yahu* o *Yah*. Es el nombre sagrado de Dios, tan sagrado que yo no debería pronunciarlo, pero lo hice. Entonces, *Bendito de Dios*.

"'*Ben*. Significa *el hijo*. *Bendito de Dios es el hijo*.

"'*Neri* significa *luz* y *Yahu*, de nuevo, el nombre de Dios. Por tanto, *la luz de Dios*.

"*Ha Sofe*r, '*quien declara o el declarante*'.

"'Entonces, ¿qué dice?", pregunté yo".

"'Dice: '*Bendito de Dios es el hijo de la Luz de Dios, el declarante*'".

"'¿Y qué se supone que significa eso?", pregunté yo.

"'¿Cómo voy yo a saberlo?', respondió él. 'Tú eres quien me lo entregó a mí'.

"'¿Pero qué crees que significa?'.

"'Suena como una bendición para un hombre justo, un hijo de la luz'.

"'Y *el declarante*... ¿el declarante de qué?'.

"'¿Cómo voy yo a saber el declarante de qué?'.

"'¿Te has encontrado alguna vez con algo como esto antes en tus estudios?'.

"'Me he encontrado con muchas bendiciones hebreas, pero no recuerdo nada parecido a esto. ¿Lo copiaste de una inscripción?'.

"'Sí'.

"'¿Quizá de un amuleto u algo así?'.

"'Algo'.

"'Una inscripción con una bendición hebrea no es algo tan extraño. Es una bendición. Así que tienes una bendición'.

"'¿Pero qué significa?'.

"'Significa que eres un hombre bendito'.

"Y eso fue todo lo que él me dio".

"Entonces, ¿qué sentido le dio usted?", preguntó ella.

"No sabía qué sentido darle. La traducción realmente no me daba nada para continuar. No parecía tener nada que ver con nada".

"Pero usted ya sabía lo que significaba la inscripción".

"Sí. Ya sabía lo que significaba y no tenía idea alguna de lo que significaba".

"Entonces, ¿qué hizo?".

"Fui a dar un paseo por el Hudson. Estaba nublado y hacía viento ese día. Era avanzada la tarde. A mitad del paseo decidí descansar un poco. Había un banco vacío cerca. Era, aunque no me di cuenta en aquel momento, el mismo banco donde el profeta estaba sentado cuando nos encontramos por primera vez. Me senté, saqué el sello y me quedé mirándolo mientras pensaba en mi falta de dirección y mi carga aún sin resolver. Estuve perdido en mis pensamientos durante varios minutos antes de oír una voz a mis espaldas.

"'Parece que va a haber tormenta'".

"Las mismas palabras", dijo ella. "Las mismas palabras que le dijo el profeta al comienzo".

"Las mismas palabras y la misma voz".

"Así es", respondí yo sin apartar mi mirada, sin girarme para ver quién estaba hablando.

"¿Qué es eso que tiene en su mano?", preguntó él. "¿Algún objeto arqueológico?".

"Uno de varios", dije yo, "cada uno con un misterio".

"¿Y este? ¿De qué misterio habla?", preguntó él.

"No lo sé. Habla… pero no dice nada… nada que signifique algo".

"Entonces, ¿aún no lo ha descubierto?".

"Sé lo que dice, pero no sé lo que significa".

Después de eso, el profeta se acercó hasta el banco.

"¿Todavía?".

"Todavía", respondí yo.

Él se sentó. "Todo comenzó con ese sello", dijo él, "y precisamente aquí".

"Pero sigo sin saber lo que significa o lo que debo hacer con todo".

"Pero dijo que sabía lo que dice".

"Sí".

"Entonces dígame lo que dice".

"*Bendito de Dios es el hijo de la luz de Dios, el declarante*".

"¿Quién le dijo que decía eso?".

"Un amigo… un amigo especializado en escritos hebreos místicos".

"¿Se ha mirado usted alguna vez en un espejo", preguntó él, "sin darse cuenta de que el hombre que le estaba mirando era su propio reflejo?".

"No lo sé… quizá. ¿Por qué?".

"Porque lo está haciendo ahora".

"¿Qué quiere decir?".

"Es posible llegar a ser demasiado místico y pasar por alto lo obvio".

"Entonces, ¿no es eso lo que dice?".

"Si lo toma parte por parte y sin ningún contexto, podría entenderse así. Pero no es eso lo que dice".

"¿Entonces qué?".

"Lo que su amigo tradujo como *Bendito de Dios* es la palabra hebrea *Barucyahu*, del hebreo *Baruc, bendito*, y *Yahu*, el Señor".

"Pero eso es casi lo mismo".

"Pero no es una bendición. Ni siquiera es una frase".

"¿Entonces qué es?", pregunté yo.

"Es un nombre".

"¿Un nombre?".

"El nombre de una persona… una persona llamada *Baruc*".

"Baruc".

"Y lo que su amigo tradujo como *el hijo* es la palabra hebrea *ben*, que, en este caso, es parte del nombre '*Baruc, hijo de…*'".

"*Ben… Hijo de…* Yo debería haber sabido eso".

"Y lo que él tradujo como *luz de Dios* es el hebreo *Neriyahu* o *Nerías*: la luz de Dios, sí, pero también un nombre: *Nerías*. Nerías era el padre de Baruc… *Baruc ben Nerías*".

"Baruc, hijo de Nerías. ¿Y quién *era* él?".

"Piense en los sellos. Nouriel. ¿Cuál era su propósito?".

"Sellar o autenticar un mensaje importante".

"¿Y quién los utilizaba?", preguntó él.

"Reyes, líderes, oficiales del gobierno".

"¿Y quién más?".

"No lo sé".

"Y los escribas. Los escribas los utilizaban porque eran ellos quienes escribían los mensajes. Después del nombre hay un título: *Ha Sofer*".

"*Quien declara*".

"Sí, también puede significar eso: *uno que declara, que dice, que revela*. Pero lo que significa en el sello es *el Escriba*".

"Entonces Baruc era un escriba".

"Sí".

"¿Y por qué es eso importante?", pregunté yo.

"Porque Baruc se menciona en la Biblia, y porque él no era sólo un escriba".

"¿Qué entonces?".

"Él era el escriba de un profeta en particular".

"¿De qué profeta?".

"Del profeta Jeremías. Baruc fue quien escribió las profecías de Jeremías. Jeremías profetizaba, y Baruc ponía la profecía por escrito. Como está escrito:

> Y llamó Jeremías a Baruc hijo de Nerías, y escribió Baruc de boca de Jeremías, en un rollo de libro, todas las palabras que Jehová le había hablado.[1]

"Así que este es el sello de Baruc", dije yo. "El sello que él utilizaba para autenticar sus escritos".

"Es uno de ellos", dijo el profeta.

"Sigo sin entenderlo".

"¿Todavía?".

"No".

"Entonces responda a la pregunta que yo le hice".

"¿Por qué se me entregó el sello?".

"Sí".

"¿Porque un sello tiene que ver con un mensaje?".

"¿Pero por qué *a usted*?", preguntó él. "¿Por qué se le entregó el sello *a usted*?".

"No tengo ni idea".

"¿Qué era Baruc?".

"Un escriba".

"¿Y qué es un escriba?".

"Uno que escribe".

"Un escritor... un escriba es un escritor. ¿Y qué es usted, Nouriel?".

"Un escritor".

"Un escritor".

"¿Qué está usted diciendo? ¿Fui escogido porque era un escritor?".

"No", dijo él, "usted no fue escogido porque fuese un escritor. Usted era un escritor, porque fue escogido".

"¿Y qué se supone que significa eso?".

"Fue el motivo por el cual llegó usted a ser escritor en un principio. Fue todo con este propósito, todo para este momento".

"No. El motivo por el que me convertí en escritor fue porque yo...".

"No, Nouriel. *El Todopoderoso tiene sus propios propósitos.* ¿Y por qué cree que cada revelación llegó a usted mediante un sello? Es debido a *usted*. Es debido a *su* llamado. Usted es el *sofer*, el escriba, aquel que declara, que revela. ¿Sabe qué significa también esa palabra?".

"No".

"*s*".

"Como en aquel que registra en un rollo".

"O, en el presente caso, aquel que registra en una grabadora".

"Esto es también...".

"Los rabinos dicen que Baruc nació en la línea sacerdotal, como también Jeremías".

"¿Y...?".

"¿Y cuál es su apellido?".

"Kaplan".

"Kaplan, si no me equivoco, es un nombre sacerdotal, ¿no?".

"Así es".

"Indicando alguien que nace en la línea sacerdotal. Por tanto, usted también nació en la línea sacerdotal, y para este momento".

"Debió de haberse quedado anonadado", dijo Ana, "cuando él comenzó a decirle todo eso. Debió de haberle dejado perplejo".

"Sí... así fue... pero no se detuvo ahí".

"¿Cuál es su nombre?", me preguntó.

"Usted conoce mi nombre", respondí yo. "¿Por qué lo pregunta?".

"¿Cuál es su nombre?", me preguntó otra vez.

"Nouriel".

"No. Ese es su segundo nombre. Es el que usted utilizó cuando comenzó a escribir. ¿Cuál es su primer nombre?".

"Barry".

"Así es como le llaman sus amigos. Así es como usted quería que le llamaran, porque no se sentía cómodo con su verdadero nombre. Su verdadero nombre no era Barry. ¿Fue ese el nombre que le pusieron cuando nació?".

Yo vacilé en responder, pero no había modo de evitarlo. Lo dije muy bajo, casi en un susurro.

"Baruc".

Él se quedó en silencio.

"Mi nombre", dije yo con voz aún muy baja pero menos que antes, "es Baruc".

"¡Baruc!", exclamó ella. "¡Él lo sabía desde el principio! Es como si usted fuese escogido para ello... incluso desde su nacimiento".

"Su nombre", dijo él, "es *Baruc Nouriel*. El nombre del escriba de Jeremías era *Baruc ben Nerías*, *Nerías* significando *la luz de Dios* o *la llama de Dios*. ¿Sabe lo que significa *Nouriel*?".

"No".

"Nouriel significa *la llama de Dios*. En efecto, es el mismo nombre".

"¿Qué está usted diciendo?", pregunté yo con voz temblorosa.

"*Usted*, Nouriel... usted es el misterio final. Usted es el misterio que se mira en el espejo y no reconoce que la imagen es usted".

"¿Está diciendo que yo soy él?".

"No, usted no es él. Usted es usted. Pero usted tiene el mismo llamado".

"Que es...".

"El *sofer*", dijo él. "Usted es el *sofer*. El llamado a registrar, a declarar, a dar a conocer, a grabar lo que ha visto y oído, a escribir la palabra profética, a revelar los misterios para que ellos puedan oírlos, para que una nación pueda oírlos, y para que quienes escuchen puedan ser salvos".

"Mi sueño… Al final, usted me entregó el papel… con el mensaje. Usted me lo dio. ¿Es eso lo que está sucediendo ahora?".

"Así es".

"Entonces yo soy su Baruc", dije yo, "¿y usted es mi Jeremías?".

"Algo parecido a eso", respondió él.

"¿Y debo escribirlo todo?".

"Sí, y más:

> Después mandó Jeremías a Baruc, diciendo: A mí se me ha prohibido entrar en la casa de Jehová. Entra tú, pues, y lee de este rollo que escribiste de mi boca, las palabras de Jehová a los oídos del pueblo, en la casa de Jehová, el día del ayuno; y las leerás también a oídos de todos los de Judá que vienen de sus ciudades.[2]

"Los movimientos de Jeremías estaban restringidos. Él no podía dar su profecía en público, no en persona. Así que envió a Baruc en su lugar para que la profecía pudiera proclamarse públicamente a todos. Así, Baruc no era solamente el escriba de Jeremías sino también, a veces, su representante, su voz".

"¿Por qué me está diciendo todo esto?".

"Porque también yo estoy restringido. Por tanto, usted debe ir y dar a conocer el mensaje, para darles la advertencia y la esperanza. Tome lo que escribió según mi dictado, y delo a conocer. Usted es el *sofer*, quien debe dar a conocer".

"Él le estaba nombrando a usted", dijo ella. "El profeta le estaba nombrando a usted".

"Sí".

"¿Y por eso vino usted a verme?".

"Sí".

"Porque el mensaje debe ponerse por escrito y, por ese medio, darse a conocer".

"Sí".

"En forma de libro".

"Sí".

"Un libro... sí... ese sería su rollo. El mensaje tiene que convertirse en un libro... un libro que revele el misterio que hay detrás de todo... detrás de las noticias... detrás de la economía... detrás del desplome... detrás de la historia del mundo... el futuro... un antiguo misterio sobre el cual pende el futuro de la nación... Esto es grande, Nouriel. Es más que grande; tiene que salir. Ellos tienen que oírlo. ¿Tiene idea de qué va a hacer con respecto a escribirlo?".

"No. Nunca he intentado hacer nada parecido a esto. Por eso acudí a usted".

"Es tan grande... y tan profundo... y crítico. Tiene que hacerlo de modo que ellos puedan oírlo... de modo que el mensaje pueda llegar hasta todas las personas posibles... de modo que ellos puedan entenderlo. Usted es el escritor, pero yo sé lo que haría".

"¿Qué haría usted?", preguntó él.

"Tomaría el mensaje y lo escribiría en forma de narrativa".

"¿Qué quiere decir?".

"Una historia", respondió ella. "Ponga el mensaje por escrito, pero comuníquelo en forma de una historia... de una narrativa... tenga alguien que lo relate... una narración".

"Pero es un mensaje profético".

"La Biblia utiliza imágenes y parábolas para comunicar mensajes de verdad divina, ¿no es cierto? El punto es hacer llegar el mensaje a todas las personas posibles. La historia sería el vehículo, el canal por el cual el mensaje, los misterios, las revelaciones, la palabra profética saldrían".

"Pero si adopta forma de una narrativa, puede que ellos no se dieran cuenta de que las revelaciones son reales".

"Se darán cuenta".

"¿Y quién lo narraría?", preguntó él.

"Usted", respondió ella. "Usted lo escribiría tal como me lo ha contado a mí. Crearía un personaje que narra el relato a otro, al igual que usted me lo narró a mí. Altere los detalles, cambie los nombres, convierta a todos en personajes".

"¿Y qué del mensaje mismo: la palabra profética, los misterios? ¿Cómo se comunicaría todo eso?".

"Revélelo del mismo modo en que le fue revelado a usted…por el profeta. Póngalo todo en forma de conversaciones, como fueron desde el principio, entre un personaje y el otro. Usted lo grabó todo. Todo está ahí. Utilice lo que ya tiene. Transcriba las grabaciones. Deje que el profeta hable por sí mismo, mediante sus propias palabras a usted. Y el mensaje será comunicado".

"No lo sé", dijo él. "Tendré que pensarlo".

"No tomaría demasiado tiempo", respondió ella.

"No".

"¿Por qué no le pregunta al profeta?".

"No le he vuelto a ver desde aquel día".

"¿No?".

"No".

"Antes de separarse, ¿le dio él unas últimas palabras de consejo o de guía?".

"Supongo que se podría llamar así".

"¿Y cuáles fueron?".

"Al final de nuestro último encuentro, él me condujo hacia el agua. El viento soplaba entonces con mucha fuerza. Sin duda, se acercaba una tormenta".

◆ ◆ ◆

"Entonces, Nouriel", dijo él, "¿cree que está preparado?".

"¿Preparado?".

"Para cumplir su llamado".

"No lo sé, y no tengo idea de qué hacer".

"Será guiado, tal como fue guiado hasta mí".

"Pero ni siquiera es *mi* mensaje. Es *su* mensaje. Yo sería sólo un mensajero, un intermediario. Si me preguntasen algo al respecto, yo no sabría qué decir".

"No", respondió él, "el mensaje no es mío. Lo único que yo soy es un mensajero, como lo será usted".

"Y si yo necesitase ayuda, ¿estaría usted ahí?", le pregunté. "¿Y cómo podría encontrarle?".

"Creo que usted es más inteligente", respondió él. "No necesita encontrarme. El tiempo de impartir ha terminado".

"Entonces, ¿no le volveré a ver?".

"A menos que Él considere otra cosa, no, no volverá a verme".

Las palabras me golpearon con más fuerza de la que yo habría esperado.

"Mire", dije yo, "creo que voy a extrañar nuestras reuniones... y toda la incertidumbre".

"¿La incertidumbre?".

"De no saber cuándo, ni dónde, ni cómo aparecería usted de nuevo, y cómo resultaría que usted resultaba estar ahí cuando estaba".

"Las cosas seguirán resultando que suceden", dijo él, "a medida que siga usted la guía de Él".

"Aun así, no me siento adecuado, ni remotamente adecuado para nada como esto".

"¿Cómo cree que se sintió Moisés cuando fue llamado, o Jeremías... o María... o Pedro? ¿Cree que alguno de ellos se sentía remotamente adecuado? No se trataba de ellos; y no se trata de usted. Se trata de Él. Lo único que usted tiene que hacer es ir donde Él le envíe". Entonces metió la mano en su abrigo y sacó un pequeño cuerno... un pequeño cuerno de carnero. "Cierre sus ojos, Nouriel", dijo, levantando el cuerpo por encima de mi cabeza.

Yo lo hice. Enseguida sentí un líquido espeso que caía por mi frente.

"¿Era aceite?", preguntó ella.

"Sí, creo que aceite de oliva".

"Un cuerno de aceite".

"El aceite de la unción. Cuando sentí que caía por mis mejillas fue cuando el profeta comenzó a orar".

"Tú", dijo él, "que estás por encima de todo lo que se habla y todo lo que se nombra...

"Entrego en tus manos a tu siervo. En su debilidad, sé para él una fortaleza. En su no saber, sé para él su seguridad. Hazle caminar en los pasos que tú has preparado de antemano. Derrama sobre él el espíritu de tu unción para que pueda cumplir tu encargo. Guíale; protégele; prepara sus manos para la batalla; bendícele y guárdale. Haz que la luz de tu rostro brille sobre él. Extiende sobre su vida el tabernáculo de tu gloria, y refúgiale en la cubierta de tu gracia, en el nombre del Ungido, la Gloria de Israel, la Luz del mundo".

Yo abrí los ojos. El cuerno no estaba. Mirándome a los ojos con lo que parecía ser una profunda compasión junto con lo que yo tomé como cierta tristeza por nuestra separación, él dijo: "Dios esté con usted, Baruc Nouriel".

"Y Dios esté con usted", respondí yo.

Y después, él se fue. Esa vez yo me quedé dónde estaba.

"Y *todavía* no sé su nombre", grité yo mientras él se alejaba.

"Eso es porque nunca se lo dije", respondió él. Entonces dejó de caminar y se giró. "Sigue estando preocupado", dijo con voz amable.

"El mensaje", dije yo, "no es exactamente el tipo de mensaje que gana concursos de popularidad, ¿verdad?".

"Esa sería una suposición segura".

"Ellos harán todo lo que puedan para atacarlo y desacreditarlo".

"Claro que lo harán", dijo él. "De otro modo tendrían que aceptarlo".

"Pero no sólo el mensaje".

"No, también al mensajero".

"Harán todo lo que puedan para atacar y desacreditar a quien lleva el mensaje".

"Sí", dijo el profeta. "El mensajero recibirá oposición, vilipendio y odio, burla y calumnia. Tiene que ser de ese modo, al igual que fue para Jeremías y Baruc".

"¿Y por qué fui yo tan bendito por ser escogido?", pregunté.

"¿Por qué fue cualquiera de nosotros tan bendito?".

Al decir eso, se acercó a mí una vez más. Esa vez sería la última.

"Si hubiéramos vivido en tiempos antiguos", dijo él, "y hubiéramos llegado a una ciudad como esta, la habríamos encontrado rodeada por muros de piedra, inmensos muros de piedra para su defensa y seguridad, su protección contra el día del ataque y la calamidad. A lo largo de los muros, dentro de sus torres de vigilia, y por encima de sus puertas estaban quienes hacían guardia…los guardias. Su tarea era la de proteger la ciudad, mantener la vigilancia, permanecer despiertos cuando la gente dormía, vigilar, mirar en la distancia para buscar la primera señal de peligro…una inminente invasión. Y si un guardia veía una señal así, agarraba de su costado un cuerno de carnero, su trompeta, se lo ponía en la boca y, con todas sus fuerzas, hacía sonar la alarma. ¿Cómo cree que la alarma del vigía sonaba para quienes estaban dentro de la ciudad?".

"Chirriante, molesta, mala señal".

"Exactamente…Como tenía que ser. Si no, quienes estuvieran dormidos seguirían durmiendo y quienes estuvieran despiertos nunca sabrían lo que se aproximaba hasta que fuese demasiado tarde. Solamente un sonido tan chirriante como aquel podía salvarles".

Hizo una pausa antes de continuar. "Entonces, Nouriel, una pregunta: ¿debía el guardia refrenarse de agarrar su trompeta porque a las personas les resultaría molesto y preferirían un sonido agradable? ¿O debía negarse a tocarla porque se opondrían a él y le calumniarían o porque incluso le odiarían?".

"No", respondí yo.

"Si el guardia viera las señales de la calamidad apareciendo en la distancia y no hiciese sonar la trompeta para avisar a su pueblo, entonces, ¿qué sería él?".

"Culpable".

"¿De qué?".

"De su destrucción".

"Correcto. Él tenía la oportunidad de salvarles pero no lo hizo. En su mano estaba su única esperanza de ser salvados".

"Entonces él no tenía otra opción", dije yo, "sino hacerla sonar".

"¿Y quién es usted, Nouriel?".

"¿Quién soy *yo*?".

"¿Quién es usted?".

"No lo sé".

"Usted es un guardia sobre el muro".

"Un guardia sobre el muro".

"Un guardia sobre el muro que ha visto las señales...Y la ciudad duerme...las personas no tienen idea alguna de lo que está llegando...y a usted se le confía el sonido de su despertar...y su redención".

Una vez más el profeta se quedó en silencio. Y entonces, con el viento soplando cada vez con más fuerza y rapidez, el presagio de una inminente tormenta, me miró intencionadamente a los ojos y comenzó a pronunciar las palabras de su encargo final:

"Por tanto, entonces, agarre su trompeta, Nouriel,

Llévela a su boca y sople,

Que el sonido del guardia sea oído en la ciudad,

Que el llamado a la redención cubra la tierra,

Que salga la palabra y se abra camino,

Y quienes tengan oídos para oírla...

Que la oigan,

Y sean salvos".

Notas

Capítulo 5. El segundo presagio: El terrorista

1. Isaías 10:5–7.
2. Isaías 10:12–16.

Capítulo 6. El oráculo

1. Isaías 9:10, traducción del autor. Ya que el original hebreo de Isaías 9:10 contiene un mayor significado del que cualquier traducción por sí sola pueda comunicar, a lo largo de *El presagio* las palabras de este versículo en particular son traducidas y ampliadas directamente del original hebreo. Una traducción de la Biblia estándar, la Reina-Valera 1960 expresa Isaías 9:10 del siguiente modo: "Los ladrillos cayeron, pero edificaremos de cantería; cortaron los cabrahigos [sicómoros], pero en su lugar pondremos cedros".

Capítulo 7. El tercer presagio: Los ladrillos caídos

1. John D. W. Watts, *Word Biblical Commentary*, vol. 24 (Thomas Nelson, 1985), 143, s.v. "Isaías 9:7–10:4".
2. D. L. Cooper, "The Book of Immanuel: Chapters 7–12," *D. L. Cooper Commentary on Isaiah, Biblical Research Monthly*, Diciembre 1943, http://biblicalresearch.info/page128.html (consultado el 17 de junio de 2011).

Capítulo 8. El cuarto presagio: La torre

1. Alcalde Rudy Giuliani, 11 de septiembre de 2011, citado en "A Plan to Save the World Trade Center", TwinTowersAlliance.com, www.twintowersalliance.com/petition/save-the-wtc/ (consultado el 17 de junio de 2011).
2. Charles Schumer, nota de prensa, 14 de septiembre de 2001.
3. Lower Manhattan Development Corporation, "Mayor Bloomberg and Governor Pataki Announce Plans to Commemorate Fifth Anniversary of the September 11th Attack", nota de prensa, 8 de agosto de 2006, http://www.renewnyc.com/displaynews.aspx?newsid=43aefabe-5e5b-409a-98c60777598873b4 (consultado el 17 de junio de 2011).
4. Sweetness-Light.com, "Senator Hillary Rodham Clinton's Statement on the Floor of the United States Senate in Response to the World Trade Center and Pentagon Attacks", 12 de septiembre de 2001, http://sweetness-light.com/archive/hillary-clintons-response-to-the-911-attacks (consultado el 17 de junio de 2011).
5. *New York Times*, "Mayor's Speech: 'Rebuild, Renew and Remain the Capital of the Free World'", 2 de enero de 2002, http://www.nytimes.com/2002/01/02/nyregion/mayoral-transition-mayor-s-speech-rebuild-renew-remain-capital-free-world.html (consultado el 17 de junio de 2011).
6. Del discurso del presidente George W. Bush a una sesión conjunta del Congreso, 20 de septiembre de 2001.
7. Esta frase está tomada de la inscripción en el actual cartel en la zona cero.
8. *The Interpreter's Bible*, vol. 5 (Abingdon Press, 1956), p. 235.

9. H. D. M. Spence and Joseph S. Exell, eds., *The Pulpit Commentary*, vol. 10, Isaiah (Hendrickson Publishers, 1985), p. 178.

10. De las notas del autor sobre Expository Sermon 9, "Judgment and Grace", Isaías 9:9–10:34, www.cliftonhillpres.pcvic.org.au/espository_sermon_9_Isaiah.

11. TheModernTribune.com, "Kerry: 'We Must Build a New World Trade Center—and Build American Resolve for a New War on Terrorism'", discurso proclamado en el piso del Senado estadounidense, 12 de septiembre de 2001, como se cita en *The Modern Tribune Online*, www.themoderntribune.com (consultado el 17 de junio de 2011).

12. Nathan Thornburgh, "The Mess at Ground Zero", *Time*, 1 de julio de 2008, http://www.time.com/time/nation/article/0,8599,1819433,00.html (consultado el 17 de junio de 2011).

13. *The Interpreter's Bible*, p. 235.

14. Marcus Warren, "Ground Zero Is Reborn on the Fourth of July", *Telegraph*, 5 de julio de 2004, http://www.telegraph.co.uk/news/worldnews/northamerica/ usa/1466250/Ground-Zero-is-reborn-on-the-Fourth-of-July.html (consultado el 17 de junio de 2011).

15. Charles F. Pfeiffer and Everett F. Harrison, eds., *The Wycliffe Bible Commentary* (Moody Press, 1962), p. 620.

16. Giuliani, citado en "A Plan to Save the World Trade Center".

17. Cooper, "The Book of Immanuel: Chapters 7–12".

18. MSNBC.com, "Trump Calls Freedom Tower 'Disgusting' and a 'Pile of Junk'", transcripción de *Hardball With Chris Matthews*, 13 de mayo de 2005, http://www.msnbc.msn.com/id/7832944/ns/msnbc_tv-hardball_with_chris_ matthews/t/trump-calls-freedom-tower-disgusting-pile-junk (consultado el 17 de junio de 2011).

19. BibleStudyTools.com, "Isaiah 9", *Matthew Henry Commentary on the Whole Bible*, http://www.biblestudytools.com/commentaries/matthew-henry-complete/ isaiah/9.html?p=4 (consultado el 17 de junio de 2011).

20. MSNBC.com, "Trump Calls Freedom Tower 'Disgusting' and a 'Pile of Junk'".

21. Donald F. Ritsman, "Isaiah 9:8–10:4, Exploring the Passage", http:// biblestudycourses.org/isaiah-bible-study-courses-section-1/isaiah-9-8-10-4 -exploring-the-passage/ (consultado el 17 de junio de 2011).

22. Crispen Sartwell, "World Trade Center as Symbol", http://www .crispinsartwell.com/wtc2.htm (consultado el 17 de junio de 2011).

23. Sir Lancelot C. L. Brenton, *The Septuagint Version: Greek and English* (Grand Rapids, MI: Zondervan Publishing House, 1983), p. 844.

Capítulo 9. El quinto presagio: La piedra gazit

1. StoneWorld.com, "New York Granite Is Donated for Freedom Tower", 4 de agosto de 2004, http://www.stoneworld.com/articles/new-york-granite-is -donated-for-freedom-tower (consultado el 17 de junio de 2011).

2. Port Authority of New York and New Jersey, "1,776-Foot Freedom Tower Will Be World's Tallest Building, Reclaim New York's Skyline", nota de prensa, 4 de julio de 2004, http://www.panynj.gov/press-room/press-item.cfm?headLine_ id=489 (consultado el 17 de junio de 2011).

3. Ritsman, "Isaiah 9:8–10:4, Exploring the Passage".

4. Port Authority of New York and New Jersey, "1,776-Foot Freedom Tower Will Be World's Tallest Building, Reclaim New York's Skyline".

5. Spence and Exell, eds., *The Pulpit Commentary*, vol. 10, p. 178.

6. *Ibíd.*

7. "Remarks: Governor George E. Pataki, Laying of the Cornerstone for Freedom Tower, 4 de julio de 2004," http://www.renewnyc.com/content /speeches/Gov_speech_Freedom_Tower.pdf (consultado el 21 de junio de 2011).

8. Spence and Exell, eds., *The Pulpit Commentary*, vol. 10, p. 178.

9. *Ibíd.*

Capítulo 11. El séptimo presagio: El árbol erez

1. Spence and Exell, eds., *The Pulpit Commentary*, vol. 10, p. 178.

2. *The Revell Bible Dictionary* (Fleming H. Revell, 1990), p. 198.

3. The Reverend Dr. Daniel Matthews, rector, en la dedicación del Árbol de la Esperanza en St. Paul's Chapel.

4. *Ibíd.*

5. Matthew Henry, *Matthew Henry's Commentary on the Whole Bible*, vol. 4, *Isaiah to Malachi* (Fleming H. Revell, n.d.), p. 61.

Capítulo 12. El octavo presagio: La proclamación

1. Isaías 9:8–10.

2. Kenneth L. Barker and John Kohlenberger III, consulting editors, *The NIV Bible Commentary*, volume 1, Old Testament (Zondervan, 1994), p. 1,060.

3. Avalon Project at Yale Law School, "Second Inaugural Address of Abraham Lincoln, Saturday, March 4, 1865", http://avalon.law.yale.edu/19th _century/lincoln2.asp (consultado el 21 de junio de 2011).

4. John T. Woolley y Gerhard Peters, *The American Presidency Project* (online), "John Edwards: Remarks to the Congressional Black Caucus Prayer Breakfast, September 11, 2004", http://www.presidency.ucsb.edu/ws/index. php?pid=84922#axzz1M02bg09D (consultado el 22 de junio de 2011).

5. *Ibíd.*

6. *Ibíd.*

7. *Ibíd.*

8. *Ibíd.*

Capítulo 13. El noveno presagio: La profecía

1. Library of Congress, "Bill Summary and Status, 107th Congress (2001–2002), S.J.RES.22", http://thomas.loc.gov/cgi-bin/bdquery/z?d107:s.j.res.00022: (consultado el 22 de junio de 2011).

2. Washington File, "Senate Majority Leader Daschle Expresses Sorrow, Resolve", 12 de septiembre de 2001, http://wfile.ait.org.tw/wf-archive/2001 /010913/epf407.htm (consultado el 22 de junio de 2011).

3. *Ibíd.*

4. *Ibíd.*

5. *Ibíd.*

6. *Ibíd.*

7. Deuteronomio 19:15.

Capítulo 14. Llega una segunda

1. Spence y Exell, eds., *The Pulpit Commentary*, vol. 10, p. 183.
2. Gary V. Smith, *The New American Commentary* (Broadman & Holman, 2007), pp. 247–248, s.v. "Isaiah 1:39".
3. Keil y Delitzsch, *Commentary on the Old Testament*, vol. 7, Isaiah (Wm. B. Eerdmans, 1983), p. 258.

Capítulo 15. El efecto Isaías 9:10

1. Isaías 9:10, traducción del autor.
2. Isaías 9:11.
3. StoneWorld.com, "New York Granite Is Donated for Freedom Tower".
4. PBS.org, "New York Stock Exchange Reopens to Sharp Losses", 17 de septiembre de 2001, www.pbs.org/ (consultado el 22 de junio de 2011).
5. Gail Makinen, "The Economic Effects of 9/11: A Retrospective Assessment", informe para el Congreso, recibido mediante CRS Web, 27 de septiembre de 2002, http://www.fas.org/irp/crs/RL31617.pdf (consultado el 22 de junio de 2011).
6. DesignFluids.com, "9/11: 'The Root' of the Financial Crisis", 28 de octubre de 2008, www.designfluids.com (consultado el 22 de junio de 2011).
7. CNBC.com, "House of Cards: Origins of the Financial Crisis 'Then and Now'", slideshow, www.cnbc.com (consultado el 22 de junio de 2011).

Capítulo 16. El desarraigo

1. Ezequiel 13:14.
2. Jeremías 45:4.
3. Jeremías 45:4.

Capítulo 17. El misterio del *Shemitá*

1. Levítico 25:2–4.
2. Levítico 25:5.
3. Éxodo 23:10–11.
4. Deuteronomio 15:1–2.
5. Levítico 26:33–35.
6. "Did Lehman's Fall Matter?", 18 de mayo de 2009, http://www.newsweek.com/2009/05/17/did-lehman-s-fall-matter.html (consultado el 23 de junio de 2011).
7. Alexandra Twin, "Stocks Crushed", CNNMoney.com, 29 de septiembre de 2008, http://money.cnn.com/2008/09/29/markets/markets_newyork/index.htm (consultado el 23 de junio de 2011).
8. *Ibíd.*

Capítulo 18. El tercer testigo

1. Deuteronomio 19:15.
2. 2 Corintios 13:1.
3. WhiteHouse.gov, "Remarks of President Barack Obama—as Prepared for Delivery, Address to Joint Session of Congress, Tuesday, February 24, 2009", http://www.whitehouse.gov/the_press_office/Remarks-of-President-Barack-Obama-Address-to-Joint-Session-of-Congress/ (consultado el 23 de junio de 2011).
4. *Ibíd.*, énfasis añadido.

5. *Ibíd.*, énfasis añadido.
6. Isaías 9:9, traducción del autor.
7. WhiteHouse.gov, "Remarks of President Barack Obama—as Prepared for Delivery, Address to Joint Session of Congress, Tuesday, February 24, 2009".
8. Washington File, "Senate Majority Leader Daschle Expresses Sorrow, Resolve".
9. Smith, *The New American Commentary*, p. 246, s.v. "Isaiah 9".
10. WhiteHouse.gov, "Remarks of President Barack Obama—as Prepared for Delivery, Address to Joint Session of Congress, Tuesday, February 24, 2009", énfasis añadido.
11. *Ibíd.*
12. *Ibíd.*, énfasis añadido.
13. *Teed Commentaries*, "Isaiah Chapter 10: God's Judgment on Assyria", http://teed.biblecommenter.com/isaiah/10.htm (consultado el 23 de junio de 2011).
14. WhiteHouse.gov, "Remarks of President Barack Obama—as Prepared for Delivery, Address to Joint Session of Congress, Tuesday, February 24, 2009", énfasis añadido.
15. *Teed Commentaries*, "Isaiah Chapter 10: God's Judgment on Assyria".
16. WhiteHouse.gov, "Remarks of President Barack Obama—as Prepared for Delivery, Address to Joint Session of Congress, Tuesday, February 24, 2009", énfasis añadido.

Capítulo 19. La tierra del misterio

1. Washington File, "Senate Majority Leader Daschle Expresses Sorrow, Resolve".
2. Avalon Project at Yale Law School, "First Inaugural Address of George Washington, The City of New York, Thursday, April 30, 1789", http://avalon.law.yale.edu/18th_century/wash1.asp (consultado el 23 de junio de 2011).
3. *Ibíd.*
4. *New York Daily Advisor*, 23 de abril de 1789, como se cita en David Barton, "The Constitutional Convention," *David Barton's Wallbuilders* (blog), 22 de julio de 2010, http://davidbartonwallbuilders.typepad.com/blog/2010/07/the-constitutional-convention-by-david-barton.html (consultado el 23 de junio de 2011).
5. Historical Marker Database, "On This Site in Federal Hall," http://www.hmdb.org/Marker.asp?Marker=13734 (consultado el 23 de junio de 2011).
6. Avalon Project at Yale Law School, "First Inaugural Address of George Washington, The City of New York, Thursday, April 30, 1789".

Capítulo 20. Cosas por llegar

1. Henry, *Matthew Henry's Commentary on the Whole Bible*, vol. 4, *Isaiah to Malachi*, p. 61.
2. Isaías 9:11.
3. Isaías 9:12, 19; 10:3.
4. 2 Crónicas 7:14.

Capítulo 22. El último sello

1. Jeremías 36:4.
2. Jeremías 36:5-6.

Acerca del autor

J ONATHAN C AHN ES conocido por desvelar los misterios profundos de la Escritura y por enseñanzas de trascendencia profética. Dirige el ministerio Hope of the World, un esfuerzo internacional de enseñanza, evangelismo y proyectos de compasión para los necesitados. También dirige Jerusalem Center/Beth Israel, un centro de adoración constituido por judíos y gentiles, personas de todo trasfondo, situado en Wayne, Nueva Jersey, a las afueras de la ciudad de Nueva York. Ha ministrado por todo el mundo y en la televisión y la radio. Él es un creyente judío mesiánico, un seguidor judío de Jesús.

Para descubrir más sobre lo que ha leído en *El presagio*, para enseñanzas o mensajes relacionados, para otras enseñanzas y perspectivas de Jonathan Cahn, o para más información sobre la salvación o cómo ser parte de la obra de Dios y de los propósitos para los últimos tiempos, escriba a:

Hope of the World
Box 1111
Lodi, NJ 07644
USA

También puede visitar sus páginas web y obtener más información en línea visitando:

www.TheHarbingerWebsite.com
www.HopeoftheWorld.org.

252

Si ha sido usted tocado por este libro y quiere ver a todas las personas posibles recibir su poderoso mensaje, le invitamos a unirse al movimiento de personas que están difundiendo la noticia sobre...

EL PRESAGIO

Muchas personas que han leído *El presagio* están convencidas de que este libro es lectura obligada para todo el mundo, no sólo para los estadounidenses. Su mezcla única de profecía bíblica, acontecimientos históricos y una narrativa de ficción llena de acción lo distingue como un regalo especial. Ofrece una de las revelaciones más singulares que se haya escrito jamás del amor de Dios y su deseo de ver a su pueblo regresar a Él. No sólo inspirará a personas que ya conocen a Dios con una nueva perspectiva de su naturaleza, sino que también intrigará e involucrará a personas que aún no son conscientes de la implicación de Él en sus vidas.

El oportuno mensaje profético de *El presagio* para nuestra nación ha tenido eco en muchos líderes ministeriales conocidos internacionalmente que han respaldado la promoción de su mensaje. Como resultado, días después de su publicación llegó a la lista de éxitos de ventas del *New York Times* y se espera que siga teniendo una gran demanda durante mucho tiempo. A pesar de lo estupenda que es ese tipo de promoción, la manera más eficaz de que un libro trascienda la cultura general es la promoción verbal. Si ha sido usted conmovido por el mensaje de este libro, puede que ya esté pensando en maneras de darlo a conocer a otros. A continuación hay algunas sugerencias:

- Consulte con su librería (tanto local como en línea) para ver si hay ofertas especiales para compras al por mayor.

- Entregue el libro como un regalo a familiares, amigos e incluso extraños. Ellos no sólo obtendrán un libro apasionante, sino también perspectivas sobre la naturaleza de Dios, que en raras ocasiones, se presentan en nuestra cultura.

- Haga clic en "me gusta" en el libro en Facebook (*El presagio*-Página oficial). Hable sobre el libro y recomiéndelo a otros en redes sociales, páginas web, blogs y otros lugares en los que se relacione con personas en la Internet. Comparta el modo en que el libro ha tenido impacto en su vida.

- Escriba una reseña corta del libro (no más de 100 palabras) para su periódico local o revista favorita (impreso o en línea).

- Pida a su programa de radio favorito o podcast que invite al autor.

- Si tiene usted un negocio, considere exponer estos libros en su mostrador para los empleados o los clientes.

- Si conoce a personas (escritores, oradores, etc.) que tengan una plataforma que les permita hablar a una audiencia más amplia, pídales que lean un ejemplar y hagan algunos comentarios en sus páginas web, en boletines, etc.

- Compre varios ejemplares como regalos para albergues, cárceles y centros de rehabilitación de modo que las personas puedan ser provocadas y alentadas por el oportuno mensaje del libro.

- Si es usted un líder, ministro, orador, un comunicador, o está en los medios de comunicación, haga saber a su gente, su audiencia o su congregación cómo obtenerlo, y que lo regalen a todo aquel que necesite oír el mensaje.

www.CasaCreacion.com   www.TheHarbingerBook.com (en inglés)

"Éxito de ventas del *New York Times*"

"Extraordinario"
—PAT ROBERTSON

"Fantástico"
—SID ROTH

EL PRESAGIO

EL MISTERIO ANCESTRAL QUE GUARDA EL SECRETO DEL FUTURO DE ESTADOS UNIDOS

JONATHAN CAHN

¿ES POSIBLE...

...que haya existido un antiguo misterio que guarda el secreto del futuro del mundo?

...que este misterio está detrás de todo desde los acontecimientos del 11 de septiembre hasta el colapso de la economía global?

...que Dios está enviando mensajes proféticos de los cuales depende nuestro futuro?

Escrito con un fascinante estilo narrativo, *El presagio* comienza con la aparición de un hombre agobiado por una serie de mensajes que recibe en forma de nueve sellos. Cada sello revela un misterio profético relacionado con el futuro, el cual lo llevará en un asombroso viaje que le cambiará para siempre la manera de ver el mundo.

CASA CREACIÓN
Para vivir la Palabra
www.casacreacion.com

ENTRE EN UN VIAJE TRANSFORMADOR

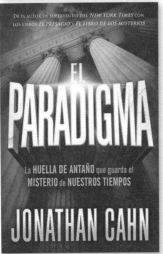

PREPÁRATE PARA SER DESLUMBRADO...

Te invitamos a que visites nuestra página web donde podrás apreciar la pasión por la publicación de libros y Biblias:

www.casacreacion.com

f @CASACREACION

t @CASACREACION

@ @CASACREACION

Para vivir la Palabra